松浦寿輝

黄昏の光

吉田健一論

草思社

黄昏の光　吉田健一論

目次

I

II

黄昏の光

吉田健一論

I

黄昏の文学

（神奈川近代文学館「生誕１１０年　吉田健一展　文學の樂み」記念講演、二〇二二年五月七日）

二つの軸

今日は「吉田健一——黄昏の文学」というタイトルで、吉田健一の人となりと作品についてお話させていただきます。わたしは吉田健一のエッセイや評論や小説を若い頃からずっと愛読してきました。吉田さんの文章は三十年、四十年にわたって読み返しつづけても、まだまだ面白い、汲めども尽きせぬ魅力に満ち溢れている文章です。同じものを何度読み返しても決して飽きることがない、稀有な魅力を備えた文章を彼は書いた。吉田さん自身も、あれはたしか『書架記』でしたか、読み返す価値のない本なんてものはそもそも最初から読むに値しない本なんだ、と書いていたような気がしますが、彼の文章じたいがまさにそれなんですね。

吉田健一についてお話するにあたって、今日はおおよそ二つくらいの軸を考えておりまして、その一つは、こんなことを言うと馬鹿馬鹿しく聞こえるかもしれませんが、人生の問題です。人は生まれて老いて死んでゆく。普通の人が誰でも体験せざるをえない生老病死という「四苦」があり、私自身、いつの間にかだいぶ年を取ってしまい、老いというものに由来する様々な不如意を感じることが近頃多くなってきているのですが、人が不可避の運命として引き受けなければならないこの人生の時間の経過というのは、いったい何なのか。この素朴な問いをめぐって、吉田健一の文章には多くの有益な示唆が溢れています。成熟の後、否応なく老いと死が待っているという人間の宿命を、わたしたちはどんなふうに引き受けたらいいのか。この問題について吉田健一が考えたこと、書いたことを、今日は少しばかり紹介してみたいと思うんです。

もう一つは、「小説家吉田健一」ということです。吉田健一はいろいろな顔を持っていた人です。先月はこの文学館で富士川義之さんの講演があったそうで、富士川さんは「翻訳家吉田健一」という題でお話なさったと伺っています。実際、吉田健一はたくさんの翻訳をやった人で、しかもここで興味深いのは、彼はいわゆる純文学の名作ばかり訳したのではなくて、通俗小説という言葉はわたしはあまり好みませんが、取り立てて「文学的」というわけでもない探偵小説やポルノグラフィーなんかもずいぶん訳しています。英国のヴィクトリア朝期の代表的な性愛小説である『ファニー・ヒル』だの、あるいは『ふしぎな国のアリス』だの、興味の赴くままに実に多様な訳業を残している。まあ生活のためにやむなく引き受けた仕事もなかにはけっこうあったのでしょうが、ただ『ファニー・ヒル』の訳文なども非常に流麗で美しい日本語になっているとわたしは思っています。ともあれ「翻訳家吉田健一」という顔があるわけで、それにすぐ隣り合うようにして「英文学者吉田健一」という顔ももちろんある。

それから、今回の講演のシリーズでは来週、三浦雅士さんが「文明批評家としての吉田健一」についての講演をなさるようですが、「批評家吉田健一」というのももちろん彼のもう一つの顔です。外国文学について、日本で書かれつつある同時代の小説について、批評家として彼はたいへん豊かで刺激的な考察を残した。その批評的視線は文学にとどまらず思想、芸術、政治にも及び、壮大な文明批評にまで広がっていきました。

そして最後に、「last but not least」という決まり文句がありますけれど、翻訳者、英文学者、批評家、エッセイストといった顔よりもっと重要なものだったかもしれない、「小説家吉田健一」という顔があるわけです。小説家として本格的な仕事を始めたのは、吉田さんの場合かなり遅かったのですが、短い期間に集中的に、恐らく相当根を詰めて仕事をして、かなりの数の長篇小説、短篇小説を残しました。吉田健一が書いた小説とはどのようなものだったのか、さらには、彼にとってそもそも小説という文学形式はどういう意味を持っていたのか、そんなことをお話してみたいと思うんです。

一つは人生の問題、人はいかに生きて老いて死んでゆくのかという問題と、それから小説の問題とあるわけですが、当然その二つは絡まり合っています。彼が小説を書き出したのは自分の人生が「黄昏」の時間に入ったと自覚してからなんですね。そのあたりの事情を解きほぐしつつ、少しずつお話していきましょう。

「自分の国の土」

今日いらして下さっているのは恐らく吉田健一にもともと興味をお持ちの方々で、しかもかなり深く彼の作品に親しんでいらっしゃる方々もたくさんいらっしゃるかと思いますので、基本的なことはもうとっくにご存じでしょうが、彼は一九一二年の三月に生まれています。明治四十五年ですね。この年の七月に明治天皇が崩御することになるので、一九一二年は大正元年にもなるわけですが、ともかく明治のいちばん最後の年が彼の生年に当たる。日本の「近代」が開かれた明治期の最後の最後に、ちょっとだけ足を引っ掛けるようにして、彼はこの世に生誕した。これはかなり重要なことなんじゃないかと思います。

そして、一九七七年に享年六十五で亡くなっている。今の感覚からするとかなりの早世と言うべきで、惜しいことと思いますが、ともかく一九七〇年代の後半に亡くなった。この六十五年の生涯で非常に重要だった出来事として、まず若い頃の留学体験があります。

その前にまず幼年時代、少年時代に少しだけ触れておくと、吉田さんのご父君で外交官だった吉田茂の任地に一緒に着いていき、幼い頃から中国で暮らしたり、ロンドンで暮らしたりしていた。天津ではイギリス人小学校に通い、イギリス人の家庭教師に付いていたと言いますから、子供の頃から英語で何不自由なく生活できるような語学力を身に着けるに至ったわけです。

その延長で、一九三〇年にイギリスのケンブリッジ大学キングズ・カレッジに入学します。十八歳の時ですね。暁星《ぎょうせい》中学を卒業すると、日本の大学には行かずに、いきなりケンブリッジに行ってしまった。彼ほどの英語力があればケンブリッジで授業を受けても十分理解できたでしょうし、学業を修めることもできたはずなんですが、この留学生活はほんの五か月ほどしか続かなかった。本当は英国で学士号を取ったり、修士号を取ったりしても不思議ではない人だったのに、日本に帰ってきてしまった。

彼は後年、「英国の冬」というエッセイを書いていて、イギリスの冬は気候が厳しくて暮らしにくいと語っていて、そういうことで音を上げるということもあったかもしれません。しかしそれよりむしろ、この十八歳の青年は、自分はとにかく日本で「文士」になると最初から心に決めていたので、イギリスで勉強することがその野心にどれほど役に立つか、懐疑的になったということのようです。

その帰国をめぐって、印象的なエピソードがあります。当時、ディッキンソン先生とルカス先生という二人の方がケンブリッジ大学で彼の恩師だったのですが、そのディッキンソン先生に、日本に帰ろうと思いますと言いに行ったときに、先生は即座に了承してくれて、「或る種の仕事をするには自分の国の土が必要だ」と言ってくれたというのです。恩師がはなむけに送ってくれたその言葉に、吉田さんはとても感謝しています。このエピソードは後年の回想記の『交遊録』という本に出てきます。

英語がいかに堪能であったとしても、また英国人に伍して文学を論じたり批評を書いたり文学研究をしたりすることが可能な、そういう能力が十分にあったとしても、自分はやはり日本人だから日本に帰ろう、そして日本語で文学をやろうと彼は思ったわけです。その時、この決心を励ましてくれるイギリス人の恩師がいたのは、彼にとってとても大きな幸運だった。「自分の国の土が必要だ」というのはたいへん味わい深い言葉で、それが吉田健一という大きな文学者の一生を決めたということですね。まあそういうことで彼は帰国して、二十代以降、翻訳と批評の仕事を始め、最後には小説も書き出すことになるわけです。

ちょっと話が脇道に逸れますが、そういう吉田健一の身の処し方を考えてみるとき、わたしの頭にはもう一人の日本の知識人――哲学者であり、デカルトやパスカルの研究者でもあった森有正さんのことが浮かんでくるんです。

吉田健一は、戦後の名宰相として今でも名高い吉田茂の息子です。明治初期、日本に近代国家の礎を築くのに大きな貢献をした、大久保利通という政治家がいますが、その次男が牧野伸顕という、これもまた明治政府で重要な地位を占めた人。そして牧野の娘婿になったのが吉田茂、そしてさらにその息子が吉田健一ということになるわけで、まあ「毛並みのいい」一族ですよね。

ところで今、名前を挙げた森有正も、初代文部大臣だった森有礼《ありのり》の孫にあたる人で、明治期のエリート知識人というかエリート政治家の血を引いている。そういう共通点があるのですが、吉田がたった五か月で留学を切り上げてしまったのに対して、森有正はフランスに留学して、そしてそのまま終生パリに居着いてしまった人なんです。吉田が一九一二年生まれで、森は一九一一年生まれ。つまりほぼ同い年なんですけれども、この二人の「西洋派知識人」の処世が真っ向から対立しているのは本当に面白いなと、わたしなど思います。

吉田が一九三〇年、十八歳でイギリスに行ったのに対し、何しろその後、戦争が始まってしまったし、戦後は戦後で、敗戦国民となった日本人は出国に制限が課された。ようやく再開された海外留学の第一陣として森有正が初めてフランスに渡ったのは、一九五〇年、三十九歳のとき――つまり中年期に足を踏み入れてからのことでした。そのとき彼はすでに東大の助教授だったのですが、そういう定職がある以上、留学はせいぜい二、三年で切り上げて帰国すると、当人も周りの人々も思っていたわけです。ところが、いざパリに居を定めたら、もう帰れなくなってしまった。帰りたくなくなったというより、帰らないということを強い意志で決断したのだと思います。

フランスの文学や思想を本当に理解するには、厳しい緊張感が漲るこのパリという石造りの街に住み着き、そこでの風景、自然、人間関係を自分のうちに徹底的に咀嚼するほかないのだ、と。ケンブリッジのディッキンソン先生は吉田健一に「或る種の仕事をするには自分の国の土が必要だ」と励ましてくれたわけですが、森有正は、剝き出しの「土」のうえに厚い「石」を敷きつめた異国の都市の厳しさに魅了され、そこにとどまることを決意したということです。森はパリで日本語や日本文化を教える職に就き、一九七六年、享年六十五で彼の地で客死することになります。

吉田も森も大きな仕事を残した人なんですが、吉田健一があくまで日本語と日本の「土」――風土というものにこだわって、日本の「文士」として生きようとしたのに対して、森有正は、彼の場合もむろん日本を捨てたわけではないのですが、ただ、自分の感性と知性を、「他者」としての異国の言語と風景によってやすりを掛けるようにして研ぎ澄ましてゆく、それによって日本人としての自分の宿命を確かめ直してゆく、そういう方途を選んだわけです。この二人の知識人が西欧との関わりかたにおいて鮮烈なコントラストを示しているのは、きわめて興味深いことと思います。

正統か異端か

余談めいたものが長くなりましたが、とにかく一九三一年に十九歳で日本に帰ってきた吉田健一は、翻訳や英文学研究を始めることになるわけです。その後、様々な文章を書くようになってゆくのですが、吉田健一の蒙《こうむ》った一種の不幸とでも呼ぶものは、こうした生まれと育ちかたをしたせいで、彼は日本社会で、また日本の「文壇」で、最初から一種「異端」の存在として扱われたということです。それまでの人生経験からしても当然ながら、共同体の慣習にうまく溶けこめない、「変人」めいた言動や身のこなしもあったらしい。それで彼の仕事が真正面から受け取られ、正当に評価されるということがずいぶん遅れてしまった。

そして、何しろ総理大臣の長男です。それが世間の目には大きく映る。彼の最初のエッセイ集の題名は、出版元の文藝春秋社の強い希望で『宰相御曹司《おんぞうし》貧窮す』となってしまった。吉田さんはたしかに総理大臣吉田茂の「御曹司」なんだけれども、しかし父親に頼るということを一切しないで生きた人で、だから「貧窮す」といったことも実際けっこうあったらしい。同時に、どんな貧乏生活をしていても平然としている人だったらしい。真偽のほどはわかりませんが、彼は後に『乞食王子』という本を書いていて、文藝春秋社の前で物乞いみたいなことをしたという伝説もあるんです。まあそういうユーモラスな人だということで、出版社が面白おかしい題名を付けて売り出そうとしたわけですね。そういう変な色を付けられた形で世に出てしまった。これはやはり彼にとって不幸なことだったと思います。

また「宰相御曹司の吉田健一」というレッテルと並んでもう一つ、「大酒呑みの吉田健一」というレッテルも張られてしまった。吉田さんはたしかにお酒が大好きだった人で、生涯を通じて酒をめぐる随筆や小説をいっぱい書くことになるのですが、この「酒豪伝説」は最初の頃から吉田さんに取り憑いてしまったもので、そこからは柄の大きな正統派知識人という吉田健一像は出てきませんね。ともかくそういう「一風変わった面白い人」といったイメージが先行してしまったということです。

さらに言えば、「快楽主義者吉田健一」というもう一つのイメージがそこに重なります。これはたしかにそうなんで、本格的にものを書き始めてから彼が繰り返し語ったのは、詩にせよ小説にせよ、とにかく文学というものは「いい気持ちになるため」に読むもので、何か深刻なことを考えさせたり読んで暗い気分になるようなものではないのだ、ということです。これが一種の快楽主義《ヘドニズム》であることは間違いありません。大真面目な人生論を展開するのが文学なんじゃなくて、読み手に快楽をもたらすのが文学なのだという文学観です。

ざっくり言ってしまうと、日本の近代小説の王道ないし正統というのは、要するに自然主義、それからその変種としての私小説でした。それが文学の本筋というふうに受け取られていたわけで、戦後の太宰治などにもつながってゆくその流れからすると、吉田健一の文学観は異端ということにならざるをえなかった。そういうことも吉田さんの文章が素直に享受されることの妨げになったんじゃないかと思います。

しかし、今日の時点で文学史を振り返って、あまたの私小説などの傍らに吉田健一の作品を並べたとき、実は本当に輝いているのは吉田さんの文業のほうなのではないか。異端どころかこっちのほうが「正統」だったのではないか。そういうことが今ようやく見えてきたわけです。

そうした吉田健一の異端ぶりを示す一つの際立った指標として、彼は青春を讃えることがなかったということがあります。日本の近代文学というのは結局、「青春の文学」なんですね。これは必ずしも若い人間ばかりが小説を書いていたということでもなくて、いい歳の中年男になっても、多くの作家は自分の「青春」にこだわりつづけた。まっとうな大人の社会人になれない未熟な人間が、挫折を重ねつつ、なんとかもがきながら自分の人生を築き上げようとしてゆくという、その過程の赤裸々な記録が、文学のオーソドックスな姿であるといった通念があった。

それに比べて、吉田健一はものを書き出した当初から、文学は成熟した人間がやることで、若者にはその資格はないという意識を持っていた。そこからさらに、老いというものは人間にとっていちばん豊かな時代のはずだという意識もあった。その一例として「空蟬《うつせみ》」という短篇小説を取り上げてみたいと思います。

これは一九六二年、吉田さんが五十歳のときに発表したもので、『残光』という短篇小説集に入っている作品です。それまで彼はずっと批評や翻訳をやっていて、その頃から徐々に小説を書き出すわけですけれども、第二短篇集『残光』――この表題自体、示唆的ですけれども――が出るのは一九六三年のことです。小説家としての歩みは非常に遅かったわけですね。まず『英国の文学』

という評論を書き、さらにその続篇と言ってもよい『英国の近代文学』を書き上げたときに、どうやら彼は、英文学者としての自分の仕事は終わったと感じたらしい。何らかの義務感や責任感から解放されたと感じ、その後は伸びやかな気持ちになって、自由で奔放な文体でエッセイや小説を書き出すことになります。

そういうわけで、最初の短篇集『酒宴』を四十五歳のときに、そして第二短篇集を五十一歳のときに出すという、遅い歩みになったんですけれども、その中に収められた「空蟬」は、まさに老人を主人公にしている小説です。老いとは何か、それから若い頃に志した仕事をひと通り成し遂げ、老いに差し掛かったとき、そこから改めて自分の前に開ける時間というのはいったい何なのか――そうした主題がそこには展開されている。

記憶と現在

「空蟬」の主人公は作品中で文字通り「老人」と呼ばれている人物です。もうあくせく仕事をしなくてもよい、自由な時間を楽しめる悠々自適の境遇になっています。先ほど、吉田健一は六十五歳で早世してしまったというお話をしましたが、昨今はとみに平均寿命が伸びていて、「人生百年時代」などと言われたりしていますね。百歳まで生きる方はそれでもまあ例外的でしょうが、ともかく吉田さんの頃より人々の寿命がずっと長くなっていて、リタイア後の歳月をどう過ごすか、自分の余生の時間にどういう意味と価値を見出すかというのは、喫緊の社会問題となってきていますね。

そういう観点からすると、老いの時間の豊かさを讃えた吉田健一の作品は、参考になる点が多々あるように思います。

たとえば「空蟬」の中にこんな一節があります。

老人が居間に使つてゐる部屋で何もしないでゐられるのも、さうして幾つかの時間があり、或《あるい》は、同じ時間といふものに基いて幾つかのことが違つた早さで行はれてゐるのが、いつでもそのことの方に頭が向ふ時に感じられるからだつた。例へば、現在は刻々に過去になりつつあるといふ種類の遊戯に気を取られなければ、三月も窓の外に夏の立ち木を眺めてゐるうちに、日差しが秋に変り、それよりも遙《はる》かにゆつくりと本の背の金文字は光沢を失つて行き、そして十年前にあつたことは一年たてば十一年前のこと、更に十五年、十六年、二十年前の出来事になつて、さうして一年たつ毎《ごと》に遠ざかつて行くとともに、二十年、三十年前の出来事でも、それが思ひ出したければその瞬間に、自分がその時代に戻るのか、或は寧《むし》ろ、その出来事もあつて今の自分になつたものの所にその出来事が戻つて来た。自分までがその頃の自分になつて、当時の苦痛が苦痛であるのは変らず、喜びは失はれた喜びであることが一層はつきりすることに身悶えして、かうして時間の流れが乱されるのは人間がまだ若い間のことである。

吉田健一の文章は「まどろっこしい」と言うのか何と言うのか、一読して意味がさっと頭に入ってこないところがあります。すると読者としては二度、三度と立ち戻って読み返すことになり、読む速度は否応なくきわめて遅くならざるをえない。言葉の流れの一種特異なゆるやかさを体感することになります。この特徴的な文体について、「牛の涎《よだれ》みたい」にだらだら続いてゆくとか、悪口を言う人もいますけれども、たしかに一種の「だらだら」感はあるにせよ、何を言っているのかわからないわけではない。彼の場合、言いたいことの趣旨はいつでも明快、明晰です。ただそれを彼は、言葉が次々に頭に浮かんでゆく通りの順序とリズムで語り継いでゆく。

現在というものが刻々移ろい過ぎてどんどん過去となってゆくという、そういう忙《せわ》しない時間観は「遊戯」でしかないのだ、と言っているわけですね。そうではなくて、現在の中にこそそれまでの人生の過去というか記憶のすべてがあるのだ、と。過去の出来事の想起というのは、昔の時代に戻ってゆくというよりはむしろ、今自分が立っている現在に過去の出来事が再帰してくるということなんだ、とも言っている。

過去に体験した苦痛にしても喜びにしても、自分にとっての必然的なものだけが残って成熟した自分の一部をなすこととなった。そうしたすべてが相俟《あいま》って自分の現在がある。そこに老いという豊かな時間が開かれる。そういう過去の様々な経験が自分の現在のうちに改めて立ち現われてくる――思い出すとはそうした行為のことだということでしょう。これは老人が過去を回想しつつそうした機微を改めて反芻《はんすう》している一節です。「空蟬」というと蟬の抜け殻という意味ですが、これはまあ反語というか、ちょっとしたユーモアを籠めて、空虚な抜け殻とはまったく無縁の、充実した老いの境地をあえてそう言ってみせているわけでしょう。

この短篇小説は彼の現在と過去の記憶をとりとめもなく物語っていき、その中にはちょっと艶っぽいエピソードも入っていたりする、とても面白い作品なので、機会があったらぜひ全体を読んでいただいて、ゆるやかに流れてゆく吉田さんの文章の魅力を堪能していただきたいと思います。

この老人には恐らくモデルがあって、先ほど言及した彼の祖父に当たる牧野伸顕という人のイメージがかなり深く入っているんじゃないかと、わたしは推測しています。吉田さんが子供の頃から親しんでいて、その生き方を間近から見て尊敬していたのが牧野伸顕です。先ほども言いましたが、大久保利通の次男で、一八六一年生まれ、文部大臣、外務大臣、宮内大臣、内大臣など政府の要職を体験し、日本の敗戦まで見届けて一九四九年に亡くなった方ですけれども、吉田さんの尊敬は、牧野の社会的な地位とか世間的な評価に向けられたものではなかった。牧野伸顕という人の懐の深さ、度量の広さ、人間としての大きさが孫の吉田さんの目にははっきりと見えていた。老いというものがたんに心身の衰えの過程ではなく、むしろそれまで生きてきた歳月の重さ、広さ、深さがぜんぶそこに集約されるような境地のことなんだという、そのことを身をもって体現している人物が、彼の身近にいたわけです。

「余生」の概念

そうなると「余生」という言葉は彼にとっては当然、プラスの価値を帯びてくるわけです。「余生の文学」という重要なエッセイが彼にはあります。それと他のいくつかの文章と併せて『余生の文学』という題名の本を一九六九年に出しています。このエッセイの執筆は一九六八年、五十六歳のときですが、その最初のほうにはこんな一節があります。

自分に何が出来るか解らなくてそれでも何かやつて見たいといふのは厄介な状態であるが、若いうちはその状態にある他ないやうで、やつて見なければ自分に何が出来るか解らない。併《しか》し理屈はさうであつても、やつて見てゐる途中でそれが自分には出来ないことであるのが解つた気になるといふこともあり、これも確かではなくて、それから先は滅茶苦茶である。

若いうちは焦りがある。とにかく何かを成し遂げなければいけないという焦燥感から、迷いや苦悩が生じる。吉田健一自身の実体験だったんでしょう。しかしこのエッセイを書いた五十六歳になってみると、さすがにそういう焦りも「滅茶苦茶」も吹っ切れて、余生に入ったという実感を得るに至った、と。

そういう若さゆえの「滅茶苦茶」は文学の世界にももちろんある。吉田さんは続けて、「人生の大概のことは文学の世界での出来事に照応して、文学の世界でも若さは少しも若いからいいといふことではない。この頃の日本で言ふ青春とかいふのは論外である」と言っています。

ちょっと話が逸れますが、ご存じのように日本には芥川賞という文学賞があり、半年に一度のその受賞者発表の際にメディアは大騒ぎしますから、日本を代表する文学賞のように世間的には思われていますが、あれはじつは新人作家の登龍門でしかないのです。その年の最高の文学作品に与えられる英国のブッカー賞なんかとは全然違うものです。日本人はともかく「新人」が好きなんですね。若い新人の出現を囃《はや》し立ててちやほやする。そんな行事があんなふうにメディアの大事件になってしまう。本当に大きな文学作品を作れるのは成熟した大人だけだという吉田さんの文学観からすれば、これは奇怪きわまる事態ということになるでしょう。若さとか青春それじたいがそんな良いものであるわけではない。「もし若いといふことに何かの取り柄があるならば　それは若い人間のものとは思へない仕事をする体力が若い人間にあるから」でしかないのだと彼は書いている。「余生」というと、まあふつうはそんなに良い意味にはなりません。本来の仕事をすべてやり遂げてしまった後、死ぬまでのあいだの、余った残りの時間、付け足しみたいな年月という感じでしょう。ところが吉田健一はこの「余生」から初めて本当の文学が始まるのだと言います。「余生があつてそこに文学の境地が開け、人間にいつから文学の仕事が出来るかはその余生がいつから始るかに掛つてゐる」。先ほども言いましたように、『英国の文学』や『英国の近代文学』といった英文学者としての主著を完成した時点で、社会から課された義務はすべて果たした、と彼は考えたんでしょう。残されたのは余生なんだけど、しかしその余生からこそむしろ本当の「文学の仕事」が始まる。五十代半ばにさしかかった吉田健一はそういう心境になったんだと思います。

吉田さんが亡くなるのは六十五歳のときですから、五十六歳でこのエッセイ「余生の文学」を書いてから死ぬまでに流れた時間は、たったの九年です。しかしこの九年間に吉田さんが成し遂げた文業の質と量、豊かさと密度の高さ、これは驚くべきものです。日本近代文学史上の奇蹟の一つだと思います。十年にも満たない期間に、彼は恐るべき量の文章を書き、しかもそれらはすべて、深く濃密な文学的な興趣を湛えた、すばらしいエッセイや小説ばかりだった。
それを可能にした「余生」の時間へ、吉田さんがオマージュを捧げている一節を紹介したいと思います。一九七一年、彼が五十九歳のときに書いた「航海」という短篇小説の一節です。主人公はインド洋を渡ってヨーロッパから日本に帰ってくる船の中で、これまた老人なんですけど、ある老人と知り合ったのだという。その老人と酒を酌み交わしながらいろいろな会話を交わし、ちょっとした事件が起こったりもするんですけれども、そのなかで老人がこんなことを言います。

「かうして段々日が暮れて行く訳ですか、」と老人が言つた。「夕方つていふのは寂しいんぢやなくて豊かなものなんですね。それが来るまでの一日の光が夕方の光に籠《こも》つてゐて朝も昼もあつた後の夕方なんだ。我々が年取るのが豊かな思ひをすることなのと同じなんですよ、もう若い時のもやもやも中年のごたごたもなくてそこから得たものは併し皆ある。それでしまひにその光が消えても文句言ふことはないぢやないですか。そのことだけでも、命にしがみ付いてゐる必要がないだけでも爽かなもんだ。」

吉田健一の文章は回りくどくてしばしばわかりにくかったりすると先ほど申しましたが、ここでは彼はじつにすっきりした単純な言葉遣いで、「余生」の時間の豊かさというものを見事に語りきっています。非常に美しい文章じゃないでしょうか。わたしはこの魅力的な数行を、これまで吉田健一について書くたびに何度も何度も引用してきたように思います。

吉田健一の小説

二つの軸に沿ってお話したいと最初に申しましたが、このあたりからその二番目の、「小説家吉田健一」という話題に移っていきたいと思います。

小説というものを吉田健一が本格的に書き出すのは五十代に入ってからなんですね。先ほど引用した「空蟬」は五十歳の作品なんですが、「辰三の場合」という一九五九年に書かれた短篇小説がありますゝ。このとき彼は四十七歳。これは吉田さんが小説らしい小説を書こうとした、恐らくいちばん最初の試みかもしれません。そのことは冒頭の数行ですぐわかります。この短篇は、「小説というのは妙なもので……」と書き出されている。それじたいが小説なのに、「小説といふのは……」という言葉で始まっているんです。

小説といふのは妙なもので、空で小説を書くことを考へてゐれば、言葉が幾らでも頭に浮んで来て繋る。例へば、——

その日は朝から曇つてゐた。辰三は遅い朝飯をすませて火燵《こたつ》に潜り込み、どうやつたら三時前に会社から抜け出せるか、もう一度考へて見た。岡田には何としても返事を書かなければならない。みさ子が困つてゐるのが眼に見えるやうで、これ以上、愚図愚図してゐては男が廃ると思つた。

最初の二行はなくてもいいのに、わざわざ「小説といふのは妙なもので……」という、批評家吉田健一、あるいはエッセイスト吉田健一のように書き出している。そうしながら、「例へば、――」と言って、行が変わるといきなり小説そのものが始まってしまう。

さらに次の段落では、「――こんな風に、自然に小説になつて行く」と、また批評家吉田健一に戻って、こんなふうに小説みたいなものを書き出してみたんだけど、面白いもんだなあ、と自分で感心しているような感じです。

――こんな風に、自然に小説になつて行く。或は少くとも、ここまではさうで、そのまま続ければいいやうな気がするが、それが必ずしも簡単なことではない。勿論、辰三、岡田、みさ子などといふのは出鱈目に思ひ付いた名前で、それがジヨンとコルサコフに浪江でも構はない。要するに、名前などはどうでもいいので、そんなことよりも、この辰三といふ人物は遅い朝飯をすませてから、［以下略］

とてもユーモラスですよね。上質のユーモアを交えつつ、小説なんて何をどう書いてもいいのだと主張しつつ、しかもその小説それじたいを書き進めてゆく。自由自在な、天真爛漫な書きぶりです。

これはまさに、人生いかに生きるべきかを問うような深刻な文学観には絶対に与《くみ》しないという、吉田健一という文人のマニフェストみたいなものです。たしかに若い頃には、人生をどう生きるかを思い悩んだ時期もあったかもしれない。しかし、そういう青臭い青春期をひとまず乗り切って、余生と呼んでもいいような時期に入りかけ、彼自身が創作を試みようとしたときに、その思いがこうした形をとっていったということでしょう。そのとき、虚構の散文としての小説というものが、余生に入った者にのみ可能な自由な伸びやかな心の働きにもっとも適した文学形式として彼の前に現われたということではないかと思います。

こういう野放図な書きかたがわたしたちにとって興味深いのは、それが小説という文学形式そのものを、いわば批評的に——現代ふうに言えば——「脱構築」するとでも言ったらいいのか、いったん意味を解体してもう一度組み立て直すといった、きわめて前衛的な文学実験のようにも見えてくるからです。

でたらめにいくつか名前を思いついて、これから自分は小説みたいなものを書いてみるんだ、と。「併しそれも、やつて見なければ解らない。丹念にノオトなどを取つてから仕事に掛つた所で、ノオトはノオト、それを使つて始めた積りの仕事は又別なもので、言葉に弾みが付いてノオトに書いてあるのとは反対のことが出て来ても、それでは話が違ふからといふので引つ込めるのも惜しい気がすることがある」。ここでまたはぐらかすような言いかたをしているわけです。「小説家も人物の勝手にさせて置く他ない。それ故に益々ただ書いて見るだけのことなのである」。いわば言い訳みたいなことを書いているわけなんですが、いったん人物を登場させたら、後はその人物が勝手に動きはじめるのを追いかけてゆくだけだ、それでいいじゃないか、というわけです。自由自在で「何デモアリ」である小説という散文形式を、面白い遊戯として楽しんでやろうという、余裕ある大人の態度です。

そういう吉田健一が初めて試みた長篇小説が『瓦礫の中』です。それまでに短篇小説はすでにぽつりぽつりと書き出していた。ここまでのところでわたしが触れた「空蟬」や「辰三の場合」を収録している『残光』が最初の短篇集なのですが、この時点では彼はまだ短篇小説しか書いていなかった。その彼が一九七〇年に初めて書いた長篇が『瓦礫の中』で、そのとき彼は五十八歳。その後、彼は立て続けに長篇小説を書いてゆく。先ほど、一種奇蹟的な現象と言ってもいいんじゃないかと申しましたが、『瓦礫の中』の後、『絵空ごと』（一九七一年）、『本当のやうな話』（一九七三年）、『金沢』（一九七三年）、『東京の昔』『埋れ木』（ともに一九七四年）と続いていきます。さらにこの六冊の長篇を書く合い間に、短篇小説もたくさん書いている。七七年の逝去までのあいだに、何とも恐ろしい集中力で密度の高い仕事を成し遂げたものだと感嘆します。

「以後」をどう生きるか

その長篇第一作である『瓦礫の中』ですが、これは日本が戦争に負けて焼け野原になった一九四五年の東京を舞台にした作品です。瓦礫に埋もれて暮らす主人公が、戦後と呼ばれる時代をどういうふうに向き合ったかを、吉田さん一流のユーモアを籠めて語っているとても面白い小説です。東京がアメリカ軍の空襲で瓦礫の山と化してしまった世界の物語です。これはいわばある大きな出来事が終わって、その後をいかに生きるかという主題を扱っているわけで、考えてみると吉田健一という人は、何かが終わった後、それ「以後」をどう生きたらいいのかということを考えつづけた人なのかもしれません。

これは評論になりますけれども、吉田健一には『ヨオロツパの世紀末』というたいへんすばらしい本があります。そこで彼が展開している趣旨を簡単に要約すると、ヨーロッパ文明の全盛期は一八世紀であり、そこでヨーロッパは爛熟《らんじゅく》の極みに達してしまった。それ以後、凋落期として一九世紀が来る。ただ、その一九世紀の末に、一八世紀の爛熟がいわば狂い咲きのように回帰してくる一時期が訪れる。それが「世紀末」だというわけですね。終わってしまった「後」をどう生きるかという問題がそこでも扱われている。ちなみに『ヨオロツパの世紀末』は『瓦礫の中』と同じ一九七〇年に発表されています。

瓦礫の山と化してしまった東京で、人はどう生きていったらいいのか。余談になりますが、わたしたちに近いところで言っても、二一世紀に入って以降、とくにここ十数年来、東日本大震災があり、コロナ禍という世界的なパンデミックがあり、しかも今ヨーロッパでは出口の見えない戦争が始まっている、ともかく大変な時代になってきている。大きな震災が起きるたびに瓦礫の処理が大問題になりますが、瓦礫の「後」をどう生きるかというのは、わたしたちにとってもきわめてアクチュアルな問題です。そんな問題に直面している現在、吉田健一の『瓦礫の中』を改めて読み返してみるというのは、かなり重要な意味のあることなのではないでしょうか。

さて、この『瓦礫の中』でも、吉田さんのユーモラスな語り口はさっきの「辰三の場合」という短篇の場合とまったく同じです。アメリカによる占領が始まった戦後日本の風景をあれこれ描いた後、「ここで人間を出さなければならなくなる」と彼は突然言い出します。

ここで人間を出さなければならなくなる。どういふ人間が出て来るかは話次第であるが、先に名前を幾つか考へて置くことにしてこれを寅三、まり子、伝右衛門、六郎に杉江といふことで行く。まだその名前の人間が出て来る、であるよりも寧ろ出来てゐる訳ではなくてただ名前の方が何となく頭に浮んだに過ぎない。これから誰か出て来る毎《ごと》にこれにその名前のどれかを付けて、名前が多過ぎるか足りなくなるかすればもつと名前を考へるか、或は話の筋を変へるまでである。［…］なるべくどこにでもありさうな名前がいいので、例へば萬里小路などといふ名前だとお公卿さんにする義理が生じることになり、I・W・ハーパーでは外国人にしか付けられない。

小説の物語をこれから始めてみようと思うが、やっぱり小説だから人間を出さないと駄目だろうな、などという人を喰ったことを抜け抜けと書いてみせるわけです。ちなみにI・W・ハーパーはウィスキーの名前で、お酒好きの吉田さんならではのちょっとした冗談ですね。

最初の長篇小説を彼はこんなふうに書き出しました。小説という言説形式そのものを、おちょくるというかパロディー化してみせている。小説という文学の器のありかたそのものを批評的に考え直させてくれる小説、ある意味ではきわめて実験的な前衛小説とさえ言ってもいい。しかしそれは知的な趣向を凝らした実験ではない。五十代に入った吉田健一が、「余生」という時空の自由を楽しみつつ、またその自由な遊戯精神を存分に発揮しつつ、小説の創作に接近していったとき、自然にこういう文章が流れ出してきたということなんです。それは頭で考えて作った仕掛けではなく、彼の人生が必然的にこういう言葉のかたちに結晶していったということなんだと思います。

「人間のやうなもの」

吉田さんの最初の短篇、最初の長篇を取り上げたので、彼の小説世界がその後どんなふうに展開していったのかを、逐一追っていきたいのは山々なんですが、何せ今日はそんな時間がありません。仕方がないので、ちょっと唐突ですが、今日はとにかく彼の最後の作品を紹介してみたいと思います。

「山野」という短篇小説があります。これは一九七五年に発表されたもので、最後期の短篇の一つです。彼の最後の短篇群は、生前の刊行が間に合わず、彼の死後の一九七八年に『道端』というタイトルでまとめられて出版されました。『道端』は、小説家吉田健一の最後の境地というか最終到達点を示している、とても面白い短篇集なのですが、これまで書かれてきた吉田健一論では取り上げられることが少なく、わたしはそれを残念なことと思っています。そして、そこに収録された短篇のなかでも、「山野」というのはとくに興味深い作品で、こんなふうに始まります。

冬の日が寒いのは当り前なことのやうであつてもそれを寒いと感じる間はただそれだけで冬の日も何もあつたものではない。さういふ時には先づ温ることが必要で五体が生気を取り戻して来れば注意が再び周囲のことにも向つて冬の光線が余り熱を伝へなくて霜の冷たさを思はせることやその光線を受けた木の枯れ枝が静かに明るさに浸つてゐるのも解る。そこには音がない。
枯れ枝を静かに明るませている冬の日差しというものの美しさが語られています。ただ、それを感受するにはまず体が温まらなければならない。そのために焚き火をするのだ、と。しかし、その焚き火に当たっているのは誰なのか。

そこはその向う側の山との間に野原を挟んでゐる形の山の中腹で丁度いい恰好の窪みに生えてゐる木の幹に倒木を何本か立て掛けて草で葺《ふ》いた住居の前に火が燃えてゐた。又それが地面にぢかの焚き火でもなくて石を敷いて縁まで付けたのが炉とも呼べてそこに積る灰にはそれはそれで色々と使ひ道があつた。その焚き火をしてゐるのを人間と言つていいかどうかは解らない。

山の中腹に誰かがいて、その前に野原が広がっていて、そのさらに向こうに隣の山が見えている。そこに掘立て小屋みたいなものを建てて住み、焚き火をしている誰かがいた。しかしその誰かを「人間と言つていいかどうかは解らない」。
小説というのは大概、登場人物がいるわけです。「登場人物」とは小説ジャンルに内属する一種の「制度」みたいなものだと言ってもいい。吉田さんはその「制度」じたいをちょっとからかうようにして、とりあえず名前を決めておくとか、そういう遊びをやってきたわけですけれども、残念なことにかなり短くして終わってしまった彼の文学的「余生」の、最後の最後に至って彼が書いた小説には、もう人間すら出てこないのです。

人間でなかったら何なのか。それは「或る種の木の枯れ葉」を縫い合わせて身にまとい、「同じ枯れ葉の帽子まで被つてゐ」る誰か、あるいは何かです。それは「少くとも人間のやうなもの」なのだという。人間ではなくて「人間のやうなもの」。さらに次の節では、「併しまだその人間のやうなものが人間なのかどうか決めてない」と念を押している。さらに先には、「兎に角その枯れ葉を着た眼が小さな男と見る他ないものが焚き火に当つて向うの方を眺めてゐてその眼差しは人間のだつた」と書かれている。では、「男」と書いてあるし「その眼差しは人間のだつた」とあるから、やはり人間の男ということになったのかなと思うと、改行した次の節の始まりには、「尤《もつと》もそれだから人間だつたと決める訳にも行かない」とある。あっちかこっちか迷ったり、引っ繰り返しを重ねたりするのを作者自身が楽しんでいるような気配がある。

『瓦礫の中』では「ここで人間を出さなければならなくなる」と言っていたのに、「山野」に至って彼は、別に人間を出す必要などないのだという認識にまで逢着したわけです。登場「人物」など小説に不可欠の要素ではないのだという過激な地点にまで、吉田健一の小説はついに至り着いてしまった。何かの「存在」が出てくるけれど、それが人間なのか人間じゃないのかは最後までわかりません。そこに現出するのは、小説なのか小説じゃないのか、最後までわからないような不思議な小説、というよりむしろ「小説のようなもの」です。そう言えば吉田さんの長篇の一つの題名は『本当のやうな話』でした。

吉田さんのこの遺作——遺作の一つ——は、小説のような小説でないような、しかし小説にとてもよく似てはいる、一種奇態な作品です。

そこには途方もないユーモアが漲っている。この変な「男」は、どうやら「山野」の自然の化身というか精霊のようなものらしいのですが、わたしたち読者は、何かの物の怪みたいなものに化かされているような、おちょくられているような、不思議な酩酊感を味わいつつ、この「小説のようなもの」を読み進めることになります。吉田健一特有の、ゆるゆると進んでゆく言葉のリズムに運ばれて、絶えずゆらゆら揺れている酔っ払ったような状態を体感することになる。最後の最後に至って、吉田さんはそういう特異な文章を、人間なのか人間でないのかわからない「存在」を主人公に据えて書いた。つくづく不思議な作家だったと思います。

結論というようなものはないのですが、まとめておけば、ともかくわたしが強調したかったのはこういうことです。吉田健一は、老いや余生をたんなる凋落とか衰弱とかとは考えず、むしろ人生のなかでいちばん輝く時間として捉えるという、そういう人生観の持ち主だったということ。それから、老いに向かってのそういう成熟、豊熟と平仄《ひょうそく》を合わせるように、歳をとってゆくにつれて書く文章がどんどん自由になり、ますます野放図で破天荒な小説の実作を展開していった、そういう稀な文人だったということ。そういうことになろうかと思います。

息遣いとしての句読点

吉田健一の文章における句読点についてのご質問がありました。

これはとても面白い問題なんですね。吉田さんの文章の句読点とはいったい何なのか。来週講演なさる三浦雅士さんのエッセイで、こういう話を読んだことがあります。三浦さんが吉田さんに「先生の読点は呼吸ですよね、息ですよね」と訊いたというんです。息遣いに従って読点を打ってゆくんじゃないですか、と。すると吉田さんは、「句読点の打ちかたって、それ以外のやりかたがあるのかい」と答えたのだそうです。「源氏物語に句読点なんかあるかい」と言ったというのですが、言われてみればまったくその通りなんですね。

句読点というのは、われわれが文章を書くときにはふつう、論理の組み立てを明確にするために打つものだと考えているんじゃないでしょうか。ある思考の単位をなす言葉の一塊がまとまったところで、そこにとりあえず点を打つ。その単位がいくつか集まってセンテンスが成り立ったところで、こんどは丸を付けて締め括る。ところが吉田健一の文章というのは、そういう論理構造によって成立したセンテンスの概念からは、相当はみ出したリズムと音調を持っている。このリズムと音調は、ロジックというよりむしろ書き手の息遣いと密接な関係を持っているわけです。言葉が彼の心に浮かんでくるとき、それは「論理的」に浮かんでくるわけではないのでしょう。とくに小説はそうです。いわば池の底から水が湧き出してくるように、あるいは泡粒がぽかりぽかりと浮かんでくるように、言葉が湧き上がってくる。それをそのまま書き留めていったものが吉田健一の文章で、そこから一種特有の読みにくさも出てくるのだと思います。

そうすると、そもそも句読点なんて打つ必要があるのか、という過激な考えかたにもなってくる。吉田さんの文章は、後期に入ってゆくにつれて読点がだんだん少なくなってきますね。読点なんか要らない、いやひょっとしたら句点さえなくてもいいんじゃないか、ということになってくる。

そういう文章は読みにくいとも言えるけれども、書き手の息遣いに寄り添って、その自然な流れに乗ってしまえば、それはそれでけっこうなだらかに読めてしまう文章でもある。そこには書き手の生理に基づいた、自然な音調とリズムの流れがあるわけですから。そうなると、改めて点を打つまでもないので、むしろ読者のほうが読みながら心のなかで、自分なりに点を打っていけばいいんだという考えかたもできるでしょう。極論すれば、言葉とはただひたすら流れてゆくもので、その流れをわざわざ句読点なんかで停止させなくてもいいんじゃないか。そういう過激な文章観にまで至り着くかもしれません。

わたしは吉田健一の文章を愛読してきたので、そのあまり、ときどき自分が書く文章も何となく「吉田健一調」になってしまうことがあるんですが、ただあれは決して真似できないものなんですね。どうしてもここで点を打って論旨をはっきりさせないと、意味の繋がりが悪くなるというところが出てきてしまう。で、点を打ってみると、情けないことに、結局はごくありきたりの平凡な文章になってしまう。やはりこれは吉田健一さんという文人の例外的な——さあ何でしょう、才能ではないな、彼の例外的な身体のありようみたいなものの所産なんですね。さっき生理という言葉を使いましたけれども、心理というよりも吉田さんの生理に深く根ざした文章だと思います。源氏物語などともちろん全然違うし、他にはなかなか比べるものがない、非常に不思議な言葉の織り物を紡いだ人だったと思います。

吉田健一の最後期の短篇小説集に『怪奇な話』というのがあって、これも死後出版になってしまった本ですが、これは怪談集なんです。超現実的な出来事の物語を集めている。幽霊が出てきたり魔法使いが出てきたり、「化けもの屋敷」という短篇もある。そういう超自然の世界を書くなかで、何かある一つの「もの」が本当に見ている通りの「もの」なのか、それとも別の「もの」なのか、訳がわからなくなるという事態が出来《しゅったい》します。

そこには最終的に、吉田健一がこの世界を見ている視線のありかたが現われているように思います。堅固な現実を言葉で表現する、表象するというのとは少し違う文学空間――世界よりも言葉のほうが先にあるとでも言ったらいいのか、言葉がまず浮かんできて、それが世界を絡めとってゆく、そんな書きかたによって生成してゆく文学空間がそこにはあるような気がするんです。吉田健一の文章の、絶えず揺らめいている曖昧さのようなものを考えるとき、わたしがいつも思うのは、世界よりも先に言葉があるという、そういう意識を持っていた文人だったんじゃないかということなんです。

まだ時間が少々あるようなので、先ほどの老いと成熟の問題についてもう少し付け加えておこうかと思います。実はここまでお話してきたことを多少だけ引っ繰り返すようなことになるのですが……。吉田健一は老いや余生の時間を、今までの人生の記憶がそこにぜんぶ豊かに照り映えているような、価値のある時間として顕揚してきたわけですね。いわば「老いのユートピア」みたいなものが語られている。これはわたしたちを大いに勇気づけてくれる考えかたで、そんなふうに老いていければいいなと、つくづく思うわけです。

ただ、わたしは今年の誕生日で満六十八歳になりまして、吉田さんの享年を追い越してしまったんです。二十代、三十代の頃から吉田健一に親しんできて、こういうふうに歳を取っていけるといいなあと念じながら、最初に申し上げた通り、繰り返し彼の文章を読み返してきた。ところが、今やわたしは彼が死んだ歳を追い越してしまって、いよいよ本格的に老いのただなかに足を踏み入れようとしている。そうしたわたし自身の現在を改めて顧みたとき、黄昏の時間の豊かさという考えかたに関して、正直なところ少々疑いを抱いているところもあるんです。六十五歳という若さ——今のご時世ではそう言うべきでしょう——で亡くなった吉田さんがついに見ることなく終わった風景を、こっちは否応なく見なければならなくなってしまったわけですね。

今日はかなり若い方からわたしよりたぶんずっと年長の方まで、いろいろな年齢層の皆さんがいらしてくださっていますが、弱音を吐くようで恐縮ながら、六十代後半になってきてみると、やっぱり否応なく体にあちこちがたが出てきますね。眼も悪くなる、歯がとつぜん抜けて狼狽したりする、記憶力が減退する、体力、知力、気力が少しずつ衰えてくる。老いの厳しさというものを日々実感するようになって、そうするとさっき非常にすばらしい一節としてわたしが紹介した、「夕方つていふのは寂しいんぢやなくて豊かなものなんですね。それが来るまでの一日の光が夕方の光に籠つてゐて朝も昼もあつた後の夕方なんだ。我々が年取るのが豊かな思ひをすることなのと同じなんですよ、もう若い時のもやもやも中年のごたごたもなくてそこから得たものは併し皆ある。それでしまひにその光が消えても文句言ふことはないぢやないですか」——こんな美しい言葉に対しても、やや懐疑的にならざるをえません。

やはりこれは一種のユートピア小説なんですね。吉田さんは「余生」という名のユートピアの所在を、夢見るように語りつづけたんだと思います。彼が身体を壊して六十代半ばで亡くなったのは、やはりお酒の飲みすぎだったんじゃないかと思わなくもありませんが、日本では今後、七十代、八十代、あるいは九十代の人間がますます増えてゆくわけですね。引き延ばされた「老後」を生きることを強いられることになったわれわれにとって、吉田健一による老いの讃歌を、どこまでリアルなものとして感受できるかということになると、ちょっと首をかしげざるをえません。

ただ、たとえそれがユートピア的夢想でしかないにせよ、幸福感の漲るその夢想を、吉田健一は言葉で見事に表現してくれたわけです。彼独特の息遣いが窺われる生き生きとした文章で、そんな心の持ちようを鮮やかに書き残してくれた。そこにいつでも立ち戻り、それを読み返しつづけることで、われわれは充実した豊かな時間を過ごすことができる。老いと「余生」が緊急の社会問題として浮上しつつあるわれわれの時代に、大きな示唆を与えてくれる貴重な文学的成果がそこにあることは間違いないと思います。

吉田健一、この三冊

最後に、こういう機会ですから、「吉田健一読書案内」みたいなことをひとことだけ。「吉田健一ベスト3」というのを考えたことがあるんです。吉田さんの本をあまり読んだことがなくて、これから読んでみようという方がいらっしゃいましたら、これはぜひお勧めですという三冊——長篇小説一冊と短篇小説集二冊ですが——を挙げてみます。もちろんこれはわたしの個人的な好みの反映にすぎませんが、多少皆さんのご参考になるかもしれません。

まず、長篇小説のなかでは何と言っても『金沢』です。文字通り石川県の金沢を舞台にした物語で、金沢に居を定めた男がいろいろな怪異に遭遇する。怪談めいた体験を立て続けに味わうことになる。その経緯を短篇の連作のように語っていき、しかし全体として一つの長篇の結構を備えた作品になっている。すばらしい小説なので、ぜひ読んでいただければと思います。

今、吉田健一の老いのユートピアという話をしましたけれども、ここでは金沢という町じたいが一種のユートピア——「どこにもない場所」として描かれている。現実の金沢はもちろん情緒溢れる素敵な町で、わたしもときどき遊びに行きますが、この小説では、吉田さんの玄妙な想像力と言葉の魔術で、現実の金沢が不思議な桃源郷と化してしまう。金沢は川の町です。ご存じのように犀川と浅野川という二つの川が流れている。「川」というのも吉田健一の好みのテーマの一つで、流れつづける川の水景の魅力を彼は様々な小説で描いています。彼の文章じたいがいわば川の流れに似ているとも言える。言葉がとめどなく果てしなく、一瞬も滞らずに流れつづけてゆくようなところがあります。そうした言葉の流れによって、吉田さんは川の町金沢を舞台にした怪異譚を書いているんです。読んだことのない方はぜひお読みになってください。

二冊目は、先ほど「航海」という短篇を紹介しましたが、これが収録されている短篇集『旅の時間』です。これもたいへん素敵な本です。旅をめぐるエッセイとも小説ともつかない散文が収録されていて、パリだったりニューヨークだったり京都だったり、世界の様々な町にまつわる話もあり、「航海」という短篇だったら航行中の船の上での話もあり、あるいは飛行機の中での出来事が語られたりする。日常を離れて異郷に身を置く、旅という体験の楽しさ、面白さを存分に味わわせてくれます。これは吉田健一にしては比較的読みやすい、取っ付きやすい文章で書かれている連作集なので、楽しく読んでいただけると思います。

三冊目は、これも短篇の連作ですけれども、先ほどもちょっと触れた『怪奇な話』。怪談というのは何しろ、物語の面白さを最高度に味わわせてくれる極めつきのジャンルですよね。江戸の化政期には上田秋成の『雨月物語』という名作がありますが、吉田流の怪談がどういうものになってゆくのか、その独特なツイストぶりをどうか堪能してください。

何やら回りくどい、くねくね続いていって、読点も少ない、どこへ連れていかれるかわからないような文体が吉田さんのトレードマークなのですが、今ご紹介した『金沢』『旅の時間』『怪奇な話』はそれほど面倒な文章で書かれていない、かつまた彼の文章の魅力をたっぷり味わわせてくれる三冊です。ぜひお勧めしたいと思います。

それから「番外篇」としてもう一冊だけ、こんどはエッセイのほうから挙げておくとすると、これはやはり『時間』でしょうか。

これも彼の最後期に属する作品なのですが、本当にすばらしい本です。この長篇エッセイはかなり読みづらい文章で書かれているので「ベスト3」には入れなかったのですが、吉田さんの全文業を代表する一冊はということになると、じつはこれに指を屈することになるかもしれません。今日、ずっとお話ししてきて、わたしは「時間」という言葉を何度も何度も使ってきたと思います。人生の時間、余生の時間、黄昏の時間……。それというのも結局、「時間」こそは吉田さんの文学宇宙のキーワードであるからなんです。彼自身も、さっき『旅の時間』という短篇集の題名を挙げましたけれども、時間という言葉をじつに頻繁に使っている。

『時間』が刊行されたのは彼の生涯が終わりかけた一九七六年のことです。亡くなる一年前です。彼は人生の最後の最後になって、「時間とはいったい何なのか」という問題を徹底的に考え抜こうとした。それが『時間』というタイトルの一冊に結実したわけです。「ベスト3」の三冊を読んでいただいた後、吉田健一の世界の基底をなしている「時間」の概念とはいったい何なのか、それについて彼はどう考えていたのかを、改めて知りたいと思われたら、ぜひこの本を読んでください。

その後、彼は『時間』の続篇のようなかたちで、『変化』という題名の本を書こうとします。『時間』は、「時間はただ流れてゆく」という、その一事だけをひたすら語りつづけた本と言ってもいいのですが、それを書いた後、彼は『変化』というタイトルのエッセイを雑誌に連載しはじめる。『時間』では「時間は流れてゆく」という命題を多種多様なかたちで変奏しつづけたのに対し、吉田さんは『変化』では、「世界は時々刻々変化してゆく」という命題だけをひたすら展開していきます。これも非常に美しい文章です。ただ、彼はこれを全十二回を予定した連載で書こうとして、結局第十回までしか書くことができなかった。第十回を発表した後、第十一回の冒頭の数ページだけ書いたところで亡くなってしまいました。ですから、未完に終わった『変化』が本当の意味での遺作——彼の至り着いた最後の境地の表現ということになります。

吉田健一は、日本の近代文学史上どうしてこういう人が出てきたのか今もってよくわからない、今もなお大きな謎でありつづけている文人です。異端にして正統、正統にして異端であるこの不思議な作家に興味を持たれたら、ともかくまず『金沢』と『旅の時間』と『怪奇な話』の三冊をお読みいただけますと幸いです。そのうえで、さらにもっと深く彼の思想を知りたいというお気持ちになられたら、彼が最後の最後に、自分の過去の全体を振り返りつつ、これまでの自分の人生の「時間」を文字通りぎゅっと圧縮して語ろうとした『時間』、そしてその続篇の——残念ながら未完に終わった——『変化』のページをめくっていただくと、ますます興趣が深まるのではないかと思います。

長時間にわたってご清聴いただきまして、どうも有難うございました。

（本講演は、県立神奈川近代文学館、公益財団法人神奈川文学振興会の主催で、県立神奈川近代文学館ホールで行われた）

光の変容

（『吉田健一に就て』（国書刊行会）刊行記念イベント「吉田健一の文学」基調講演、二〇二三年十一月二十三日）

夕暮れの光

今日は「吉田健一――光の変容」というタイトルで、少しばかりお話させていただきます。吉田健一について何か話しに来ないか、というご親切なお誘いを武田将明さんから頂戴しまして、どうしようかとかなり迷いました。吉田健一については、わたしはこれまでけっこう沢山のことを書いたり喋ったりしてきたので、新しくお話できるようなことはもう何にも残っていないな、とまずは思いました。せっかくのお誘いだけれどやはりお断りするしかないかなと考えつつ、一日二日のあいだ吉田さんの文章をあれこれぼんやりと思い浮かべたりしていたんです。

すると、吉田健一の文章のなかで好きな一節とか、好きなページとかがいろいろあるわけですが、そうした文章の断片を記憶のなかからあれこれ甦らせているうちに、今までとくに意識しなかったことで、今回ふと気づいたことがありました。そのどれにも光のイメージが出てくるということです。それで、「光」あるいは「光の変容」という角度から何か言えるのではないかと思い立ちまして、今日ここにのこのこ出てきた次第です。まだ考えがまとまったわけでもないので、とりとめのない話になるかもしれませんけれども、どうかご勘弁ください。

先般、『吉田健一に就て』という非常に刺激的で面白い内容の論集が国書刊行会から刊行されました。これをきっかけに今後、新しい吉田健一像や、吉田さんの文業の新しい解釈とか研究とかがもっともっと出てきそうな気配で、それを思うとわくわくします。それで先ほど、武田さんともどもこの論集の編者の一人である川本直さんのお話を聞かせていただいたわけですが、川本さんによると、この『吉田健一に就て』は、吉田健一の「アウラ」を剝ぎ取ってしまおうという野心で編んだ本なのだという。たしかに、それはそれで面白い批評的試みだと思うのですが、わたしがこれからする話は、そこで剝ぎ取られてしまった「アウラ」を、ほんの少しだけ彼に取り戻させてやれないかという、そんな問いをめぐるものになってゆくかと存じます。「アウラ」というのは、要するに光――聖人や天使が身に帯びている後光、背後から射してくる聖なる光――ですよね。それをほんの少しだけでも回復させてやりたい。「アウラ」がすっかり剝ぎ取られたままだと、吉田さんがちょっぴり可哀想ですから。

たとえば、わたしが若い頃に読んで魅了され、吉田健一について何か書くたびに繰り返し引用してきた一節があります。それは短篇集『旅の時間』中の一篇である「航海」の、最後のほうに出てくる老人の言葉です。主人公とその老人が船の甲板の上に出ると、もうだんだん夕暮れになってきている。

「かうして段々日が暮れて行く訳ですか、」と老人が言つた。「夕方つていふのは寂しいんぢやなくて豊かなものなんですね。それが来るまでの一日の光が夕方の光に籠《こも》つてゐて朝も昼もあつた後の夕方なんだ。我々が年取るのが豊かな思ひをすることなのと同じなんですよ、もう若い時のもやもやも中年のごたごたもなくてそこから得たものは併《しか》し皆ある。それでしまひにその光が消えても文句言ふことはないぢやないですか」

単純きわまる言葉遣いで、老いと死への諦念が語られています。有限の時間のなかで、死へ向かって否応なく歩んでいかざるをえないわれわれ人間存在の宿命がある。そこにはしかし悲嘆はなく、それをただ「豊かな思ひ」とともに受け取り、肯定すればよいのだということですね。吉田さんの言葉の一種の魔術みたいなものがここにはあって、われわれは、そうか、そんなふうに老いていけばいいのだと安堵し、幸福感に満たされる。

ただ、今日は、ここで光の比喩が使われていることに注目してみたいのです。朝から晩まで経過してゆく陽光の変化のすべてが、黄昏の光のなかに籠もっている。光というもののなかに時間の記憶が畳み込まれている。光についてこういう考えかたをした人は、これまで文学者のなかにも思想家のなかにもいなかったんじゃないでしょうか。人が歳をとってゆくという、後戻りなしの人生の時間の経過を、光の比喩で捉えているんですね。光のテーマという角度から吉田さんの文章を読んだことがなかったなと思いまして、それでここのところ『吉田健一集成』のあっちこっちのページを改めて読み返しておりました。

黄昏の光というものが、彼のとりわけ愛好するところだったのはご存じの通りで、ほんの一例を挙げれば『書架記』では、彼自身が翻訳しているイヴリン・ウォーの長篇『ブライヅヘッド再訪』についてこんなことを書いています。

又この小説に差してゐる光が落日のものであるのは間違ひないことである。ウォオ自身が英国に差してゐるのが落日の光と見てこれを書いたので、その五年後の序文でこれが当つてゐなかつたことを認めてゐても別な考へ方をするならば落日が一日の終りを意味するものである時にウォオが過《あやま》つてゐたとも言へなくて一日の終りが少しも一切の終りであることにならないのは夕日がその一日の一切を照し出すことを妨げない。［…］我々自身が落日を浴びた景色を眺めてゐる状態を考へるといいのでそれは豊かなものであるとともに眼がこの時のやうに正確に働くことはない。それは人間の精神が休息を喜ぶのに似てゐる。

光を見る人

しかし、吉田さんが讃えてきたのは落日の光だけではありません。彼の世界には朝の光もある。次の一節もわたしがこれまで何度も何度も引用してきたものですが、吉田健一の代表作、あるいは到達点と言ってもいいと思いますけれども、『時間』という長篇エッセイがありますね。十二章に分たれているこの本の第一章の冒頭部分は、ご存じのように、冬の朝が晴れてゐれば起きて木の枯れ葉が朝日といふ水のやうに流れるものに洗はれてゐるのを見てゐるうちに時間がたつて行く。どの位の時間がたつかといふのでなくてただ確実にたつて行くので長いのでも短いのでもなくてそれが時間といふものなのである。

――というものです。とめどなく同語反復してゆくような、典型的な吉田調の文章ですが、彼はそこでいきなり朝の光のことから語りはじめている。「木の枝の枯れ葉」というから冬の朝のことでしょうが、それが「朝日といふ水のやうに流れるものに洗はれてゐる」と言っている。光が水に喩えられている。「光」と「水」の関係、これも後で問題にしたいと思いますが、ともかくそれを見ているうちに「時間がたつて行く」のだ、と。ここでも時間の経過を光の比喩で語っている。吉田健一の文章によく現われる「光」＝「水」＝「時間」という三位一体のテーマが凝縮されたかたちでここに出現しています。

とにかくいろいろな箇所で吉田さんは光に言及しています。それに対して、音楽への言及はあまりないんじゃないでしょうか。絵についてはいろいろ語っているけれど音楽はない。これがプルーストだと、美術も出てくるけれども、音楽も非常に重要な要素になってきますね。小説の物語も一種の時間芸術ですが、芸術における時間の問題ということでいちばん重要なのは、まずは音楽でしょう。『失われた時を求めて』には、ヴァントゥイユという作曲家が登場し、そのソナタがここでプルーストが追求した時間と記憶の主題と密接な関わりを持つことになる。他方、吉田健一の場合には、まさに『時間』と題されたこのエッセイのなかにもたしか音楽は出てこないのではないか。吉田さんは本質的にはやはり視覚の人、見るものに対して鋭敏に反応する人だったと思うんです。そのことと、『時間』のなかでプルーストの時間観に対してやや否定的な感想が洩らされていることとのあいだに、何か関係があるのかどうか（本書所収「プルーストから吉田健一へ」参照）。

その点で言うと、三島由紀夫などもそうですね。『音楽』というタイトルの長篇小説があるにもかかわらず、三島もどちらかというと視覚型で、音楽の悦びに耽溺《たんでき》するということのなかった人だと思います。ただ三島の場合は、そもそも観念というか〈知〉の勝った人でしたから、吉田健一の文章のあちこちに現われるような感覚的な豊かさじたいがほとんどない。三島は感覚についても美についても、もっともらしいことを書くことは書きますが、美辞麗句の湧出に引きずられ、きらびやかな言葉でひたすらに飾り立ててゆく感じで、わたしなどちょっと鼻白んでしまうところもあります。読者が一読、ただちに深く共鳴し共振し合うような、そういう一節というのは三島にはほとんどないような気がします。それで言うと、吉田は光に鋭敏に反応し、それを自分の人生の財産として豊かに感受した幸福な人だったとつくづく思うわけです。

光の流れ

続いて、彼の第二短篇集の『残光』に入っている「流れ」という短篇を見てみましょう。ちなみにこのタイトルの「残光」も「光」なんですね。しかも残りの光、光の名残りということで、この言葉一つのうちにすでに「老い」とか「余生」という主題も出てきている。

「流れ」の主人公は、ある川の流れの畔に住む河野という男です。物語の舞台は「但馬市」という町で、但馬というのは兵庫県の北のほうに但馬地方というのがありますが、その但馬でいいのかどうか。そこに「庄川」という川が流れていると書かれているのですが、これも実在の川なのかどうか。その辺はたしか種村季弘《たねむらすえひろ》さんが緻密な考証をされていて、その結論は結局、実在の但馬と考える必要はないということだったように覚えています。とにかく「但馬市」を流れる川の描写があり、その水景に漲る光に、主人公の河野が深い感銘を受けているという一節があります。その庄川が日野川というもう一つの川と合流して――という箇所ですが、そのあたりをちょっと読ませていただきます。

日野川を合して水量を増した河は河幅も広くなつて、右岸の建物の影になつた一部を除いて金色に波を打ち、左岸の建物の壁と右岸の建物の屋根が同じ金色の煙に包まれ、それでゐて、建物の角に出来た影や、河岸の並木が道端に落してゐるのは一つ一つはつきり見えた。大橋よりも川下に浮ぶ橋はこの光の靄の中で既に影絵で、光は空から差してゐる代りに、川下から吹き上げて来て大橋を中心に乱舞してゐるのだとも思へた。それは、日がもう少し翳《かげ》るまで眺めてゐなければならないもので、河野はその光の部分よりも到る所に出来てゐる濃い色の影に、この夕方の光を感じた。それは殆《ほとん》ど音に近くて、こつち側の河岸の欄干にもたれてそこに立つてゐるのは、その澄んだ音色から耳を引き離すのが難しいからか、さうした光に満ちた空間から眼を他所に移す気が起らないからなのか解らなかつた。

やや長めのセンテンスが続きますが、ただ、後期の吉田健一のひたすらだらだらと流れてゆくような文章とは違って、まだシンタックスもわりとはっきりしていて、意味はすっと頭に入る。そして描写をしていますね。描写は時期が下るにつれて吉田さんの文章からだんだん消えていきます。描写を試みて、川面に戯れる光やそれが対岸に照り映えている様子などについて、かなりの量の言葉を費やして語っています。またこの箇所が面白いのは、「それは殆ど音に近くて」と、音に喩えているということです。光が音だと言っているんですね。

色から音が聞こえてくるというような感覚を心理学では「共感覚（synesthesia）」と言いますね。音が匂いになり、匂いが色になり、色が味覚になりというような、ボードレールが「夕べの諧調（Harmonie du soir）」という詩で謳い上げた境地ですが、そういう共感覚的なものがここに現われている。こういうなまなましい感覚というのも三島由紀夫みたいな観念的な文学にはあまりないものので、吉田さんの文章の魅力の一つでしょう。

ちなみに「夕べの諧調」は吉田さんが『書架記』や『詩に就て』などで繰り返し触れている詩篇です。

Voici venir les temps où vibrant sur sa tige
Chaque fleur s'évapore ainsi qu'un encensoir ;

Les sons et les parfums tournent dans l'air du soir ;
Valse mélancolique et langoureux vertige !

「音も香りも夕べの空気のなかで旋回している」という五感の響き合い――光がたんに光であるだけではなく、それは音でもあり香りでもあるという、共感覚的なものに吉田さんは非常に惹かれていた。先ほど「光」と「水」の関係と言いましたが、そうした共感覚の饗宴が、流れつづける川の景色を舞台に展開されていることも重要でしょう。

月の光

川が出てくるということですぐ思い浮かぶのは、長篇小説の『金沢』です。金沢にはご存じのように犀川と浅野川という二つの川が流れている。この金沢も、実在するあの金沢と考える必要はじつは全然なくて、虚構の金沢、非現実の金沢でいいと思いますけれども、ともかくそこでも彼は川と光の関わりを語っています。主人公は内山という男で、自分の家から川の景色が見えるわけです。その晩は月が出ていた。「月夜といふのは静かなものである」。

内山は酒にでなくてそれだけの光の氾濫に酔つた。確かに光も一種の流れであり波であつてその中に足を踏み入れれば足がその色に染まるのはそれに洗はれるのである。例へば川の流れに立てば足は洗はれて水は絶えず流れ去つて行く。内山はさういふ流れをそこの庭に、又対岸の森に区切られた地平線までの空間に見てその中に足を入れるまでもなかつた。何故《なぜ》それだけの花が一度に咲いたのか、その冴えた響がどこから聞えて来るのか、それは轟くやうでもあり、そして絶えず流れてもゐてそれ程静かな流れの音を内山は聞いたことがなかつた。

川も見えてはいるんだけれど、ここで「流れ」と言っているのは光の流れなんです。水のように流れる光が、眼前の川の流れそのものと一体化している。非常に美しい一節です。「花が一度に咲いた」という比喩によってその興趣がさらに深まり、その後それが「冴えた響」という聴覚的な美にも転じてゆく。「その冴えた響がどこから聞えて来るのか」。光は流れであり、花でもあり、音でもある。

わたしたちはふだん光のなかで暮らしていて、どの場所にいても光が見えるわけです。ただ吉田さんの場合は、光が流れとして感受されている。それは絶えず流れてゆく、移ろってゆく、そして木の葉や何かのうえを流れてそれを洗ったりもしている光です。つまりそれは時間の体験です。水の流れのなかに時間があるように、光もまた流れつづけ、絶え間なく変容しつづけていて、そこに時間が感受される。そういうことを彼は語っているわけです。

今、『金沢』の月夜の描写を引用しましたけど、月の連想からもう一つ引用しておくと――というかこれは必ず引用せざるをえない文章です、というのもそれは文字通り「月」と題された短篇小説なのですから。これは死後出版の『怪奇な話』に収められた短篇で、二十数ページほどの長さの本文がほとんど月の光についてしか語っていないという、一種異常なテクストです。月の光に取り憑かれた大工の万七という男が主人公で、登場人物は彼一人だけ。その万七さんがいかに熱烈に月を愛したかということだけを延々と語っている、「小説」と言っていいのかどうかもわからない不思議なテクストで、まるで往時の「ヌーヴォー・ロマン」みたいな、前衛的な実験的な小説みたいな趣きもあるのですが、その一節を引用してみます。

月夜の時に風が木の葉を戦《そよ》がせる程度に起るのを愛した。その為《ため》に葉に差してゐる光も動いてそれが庭の下まで広がつて行き、そこを流れる川も光つてゐて木に蔽はれた向うの山も影の中から浮び出てそこまで光は伸びてゐた。さうなればそれはもう月の光でなくて光といふものでただそれが月から差すものなのでその優しさが眼を奪つた。どこを見てもその柔かな光なのである。それは金色の派手な所がなくて眼を休めてそれでも光だつたから飽きることがなかつた。又それだから却つてそれは光の海に浮んでゐる感じでそれが熱と色の代りをして凡てが燃え立つてゐると も言へた。何よりもその光は水を思はせてそれが流れるのでなくてその辺一面に湛へられてゐて それをなしてゐるものが光だつたから静止することがなかつた。万七は眼を通して酔つたのだらうか。

ここでは、流れるとは言っていません。水を思わせるその光は「流れるのでなくてその辺一面に湛へられてゐ」ると言ってるのですが、ただ、最後の締め括りの言葉は、それは「光だつたから静止することがなかつた」というものです。やはり動いているんですね。光は光である以上、一瞬も静止せずに動きつづけている。そういう光をめぐってこれだけの言葉を紡ぎ出しているこの「月」という短篇は、いわば至高の「光の寓話」です。

ミロのヴィーナス

もう一つ挙げさせていただきます。これはたいへん小さな例なんですけれども、彼がケンブリッジ大学に留学していた若い頃の体験を思い出して書いた「留学の頃のこと」という小さなエッセイがあります。『定本　落日抄』に収録されている一篇です。吉田青年は英国に住んでいたんだけれども、大学の休みのときにパリに遊びに来て、そこでかなり長い時間を過ごしたらしい。その時、ルーヴル美術館に通って、絵や彫刻を見て回った。いくつか面白いもの、惹かれたものがあったと書いているのですが、その一つにかの有名なミロのヴィーナスがあった。

冬の休みにパリに行つて、ルウヴル博物館の定期券を買つて毎朝、ミロのヴィイナスを見に出掛けたのを思ひ出す。この彫刻だけが置いてある円い部屋の壁に沿つて腰掛けが作り付けになつてゐて、そこに腰を降して半日もこの彫刻を見てゐると、光線の差し具合に応じて彫刻が色々な具合に変化して行つた。今でも、あの彫刻のことが頭に浮ぶと、海を思ふ。その印象はさうした広々としたものだつた。大理石の彫刻に色があることもこの時に知つた。

半日のあいだミロのヴィーナスだけをずうっと見ていたのだという。そうすると光線が変わってゆく。当然そうでしょう、半日と言えば、朝からだったら午後になるし、その後だんだんと夕暮れが近づいてくる。光の具合が時間の経過につれて変化してゆくさまをじっと見ていたと書いています。ミロのヴィーナスという白い大理石の彫刻の上に光がどういうふうに照り映えているのかを、半日かけてじっと見つづける。これもやはり時間のなかに存在する光なんですね。だんだんと移ろってゆく光。吉田の未完に終わった遺作の表題を借りて言えば「変化」です。変化してゆく光が吉田さんの関心のいつも中心にある。

他にもいろいろあると思います。今回の『吉田健一に就て』のなかで武田将明さんは、英国の夏や秋の自然の豊かさを讃える一節に触れています。これもきわめて美しい文章で、そこでも吉田健一は光についてたいへん熱心に語っています。

ワトーの絵

さて、このあたりでちょっと話の向きを変えて、吉田さんが光について語るときに光とは少し違うものが出てくる、ということをお話してみたいと思います。今しがたわたしは、ミロのヴィーナスについて語っている「留学の頃のこと」というエッセイの一節を引用しました。じつはこの文章は、引用した一節の後、改行してこう続くのです。

ワツトオの絵を見付けたのも、この博物館でだつた。何か多勢の十八世紀風の服装をした男や女が庭のやうな所に集つてゐる絵で、廻りの部分が変色して黒くなつてゐるのでその服装が一層きらびやかに見え、そこに危機を孕《はら》んだ魅力があつた。

このワトーの絵については、愛読者の方はご存じだと思うのですが、吉田さんは何度も書いています。ルーヴルのなかでいちばん好きなのはサモトラケのニケ、ミロのヴィーナス、レオナルドの何点か、それにワトーの絵、そのくらいだとたしか彼は書いている。このワトーの絵とは何なのか。清水徹先生のお話を伺ったとき、「あのワトーの絵って実在しないんだよ」とおっしゃっていました。彼の調査によると、吉田さんが描写している通りの一点というのはどうも存在しないらしい。何点かのワトーの絵の記憶を合成して作られたイメージらしいのですが、その「ワトーの絵」のことを彼は何度も語っています。

たとえば『旅の時間』のなかの一篇、「昔のパリ」にも出てきます。それは「縦に長い」絵だと書いている。「このワツトーのでは時代がたつうちに背景が真黒に近いものになつて眼が馴れてゐなければ森と道の区別も直ぐには付かず、ただその道を絵の前面に背を向けて遠ざかつて行く一群の男女の衣裳だけが絵具以外の手段によるものかと思はれる程鮮かな色をして浮び上つてゐた」

——こんなふうに描写しています。

「昔のパリ」という短篇は、ルーヴル美術館のなかでこのワトーの絵を模写している日本人の画家と出会ったというお話です。展示された原物の前にイーゼルを立て床几《しょうぎ》に座り、カンヴァスを据えて模写するというのは、申請して審査を受け許可が下りれば今でも出来るんだそうですね。その画家と知り合いになった主人公は、彼のアトリエに連れて行かれ、いろいろな絵を見せてもらったりします。その画家は、ワトーの絵の全体を一挙に完成させるのではなくて、部分部分を完璧に描き、それをだんだんと組み合わせてゆくようなかたちで仕事を進めているのだという。

そこで、そのときどの部分が精密に描かれていたのかというと、「もとは森の木の枝が交錯してゐるのを書いたものだつた筈の真黒な上方とやはりもとは道だつた筈の同じく今は真黒になつた下部が殆ど寸分の違ひもなく写し取つてあつた」のだという。それは「絵の重要な部分と考へるのは無理」な部分なんだけれど、にもかかわらずその画家の描きかたでは、「他の部分よりも先に出来上つたのであるよりもそこだけに初めから力が入れてあるやうに見えた」のだという。「時代がたつうちに背景が真黒に近いものになつて」しまった部分にその画家は執着し、そこだけを「精巧を極め」た筆致で模写している。もともとはいろいろなものが描いてあったのが、歳月の経過で絵の具が劣化して黒くなってしまった。では、模写の仕事とはかつて描かれていたものを復元して木の枝なり何なりを描いてゆくことかというと、そうではないのだという。「今は真黒になつた下部が殆ど寸分の違ひもなく写し取つてあつた」のだという。歳月の経過を内包した色であるこの「黒」に、吉田さんは惹かれていたということでしょう。

「この黒い部分もただ黒いだけぢやないでせう、」と相手がワツトーの絵を指して言つた。「併しもとはどういふ風になつてゐたかかう変色してゐては解らなくて又解る必要もない訳です。ただこの通りであつてこの絵が今ここにある。それならばそのままの所を写すことで写した方にももとは森だの道だのだつたので今は夜の闇とも過去を包む暗黒とも思へるものがあることになつてその中からあの繻子の服が浮び上るでせう。又そこまで行かなければこの絵を写すことでそれを所有したことにならない。」

きらびやかな服装に着飾った一八世紀の男女が画面の奥に去ってゆく。これは光のなかの光景です。しかし吉田さんが惹かれたのはそれよりむしろ、その外枠をなすように、周囲に暗く沈みこんでいる「黒」のほうだった。

光と闇

わたしはここまで吉田健一における光のテーマについてお話してきましたが、その光のいわばカウンターパートとして、彼の意識のなかにはいつも闇がある。それは「夜の闇とも過去を包む暗黒とも思へるもの」だという。「過去を包む暗黒」、これは過去ですが、もう一つの「夜の闇」とは、これから陽光がだんだんと衰えてやがて訪れるはずの「闇」のことで、これは未来ですよね。いつか必然的に訪れる「夜の闇」、それは「死」のことかもしれません。

光が漲っている「今＝ここ」というもの、豊かな感覚的な喜びに満たされた現在というものがあり、われわれはそこに身を置いているんだけど、背後を振り返ればそちらには「過去を包む暗黒」があり、行く手を眺め遣ればそこには光が薄れて消えてゆく場所が待ち受けている。死と言いますか、終末と言いますか、これもまた黒として、色のない影として存在している。この現世での束の間の生というのは、二つの暗黒のあいだに挟まれたはかない——しかしそのはかなさゆえに貴重このうえもない——光の揺らめきである、と、何かそんな世界観ないし時間観のヴィジョンを、吉田さんは持っていたのではないかと思うんです。

そう考えてくると、先ほど引用した、『怪奇な話』のなかの「月」という短篇にも、たいへん微妙なことが語られている一節があることに気づきます。これは光ばかりで出来たテクストなんですよと先ほどは申しましたが、じつはここでも彼は「影」について語っているんです。

万七は月の光が作る影に犇《ひし》めくものは何なのかと思つた。それは一つにはその影が昼間の影よりも濃くてそこにどういふものでもがゐることを想像することが出来るからだつたがそれはただどういふものでもでなくてそこにゐなければならないものの感じがした。例へば多勢のものがゐる所を扱つた油絵が古びて来ると縁に近い部分が黒ずんでそこに立つてゐるものが僅《わず》かにその輪郭からそこにゐることが解るやうになることがある。［…］確かに我々は木といふものを知つてゐるからそれを見れば木と思ひ、それが庭ならばそれが庭になる。併し木や庭の観念を取り去れば月が差してゐる遠景から自分の前の庭までは光と影が交錯してそれをどういふ風にでも受け取ることが出来る。

光のカウンターパートとしての影というものが絶えずあり、影によって光はますます魅力を増す。「光と影が交錯」することで万七にとっての世界はかたちづくられてゆく。「多勢のものがゐる所を扱つた油絵」というのがここに出て来ますが、もちろんそれは例の「ワトーの絵」のことでしょう。

ワトーの絵との出会いは吉田さんにとって、青春期のいちばん幸福な体験の一つだったに違いありません。またワトーの画面に美しく花開いているみやびの世界は、言うまでもなく一八世紀西欧文化の特権的シンボルの一つです。まだ二十歳にもならない頃、ルーヴル美術館で出会ったワトーの絵の思い出を彼はずっと大事にしつづけ、そこに「光と影が交錯」していることの意味を考えつづけた。はるか後年になってその種子が芽吹いたところに、一八世紀西欧文化の美と爛熟《らんじゅく》を顕揚する名著『ヨオロツパの世紀末』が生まれることにもなったのでしょう。

青磁の器

ところで、吉田健一における光と影の交錯ということを考えるとき、この「ワトーの絵」と対をなすというか、それと双璧をなすようなもう一つの重要なレフェランスがあるような気がします。こんどは西洋ではなくて東洋の文化に属するレフェランスです。それは、長篇小説『金沢』の最初のほうに出て来る「宋の青磁」の器です。

『金沢』はご存じのように、主人公の内山が金沢でいろいろな不思議な体験をする物語ですが、ファウストにとってのメフィストフェレスというか、ダンテにとってのウェルギリウスというか、主人公をあちこち連れ回して面白い体験をさせて案内人ないし先導者の役割を演じるのは、「骨董屋」と呼ばれる男です。その骨董屋が小説の最初のほうで、「これは如何です」と内山に言って、その青磁の器を箱の中から出して見せる場面があります。

それは非常に美しい逸品で、とうてい自分の財力で手が届くようなものではないのは内山にはすぐにわかった、と。それでも、見せるだけは見せてくれたのは「一種のもてなし」なのかもしれない、金沢に家を構えることになった彼に眼福をもたらしてくれたのかもしれない、と内山は考えます。この青磁の器を吉田さんはわりと丹念に描写しています。

その湯呑みを少し大きくした位の形の器は淡水が深くなつてゐる所の翡翠《ひすい》の色をしてゐて寧《むし》ろさういふ水溜りがそこにある感じだつた。それを手に取つて見るとその底に紅が浮んでゐた。

これも色を描写しているんだけれど、その光の照り映え具合から、水溜りみたいに見える、とここでもやはり水の比喩が出てきます。さらに続けて、

さうとでも言ふ他なくて、それはその紅に水を染めるものが底に沈んでゐるのでもよかつたが何かがそこにあつてその辺が黒に近い緑色でなくて紫に類する紅になつてゐることは確かだつた。どうしてそのやうに黒ずんだ色調のものが合さつてそれ程に明るいものに見えるのか。

回りくどい言いかたをしていますが、たんに流れつづけ移ろいつづけてゆく透明な光とはちょっと違う、何か「もの」としての実在感のある色彩があり、それが惹起する明るさと暗さの戯れがあるということでしょう。「黒ずんだ色調」、しかしそれゆえの「明る」さという言葉がここでも使われており、あの「ワトーの絵」で彼がこだわった、時間の経過によって澱んで黒ずんだ部分の描写と共通するものがあるような気がします。吉田さんはさらにこの青磁の器について語りつづけて、

もう冬でその椀は明るいのみならず温かな思ひに人を誘ふものだつた。それは寒い晩に炉に火が燃えてゐるのや暗い道の向うに店が一軒まだ開いてゐるのと別なものでなくてそれが自分の手の中にあるのが奇蹟を日常の出来事の領分まで持つて来ることで日常の出来事に鳴りを静めさせた。

——などと書いています。それからさらにその椀の底の紅色を夕日に赤く染まった雲の色に喩え、「日が差してゐて翳り、その加減でそれまで翡翠の深い色だつた水がもとの青に戻る方が不自然なのか」と描写したりしている。

流れてゆく光をめぐって吉田健一はあんなに言葉を費やしているのですが、その一方で、「膠着する光」というのか、そこに留まりつづけてだんだんと輝きを失い、黒に近いものになってゆく光みたいなものも彼は考えていた。そのことを見逃すと吉田健一における光の問題というのは、「ヨーロッパ文明の爛熟が頂点を極めた一八世紀の幸福」みたいな、たんに楽天的な話に帰着して

しまう。暗い道の向こうにまだ開いている店の灯を見つけてほっとするというのも、前提としてまず、自分の周りを押し包む冬の晩の寒さと暗さがあればこその話でしょう。

吉田さんの世界の暗い部分と言いますか、闇の部分というものがある。あんまり目立たないけれど、そこにはじつは、小さな闇みたいなものがあちこちに穿《うが》たれているのではないのか。

最後の場所

たとえば『変化』の最後のところを見てみましょう。『時間』の後、彼は『変化』を書き継いで、ただし全十二回で仕上げるつもりが第十回までで中絶してしまいます。第十一回の原稿を、冒頭部分の原稿用紙五枚ぶんだけ彼は青土社の編集者に預けて外国に行った。ところがフランスで発病し、何とか日本に帰ってはきたのですがそのまま亡くなってしまう。中絶したこの五枚の原稿というものが、吉田さんがこの世で書いた本当に最後の文章ということになりますが、そこにこんな一節がある。

例へば我々はいつも同じ感じがする部屋で天候といふものに気付く。それで庭先で日向ぼつこしてゐる老人は何もしないでゐるのではない。その意識には絶えず日光があつて日光といふのはこれを意識してゐるだけでそれが刻々に変るものであることを感じさせないでゐないものである。既に日光の変化に気付けば自分の周囲に起つてゐる他の変化、又日光を浴びてゐる自分の状況の推移にも無関心でゐられる訳がなくて老人は日向ぼつこをしながらその精神の働きは活発を極めてゐる。

無為の状態にぼんやり浸りこんでいるかに見える老人も、徐々に移ろってゆく日光の変化を着実に感受している、彼の精神は活発に働いている、という趣旨ですね。ここにも相変わらず光が出てきている。

しかし、さらに読み進めると、この五枚の原稿のいちばん最後のところで——これは本当に最後の最後ということです。吉田さんの絶筆であるこの書きかけの断章の、さらに最終段落なのですから——、「影」が出て来るのです。「光」だけでは終わらなかった。彼は「影」と「夜」について触れることでその全文業を締め括ったのです。

夜は物理的には我々が住む半球が地球の影に入つたといふだけのことに過ぎない。それは海が地球の大半を蔽ふ薄い膜状の水の拡りであることで説明が付くのと同じであるが夜も海も刻々に変化しないでゐないことが生命の有無を問はず世界にある一切のものとともに夜も海も我々につてなくてはならないものにしてゐる。

ちなみに、この五枚の原稿に先立つ、発表された原稿としては最終回になった第十回でも、その末尾の部分で吉田さんは「夜」、そして「死」の問題に触れています。

アラビアの沙漠に油田を焼く炎が昇るのが変化でない。その火は消さなければならなくて火が消えればそこにアラビアの沙漠があつて一日の後に夜が来ることも砂丘の影が紫色になつて行くのも解る。この変化が我々に時間がたつのがそれまで通り続いてゐることも我々が息をしてゐることも沙漠の向うに地中海が葡萄酒の色をした波を起伏させてゐることも我々の意識から逃れなくする。その変化が我々の息遣ひだからであつて息がある間といふのは我々が変化とともにある間である。

呼吸が止まれば変化が止まり、死と終末が訪れる。『時間』と『変化』(これは未完のまま中絶しましたが)という二つの長篇エッセイは、吉田の最後の到達点を示すテクストです。この二冊を一体のものと考えると、『時間』の冒頭が朝の光から始まって、『変化』の最後が夜の予感で終わっているというのは、さあどうですか。意図的にそう計らったわけではないでしょうが、朝から始まって夜の到来の予感で終わることになった。期せずして彼は、自分の人生と文学をたいへん見事に締め括ったと言えるんじゃないでしょうか。

最後に、もう一つだけ付け加えておきます。これも吉田健一の「謎」の一つとしてわたしがずっとこだわりつづけ、その意味を考えつづけてきた箇所なんですが、『東京の昔』のなかの「冬枯れの池」の描写です。吉田健一は生きることの幸福を讃えつづけた人みたいに思われており、そして事実その通りなのですが、その光のユートピアのなかに不思議なブラックホールが穿たれている。

『東京の昔』で、主人公は勘さんという友達と一緒に自転車を走らせて東京郊外に遠出をします。そして、荒寥とした寂しい池に辿り着いたのだという。

この寂しさとはいったい何なのか。そこは結局、光のない世界だということなんです。ワトーの絵の背景をなすあの暗がり、あの「黒」の部分と同じで、そこは要するに色のない場所だった。

その池の前のお茶屋さんで二人は黒ビールを飲み、ひととき過ごす。「或《あるい》は大事なのは我々が腰掛けてゐる前の池だつたかも知れなくてその時のことを考へるとその池が頭に浮ぶ。それは寂しいといふやうなことですむものではなかつた」。かなり強い言葉を使っています。「池が水と思ふ他どうにもならない水を湛へて枯れた葦をその所どころに覗かせてゐるのは無視するには余りにもそのみすぼらしさがそのままそこにあり［…］」云々。そして、「それが日本のものだ」という感慨がなぜか浮かんだと書いてある。「あの池の暗さとも冷たさとも付かないもの」とも言っている。この暗く冷たい池、これもまた吉田の精神のある暗部を示す特権的なメタファーだったのではないでしょうか（本書所収「冬枯れの池」参照）。

光、フィクションとしての

結論というわけでもありませんが、ここまでお話してきたことを踏まえて、吉田健一における「光の変容」の問題を、改めて三点にまとめてみたいと思います。

まず、光は絶えず移ろい、流れてゆくこと。これはごく単純に、朝が午後になり夕暮れが訪れるという一日の時間の流れのなかで、だんだん強くなり、また衰えてゆく陽光の推移によって端的に象徴される。

しかし第二点として、変化しつづける光ではなく膠着した光みたいなものがある。流動ではなく膠着、凝固のテーマ系です。凝ってしまい、色を失い、暗黒のなかに沈んでゆく光です。そこに「黒」「闇」「影」「死」といった主題が現われてくる。第一点と第二点は、相互背反の二元論ではなく、互いに互いを引き立て合い強調し合うといった相補関係にあるものです。「光」がなければ「闇」もない、「闇」があればこそ「光」も存在できるといった、本質的な一体性として捉えるべき二元論だと思います。

しかし、さらに第三点として――これはまだわたしの仮説で、うまく言葉にはできないのですが――付け加えておきたいことがあります。それは、吉田健一における「光」とは、最終的にはフィクションだったのではないかということです。

もちろんそれが、彼自身の肉体でなまなましく感受された「光」、彼が実人生で生きた膨大な実体験の裏付けを持つ「光」であることは間違いありません。そうでなければ、吉田さんの文章がこれほどの説得力を持つこともないでしょうし、わたしたちをこれほど魅了することもないでしょう。しかし、そうした光のもたらす幸福感のなかに彼自身がいつも身を置いていたかというと、そういうことも恐らくなかったはずです。

今日の話の締め括りに、ほんの小さな例を挙げさせてください。長篇小説『東京の昔』の冒頭近く、「昔の東京」を描写している箇所です。道路はまだアスファルト舗装していませんから土が剝き出しになっているんだけれど、そこに砂利が敷かれ、その砂利が踏みしだかれてだんだんと泥のなかにめり込んでゆく。泥道と砂利道の中間くらいの状態がいちばん歩きやすかった、などと書いているのですが、そのなかにこんな一行があります。「それが雨の日か雨上りならば砂利も泥も妙な具合に光つて雨の道の観念を完成する」。ささやかな細部ですが、ここにも光が出てきます。その光が自分の記憶の底から鮮やかに甦ってくるというわけです。しかし、これはもう存在しない東京なんですね。あの「昔のパリ」と同じ、「昔の東京」の「昔の光」なんです。「昔」というのがここでのキーワードで、それはすなわち今はもうないということです。

そのすぐ後におでん屋に行く話があります。昔のおでん屋は良かったといったことを語りながら、「客は酒とおでんで温ることになつてゐて事実それで飲んでゐるうちに温くなつたのだから冬の気分が薄暗い電灯の明りとともにゆつくり味へた」と書いている。

この「薄暗い電灯の明り」というのがじつに魅力的ですよね。しかしこの薄暗さも、やはり「昔の光」です。もちろん今日でも呑み屋とかバーとかで、何かの演出でわざと薄暗い照明にしてあるところはあるでしょうが、この当時の東京のおでん屋はたんに薄暗い裸電球がぽつんと点っているだけのみすぼらしい店だったのだと思います。しかし、人懐かしさ、人恋しさをそそらずにはいない「薄暗い電灯の明り」の魅力は、わたしたちにもまざまざと伝わってきます。その魅力は、それがもう存在しないものであるから——「東京の昔」には実在したけれども今はもうない、そういう薄暗い光の佇まいを懐かしみ、愛おしんでいるところから来るものでしょう。その「今はもうない」ものを玄妙な言葉の魔術によって現出させたのが、吉田さんの数々の文章だった。

今日わたしは、吉田健一が光について触れている箇所をいくつも引用してきました。しかし結局はそのどれも、実在する光ではないのだと思います。その理由の一つは、それが「昔の光」――かつては存在していたけれど今はもうない光、今や記憶のなかにしかない光だから、ということでしょう。でも、そういうことだけでもないのではないか。光はじつはどんな場合でも絶えず不在で、吉田さんはそれを言葉によって創り出しつづけてきたのではないか。多種多様な表情を見せながら吉田さんの文業のいたるところに行き渡っている光は、すべて「虚構の光」だったのではないか。吉田健一にとって、光は言葉のなかにしかなかった。もっと言えば、言葉こそが光だった。わたしはそう思います。

どうも有難うございました。

（本講演は、東京大学東アジア藝文書院の主催で、東京大学駒場キャンパス十八号館ホールで行われた）

II

森有正と吉田健一

（「遊歩遊心」第四十三回、『文學界』二〇二三年四月号）

わたしはあるとき、森有正（一九一一－七六）と吉田健一（一九一二－七七）は生年も没年もほぼ同じであることに卒然と気づき、少々驚くとともに、大いに興を覚えたものだ。

こんなことはとっくに誰かが比較研究の対象にしているのかもしれないが、同じ「西欧派」知識人であるとはいえ一方はフランス系、他方はイギリス系ということもあってか、この二人を同列に並べて生涯を見渡すという思考回路が、間抜けなことにそれまでわたしには欠如していたのである。しかし、森と吉田がほぼ同い年だという事実を念頭に置くなら、この二人の人生の劇的に際立つ対照のさまからは、様々な感興が誘発されずにはいない。ここで対照と言うのはたんにフランス対イギリスといったことではないし、森のほうは小説は書かなかったとか、そんな話でもない。この二人の「西欧」との付き合いかたが鮮烈な対比を示しているのだ。

吉田健一は一九三〇年十月、十八歳でケンブリッジ大学キングズ・カレッジに入学するが、翌年三月には大学を中退、帰国してしまう。留学をたったの数か月で切り上げることにしたと言いに行くと、恩師のディッキンソン教授が「或る種の仕事をするには自分の国の土が必要だ」というはなむけの言葉をくれたと、後年吉田は感謝を籠めて記している（『交遊録』）。このとき吉田が下した決断はきわめて重いもので、彼はそれきり二十二年間、四十一歳になるまでふたたび英国の土を踏まなかった。彼が生涯を賭して挺身したその「或る種の仕事」は、『東西文学論』『瓦礫の中』『金沢』『時間』といった名著群に結晶してゆく。

森有正が初めて渡仏したのは、戦中の交通の途絶に阻まれたのでようやく一九五〇年、三十八歳になってからで、そのとき彼はすでに東京大学文学部仏文科の助教授になっていた。留学は短期で終えて母国の教職に戻るはずだったのに、彼は彼の地に終生とどまる決断を下す。東大のポストは森不在のまま五三年に辞職扱いになり、それを不義理と見なし気を悪くする人たちもいたようだ。しかし森は、パスカルやデカルトを「本当に」理解するためには、人の温もりを拒絶する石造りの街に住んで、秋になるとマロニエの葉が色づいて散り、春になるとまた若葉が萌え出しそれがまた枯れていき――という円環する時間の流れに身を浸し、そこに「経験」の深まりを感得することが不可欠だと考えた。その間の事情は、『バビロンの流れのほとりにて』を始めとする美しい省察と瞑想のメモワールに丁寧に語られている。森が自分に課したのは「他人の国の土」をどうしても必要とする仕事だったということだ。

一方に、ヨーロッパで見るべきものは見たと感じ、とにかく母国に帰ろうと決断した、まだ大人になりきっていない若者がいる。他方に、すでに着手している仕事を完遂するには、制度的な抵抗や障害を押しきっても母国に帰るわけには行かないと決断した、中年の研究者がいる。方向こそ正反対だが、どちらもその年齢でしか可能でなかった選択であり、それに以後の生の総体を捧げ尽くしたという点では、二人は共通している。

一方は森有礼《ありのり》の、他方は牧野伸顕の孫という「毛並みの良い」血筋に連なり、明治末に生を享けたこの二人は、歴史の文脈に置いてみるなら、明治の元勲たちによる近代国家の定礎がひとまず為し遂げられ、そこに生まれた経済的余裕を文化や学問の発展へと昇華することが可能となった時代の申し子である。森も吉田もそうした歴史的宿命を正面から引き受け、それぞれなりにこれしかないと思い定めた道を最後まで歩き通した。一方は「経験」という語に、他方は「時間」「変化」という語に、独自の深さと広がりを賦与してみせた。ともに見事な生涯だったと思う。

すこやかな息遣いの人

（吉田健一『わが人生処方』解説、中公文庫、二〇一七年）

吉田健一は人がおくる生涯の歳月の経過についてきわめてはっきりとした考えを持っていた。

「人間も五十近くまで生きれば、やりたいことは大概やつてしまふものである。［…］人間が本当に人間らしくなるのは、それからではないだらうか。その時から、人生の長い黄昏が始り、一日の終りに来る黄昏と同様に、日が暮れるのを待ち遠しく思ふのとは反対に、辺りのものが絶えず流れ去つて行くのを止める」（「鬢絲」）。

鬢絲《びんし》とは鬢《びん》（耳ぎわの髪の毛）が薄く、白くなることである。杜牧《とぼく》の詩に由来する「鬢絲茶烟之《さえん》感」は、若い頃遊びに夢中になった者が、年老いてから茶を楽しみつつ過ごす余生の淡白閑静の心境を言うが、そんな言葉も吉田の頭にあったかもしれない。一九四九年刊の『英国の文学』が三十七歳、一九五五年刊の『東西文学論』が四十三歳、一九五九年刊の『英国の近代文学』が四十七歳、一九六一年刊の『文学概論』が四十九歳のときの著作であり、英文学者ないし文芸批評家としての代表作を書き上げたおおよそそのあたりの時点で彼は、「やりたいことは大概やつてしま」ったと感じたのだろう。

かくして始まった「人生の長い黄昏」の中で、人は何をするか。何もしなくてよいというのが吉田の答えである。「何もしないでゐるのを楽むことを覚えなければならないのである」(「わが人生処方」)。いやそもそも、それが何であれ、何事かを為さなければならないなどという衝迫に囚われていること自体、異常なことではなかったか。忙しい忙しいと不平をこぼし、あるいは自分のそんな繁忙を虚栄心から半ば自慢し、何もしないで済む余暇なるものを夢のように待望し、しかし寸暇が出来たら出来たで妙に心が落ち着かず、それを潰すためにどんな遊びや娯楽に耽ろうかとたちまちあれこれ忙しく思いをめぐらすといった、そんな生活。そこには結局、時間の「充実」はない。「時間がただそれだけで充実してゐるのに何かしなければならないのが億劫であるからこそ人間なのである」(「無為」)。

子供にも若者にも、「時間がただそれだけで充実してゐる」この境地はわからない。それを知ることができるのは、「人生の長い黄昏」に足を踏み入れた者だけである。そこで人は初めて自分の心と体の正常な状態を取り戻す。生それ自体の拍を刻むように脈は静かに打ちはじめ、呼気と吸気の交替は規則正しいすこやかなリズムを回復する。「耳を澄ますと、自分の体が動いてゐるのが聞こえるものであつて、それを聞いてゐるのが幸福な状態にあることなのだと思ふのである」(「わが人生処方」)。この幸福のただなかで、「ただそれだけで充実してゐる」時間が経過してゆく。「我々が或る場所に立つて脈は正常に打ち、そこに差す光線が地球の動きに従つて増減するのが解ればそれが時間がたつて行くといふことである」(「時をたたせる為《ため》に」)。

この「長い黄昏」を「余生」という言葉で言い換えることはもちろん可能だろう。ところが、ここで奇妙な逆転が生じる。本書（『わが人生処方』中公文庫）の掉尾に置かれた「余生の文学」という重要な文章で吉田は、真に豊かな文学の仕事が出来るようになるのは「余生」に入って以降のことだと言っているからである。「［…］何かしたくて年を取り、年を取つて若くなると仕事はすんでゐて、これが小説ならばそれから先はどうなるのだらうか。そして年を取つてゐるから仕事が出来る筈で、さうするとそれから後の仕事の方が本ものだといふことにもなる」（「余生の文学」）。もう何もしなくていい。なるほどそれは真実だ。が、だからと言って、それでもなお何事かを為そうと思い立って悪いわけではない。ただし、その何事かとは、それまで「自分の若さといふものを極力殺して」「これだけはと自分の体に鞭《むちう》つて」続けてきたような仕事とは根本的に異質な仕事であろう。その間の機微を彼はゲーテを例にとってこんなふうにも言っている。

［…］仮に彼［ゲーテ］がこの序詩を書いた時に五十歳だつたとして八十四歳で死ぬまでに彼が他にどれだけのことをしたか考へて見るといい。そしてその何れも、「ファウスト」も含めて、彼がしなければならなかつたことでもなければ、しなければならないと彼が思つたことでさへもなかつた。彼はただ何かがしたくなつて、それが出来るからそれをやり、したくなくなれば途中でも止めて後になつて又その仕事を取り上げたりした。さうすると彼は少くとも五十の時から余生に入つてゐたことになる。（同）

何も「余生」は人に無為を強いるわけではない。何事かを他から強いられるということ、ないし自分で自分に強いるということ自体がまったく消滅するのが「余生」なのだから。ただ単に喫茶を楽しんで日々をおくりたければそれはそれでいっこう構わないが、是が非でもそうした優雅な閑居に甘んじなければならないという道理もない。またふたたび仕事をしたくなれば単にすればいいのであり、義務感からでも功名心からでもなく今や自由で自発的な精神の動きによってのみ成ったそうした仕事こそ、むしろ「本もの」なのである。以上のような趣旨を述べたこのエッセイ「余生の文学」が書かれたのは一九六八年のことであるが、実際、吉田健一はその二年後に、「ただ何かがしたくなつて、それが出来るからそれをや」ったとでも言うほかない作品を発表する。初めての長篇小説『瓦礫の中』が一九七〇年に発表されるのだ。そのとき彼は五十八歳。

吉田健一は一九七七年にあまりにも早すぎた死を迎え（享年六十五）、本来「長い黄昏」であるべきだったものがこんな短さで断たれなければならなかったことにわれわれは痛惜の念を禁じえない。が、ともかくこの豊饒きわまりない「余生」を通じて、『絵空ごと』（七一年）、『本当のやうな話』（七三年）、『金沢』（同）、『東京の昔』（七四年）、『埋れ木』（同）と、『瓦礫の中』を含めて六冊の長篇が立て続けに発表された。短篇集『旅の時間』（七六年）と『怪奇な話』（七七年、没後刊行）に結実する深い味わいを備えた短篇群や、吉田の特異な散文スタイルの完成形を示す『時間』（七六年）、『昔話』（七七年）、『変化』（七七年、遺作、没後刊行）といった美しい長篇エッセイ群が執筆されるのも、この「余生」の間の出来事である。吉田健一とは、単に「余生の文学」という概念を提唱したのみならず、それを自身の精神と肉体で間然するところなく実践し遂げた文学者なのだ。

それにしても、生涯の最後のこの七、八年間における吉田の文業の多産ぶりには瞠目するほかない。ずっしりのしかかっていた重しが不意に取れ、噴出を待って内部に滾《たぎ》っていた大量の言葉が一挙に迸り出るかのように、彼は書いて、書いて、書きつづけた。生前の吉田には大酒飲みだのエピキュリアンだのといった妙な仇名が付きまとい、吉田自身面白がって、世間が押しつけてくるそうした紋切り型の自己イメージと戯れていた気配もあるが、年がら年中酔っ払っている余裕派の享楽主義者に、文章を書くという苦行をあれほど集中的に持続できたはずはない。「魂を失はずに生きて行く為に、肉体的な楽みに執着することが必要なのであ」るといった言葉も本書中に見出せるものの（「わが人生処方」）、吉田健一は本質的にはエピクロス派ではなくストア派に属する精神の持ち主だったとわたしは思う。「時間がただそれだけで充実してゐる」ことの至福を主題として彼は言葉を紡ぎ出しつづけたが、それは快楽とは正反対の禁欲的な精神集中によってのみ可能となる力業にほかならなかった。その労苦を通じて心と体の底に溜まりつづけたであろう疲労の澱《おり》と彼の早逝とは、恐らく無関係ではなかったのではないか。

「余生」に入ることでその仕事が初めて「本もの」になるのは「文学の世界だけのことではない」（「余生の文学」）と彼は注記し、秀吉の事業の例を挙げている。とはいえ「余生」の時間の「充実」の好例として文学の領域が特権的なものであるのは、やはり間違いなかろう。人生の黄昏に入ってようやく脈が正常にうちはじめるという趣旨を彼が語っているという点に先に触れたが、彼はまた、脈のリズムを正常化してくれるというその同じ徳ないし効能は、優れた文学作品が持つものでもあると言っているからだ。「再びジイドの言葉を引くならばその言葉にゲエテの「ロオマ哀歌」は自分の脈の打ち方を正常なものにしたといふのがある」(「本を読む為に」)。そしてそのジッドの言葉を一般化して、「我々が本を読むのはどうもかうして息を整へる為にであるといふ気がする」(同)とも彼は言う。「これだけはと自分の体に鞭つて仕事を続けてゐ」るような日々の中で、脈や呼吸のリズムはどうしても乱れざるをえない。しかし、知命の年を越えないまでも、優れた本を読むことでそれが正され、「耳を澄ますと、自分の体が動いてゐるのが聞こえる」ような状態が回復されうるのだ。してみると、本を読むとは結局、自分を「余生」の境地に置くことの同義語なのだろうか。「余生の文学」という言葉は、「余生」とともに初めて「本もの」の文学の仕事が可能になるという意味とともに、文学作品を読むことによって「余生」の豊かさに似た状態を体験しうるという意味も持っているに違いない。

吉田健一は本が好きな人だった。これは単に読書が好きというのと少々異なったことであるという点に注意しなければならない。「[…]一冊の本とその読者の関係は常に一対一であつて、万人に同じものに受け取れる本などといふものはない。又それが一冊の本の価値を保証してゐて、凡て実在するものは人によつてその眼に違つた具合に映り、一冊の本が見馴れた景色や自分が好きな匂ひと同様にそれ以外の何ものでもないものである時にその本はその人間に対して実在する」(「本のこと」)。本は「実在」する。本を「実在」として感受するとは、趣味人の愛書家の、稀覯本を有難がって撫でさするようなフェティシズム嗜癖とはむろん無縁のことである。本の中に印刷された文章を愛し、それとともに長い「充実」した時間を過ごし、詩の場合ならおのずと暗誦できるようになってしまうまでに徹底的に読み抜くとき、その愛は、物質的実在としての書物——その紙質、匂い、厚み、手触り——への愛と切り離しがたくなってしまうのだ。

現今、子供の頃からインターネットの情報空間の中を泳ぎつつ自己形成してきたような若い世代にしてみると、こうした書物愛には何やら奇異なアナクロニズムしか感じられないかもしれない。ネット空間に溢れているテクストはどれもこれも、吉田が熱を籠《こ》めて語るようなこのかけがえのない「一冊の本」の「実在」性に似たものなど帯びていないからである。あるいはむしろ、それとは別種の「実在」性——ヴァーチュアル・リアリティに固有の、一種倒錯的な「実在」性——を帯びていると言うべきなのかもしれないが、いずれにせよ、人が真に愛しうるのは「実在」しているものだけだという事実は残る。情報テクノロジーの進化や変容など、この事実の揺るぎない不変性の前に置いてみれば瑣事にすぎない。

本書が教えてくれるのは、人は恋人の瞳や飼っている犬のしぐさや川面に移ろう光を愛するように本を愛しうるし、また愛すべきだという簡明な真実である。この「一冊の本」と深くまた密に付き合うことで、人は「時間がただそれだけで充実してゐる」世界を体験することができるからだ。今あなたが手に取ってページを開いている本書は、廉価な文庫本にすぎないものの、文庫本にはまた文庫本固有の魅力というものがある。先ほど厚みという言葉を使ったが、何も厚く重い本ばかりが有難いわけではなく、薄さや軽さならではの魅力もまた本にはある。わたしの書架には数十年来何度も何度も読み返し読み古した挙げ句、黄ばんでよれよれになってしまった集英社文庫版の『本当のやうな話』や中公文庫版の『東京の昔』がまだ残っており、それらをわたしは死ぬまで手元に置いて、折に触れ繰り返しページを繰りつづけるだろう。

そんなふうにあなたが本書を愛し、ということはすなわち本書の「実在」と深く密に触れ合い、大らかな野趣の漲る吉田健一の美しい散文を楽しみつづけてくださることをわたしは切に願っている。その「充実」した時間の中できっとあなたの「脈の打ち方」が正常になり、息遣いがすこやかなリズムを取り戻すはずだと信じるからである。

冬枯れの池

（『日本文学全集　吉田健一』月報、河出書房新社、二〇一五年）

吉田健一の文業は小説、評論、随筆、翻訳等多岐にわたったが、そのすべてを通じてわたしがいちばん不思議だと思い、どう読んだらいいのか今もって考えあぐねている一節がある。長篇小説『東京の昔』の末尾近くに現われる冬の池の場面である。

本郷の下宿屋に住みはじめた語り手は、近所の自転車屋の若主人「勘さん」と友だちになる。やがて「勘さん」はブレーキの構造に工夫を凝らした新型自転車を発明し、二人は連れ立ってその「隼号」の試乗のための遠乗りに出かける。本郷を発って新宿を過ぎ、目的地と決めた神社に着いた後、自転車を下りて近所を歩くうちにとある池の岸辺に出るのだが、その冬枯れの風景の荒涼に語り手は衝撃を受ける。「冬の曇つた空の下で廻《まわ》りの高くなつた地面に見降されて池が水と思ふ他どうにもならない水を湛へて枯れた葦をその所どころに覗かせてゐる」この水景の、あまりの寂しさ、みすぼらしさ。いや、みすぼらしいという形容がはたして適切なのかどうか。

それはみすぼらしいのでなくて何か訴へてゐるやうでもあり、併《しか》しもし訴へてゐるのならばもつと生気があるものであるのでなければならなかつた。それは寂しいのですまないのでなくて何とも寂しい眺めで余りに寂しいので滅入ることもなかつた。その冷たさが記憶に残つてゐる。或《あるい》はそれは冷たさだつたのだらうか。それが名状し難いものなのでまだ覚えてゐるといふこともある。

（『東京の昔』）

この池は、幸福と恍惚、肯定と充溢《じゅういつ》に満ち満ちた吉田健一の文学宇宙に穿《うが》たれた、きわめて稀な、いや恐らく唯一の、決定的な陥没点であるかのようだ。彼がこんな空虚な何かを小説中に登場させたことは他に一度もないはずだ。寂しさ、みすぼらしさという言葉がまず提起され、それをためらいがちに言い直してゆく書きぶりも、いつもの吉田の文章の確信に満ちたアンダンテの進行に比して、やや異様の感がある。最終的に冷たさという言葉に着地するかに見えて、しかしそれもただちに疑義に付され、結局それは「名状し難いもの」――つまり言葉では表現しえない何かだったという結論に逢着する。

「無残」とか「救ひのなさ」とも書かれているこの荒涼に、この小説の先の方で「救ひ」がもたらされないわけではない。二人は春になって当地を再訪する。あのときは葉が落ちて裸だったので気づかなかったが池を囲んでいる木々は実は桜で、それが咲き出して花見客もちらほら出ている今、風景はもはやあの「名状し難いもの」をまとっていない。「……その池も桜も極く当り前なものだつた」。

それならば冬それを眺めた時の異様な印象はただその通りに見るに堪へないといふことだけですむのではないかといふ気がして来た。さういふものは我々の周囲に幾らでもある。それは見るに堪へないのであるよりも見るべきでないので人が裸になつた時には眼を背けなければならない。その池が裸の時に見たのだつた。そこに深淵が覗いてゐると思つたりするものは精神に異常を呈してゐるので誰も死ぬ時が来るまでは死にたくないならば気違ひになることも望みはしない。

（同）

見るべきでないものから眼を背けるというこの嗜《たしな》みこそが、彼にとってもっとも重要な概念の一つだった「文明」の身振りそれ自体ということになろうか。他方、この「裸」を直視してしまう野蛮さは、「文明」の反対語としての「impertinence」なのである。本書（『日本文学全集　吉田健一』）収載のエッセイ『ファニー・ヒル』訳者あとがき」には、この「impertinence」に不粋、場違い、無礼といった訳語が当てられている。しかし人間の生は、「文明」的な規範・規矩に「そぐわしい《パーティネント》」ものばかりから成り立っているわけではない。それから眼を背けるとそれを直視するとにかかわらず、「名状し難い」ものが個人の内部にも外界にも現前すること自体は否定しえない。

わたしはこれまで吉田についてかなり多くの文章を書いてきたが、その主調音は言うまでもなく「幸福な作家吉田健一」というものだった。「夕方つていふのは寂しいんぢやなくて豊かなものなんですね。それが来るまでの一日の光が夕方の光に籠《こも》つてゐて朝も昼もあつた後の夕方なんだ。我々が年取るのが豊かな思ひをすることなのと同じなんですよ」（「航海」『旅の時間』所収）という美しい一節など、繰り返し引用してきたように覚えている。しかし、この至福の小宇宙のどこかに、この冬枯れの池もまた在ったのである。それを「深淵」だとか「狂気」だとか呼ぶ必要はないにせよ、「名状し難いもの」が吉田の世界にたしかに実在していたことだけは心に銘じておかねばなるまい。

たとえいかなる「リアリズム」の作品の場合であれ、小説の描写の背後に実在の「モデル」を穿《せん》鑿《さく》したりする覗き趣味はわたしにはない。ただ、「下北沢だかどこだかの先にあつた池」とだけ書かれているこの『東京の昔』の冬枯れの水景に関してだけは、それが吉田のまったくの想像の産物であったのか、あるいは実在の場所の記憶がそこに何がなし投影されていたのか、少しばかり気にかからないわけではない。もしこうした感慨を吉田のうちに誘発した水景が実在するのなら、ぜひともそこに足を運んでみたいからだが、少なくとも「昔」ならざる今日の東京にはこれに該当する池は残っていないような気がする。研究者による考究を俟《ま》ちたいものである。

著者付記（二〇二四年五月）

わたしはこの小文の末尾に、長篇小説『東京の昔』に登場する「冬枯れの池」には実在の「モデル」があるのか、それとも吉田健一の想像力の所産なのか、という問いを書きつけた。

当時、それを受けて元ＮＨＫプロデューサーの安斎昌幸さんが、ひょっとしたらこの池のことではないかという考証をご教示くださったが、残念ながらその内容はもう覚えていない。しかしこのたびこの小文が本書に収録されるに当たって、わたし自身も少しばかり地誌の探索を試みたので、その結果を以下に書きつけておく。安斎さんが行き当たった情報もこれと同じものだったかもしれないし、そうではなかったかもしれない。

今日の下北沢近辺に、ここで吉田が描写しているような池が存在しないことは確かである。しかし下北沢の北西、代田橋の方角へ少々寄ったあたりに、吉田が描写したような池とその脇に建つ小さな社が、かつて実在していた可能性がある。

「東京市は我《わが》日本の巨人伝説の、一箇の中心地といふことが出来る。我々の前住者は、大昔曾《かつ》てこの都の青空を、南北東西に一跨ぎに跨いで、歩み去つた巨人のあることを想像して居たのである」と書き出される柳田國男「ダイダラ坊の足跡」（一九二七年）は、「ダイダラ坊」と呼ばれるその巨人をめぐって日本各地に残る様々な伝承を記録した、民俗誌の論考である。その冒頭早々、柳田は、「代田」の地名が「ダイダラ坊」に由来するという説を紹介している。「代田橋」は「大多《だいだ》ぼつち」が架けた橋だというのである。その代田付近に残っている、巨人の足跡と言われる窪地を、柳田はある日訪ねてみたのだという。

……ダイダの橋から東南へ五六町、其頃《そのころ》はまだ畠中であつた道路の左手に接して、長さ約百間もあるかと思ふ右片足の跡が一つ、爪先あがりに土深く踏み付けてある。と言つてもよいやうな窪地があつた。内側は竹と杉若木の混植で、水が流れると見えて中央が薬研《やげん》になつて居り、踵《かかと》のところまで下ると僅かな平地に、小さな堂が建つて其傍に涌き水の池があつた。即ちもう人は忘れたかも知れぬが、村の名のダイダは確かに此《この》足跡に基づいたものである。

（「ダイダラ坊の足跡」）

水を満々と湛えた池があったわけではない。巨人が地に右足をめり込ませた跡と伝えられる窪地があったにすぎない。しかしその窪地の底には水の流れる薬研堀《やげんぼり》があり、さらに足の形を踵のあたりまで下っていった先に、「小さな堂」と「涌き水の池」があったのだという。この「小さな堂」は、吉田健一が「神社と言っても鎮守の森と呼ぶには貧弱であり過ぎる茂みの中に小さな鳥居を前に置いた形ばかりの祠」と描写しているものに適合する。また「涌き水の池」のほうも、「下北沢だかどこだかの先にあつた池はただ高くなつた地面に囲まれて池が一つあるだけなのにその寂びれ方が余りにも無残だつた」といった描写と大きく食い違うものはないような気がする。

わたしは若い頃、世田谷区松原のアパートに数年間暮らしていたことがある。休日にはよく自転車を走らせて下北沢の繁華街に遊びに行った。環状七号線を井の頭線新代田駅の少々北あたりで横断し、住宅地に入ると、いきなりかなり急な下り坂になり、ともすれば自転車にスピードがつきすぎて怖くなったものだ。坂を下りきったところで道路に突き当たるが、下手をするとその道路を往来する人や車に衝突するのではないかという恐怖があったのだ。坂を下りきった後、道筋は下北沢に向かってこんどは上り坂になってゆく。だからそこはたしかに窪地になっていたのである。環七などまだもちろんなかった戦前期、いちめん湿地だったに違いないこの窪地に、水面から枯れ葦が突き出した小さな池が実在していたとしても不思議はない。

ネット内を飛び交う様々な情報のなかには、それを「薬研池」と呼んでいるものもあり「弁天池」と呼んでいるものもある。「小さな堂」には弁天様が祀ってあったのだろう。「薬研」はもともと漢方薬の調剤に用いる金属製の器具のことで、その形状を比喩として用い、「薬研堀」と言えば断面がV字になった底の狭い堀のことを指す。柳田もその意味で「薬研」と言っている。だから「薬研堀」なら良いが「薬研池」の呼称は少々変で、「弁天池」のほうがふさわしいような気がするが、わたしには確かな知識がないので断定的なことは何も言えない。ともあれ、もし仮に『東京の昔』に出てくる「冬枯れの池」の背後にこの「弁天池」ないし「薬研池」の光景が透視されるとすれば、吉田健一と柳田國男という近代日本の二人の傑出した知識人のあいだに思いがけない接点が生じていたわけで、それは少なからず愉快なことではなかろうか。

ただし、小説の物語は、それが「リアリズム」に基づくものであろうがあるまいが、結局は何もかも虚構の産物であるという自明の理を、最後にもう一度強調しておきたい。「書く現場」で作者の意識は、いかなる現実の「モデル」も実体験の記憶もことごとくイメージと言葉の運動へと改鋳し直すことに専念しており、この改鋳の営みの方法、特質、強度にこそ文学の本質はあるからだ。

大いなる肯定の書

（吉田健一『時間』新装版、解説、青土社、二〇一二年）

長篇エッセイ『時間』は一九七七年八月三日、享年六十五で亡くなった吉田健一の最後期に属する著作である。『新潮』の七五年一月号から十二月号まで連載された後、翌七六年四月に新潮社から刊行された。

吉田は本書（『時間』）でただ一つのことだけを倦《う》まずたゆまず語りつづけている。「我々の毎日は刻々に時間がたつて行つて自分は今生きてゐると思ふ」（Ⅰ――以下ローマ数字は本書の章タイトルを示す）。「その悲みのうちにも時間はたつて行く」（Ⅴ）。「併《しか》しその間も時間はたつて行つた」（Ⅹ）。「そのやうに時間もたつて行く」（Ⅺ）。「時間はただ経過してゐる」（Ⅻ）。「時間はただ経過する」（同）。

一見、自明の命題と見える。しかし、「時間はただ経過する」と感得することは決して自然な体験ではなく、むしろこの「ただたつて行く時間」への不感無覚こそが人の世の常態であるという主張に、本書の独創がある。時間は通常は隠蔽されており、それが露わになるのはむしろ例外的な恩寵状態だというのである。ただし吉田は、時間の忘却が単なる個人的心理の失調の問題だとは考えていない。それは彼の歴史認識それ自体と結びついた問題であり、その中核にあるのは「近代」こそ時間を忘れさせる元凶だという命題である。

有用性と効率性の原理に支配された資本主義的「近代」への反撥ないし批判という主題に関するかぎり、そうした「反近代」的言説は一九世紀以来堆く積もった層をなしており、そうした命題を事改めて口にすること自体に吉田の際立った独創があるとは必ずしも言えない。この種の言説の系譜の起源近くにはたとえば、本書でその名が頻繁に引かれるボードレールが位置している。機械的に分秒を刻む時間の進行に牛馬のように追い立てられこき使われることへの厭悪に吐息をつき、また猫の眼の瞳孔の大きさで時間を読む中国人の少年の顰《ひそ》みに倣い、恋人の美しい瞳に「永遠」という名の時刻を読み取るボードレール。

要するに、非人間的な「機械時間」に支配され、労働と雑事に忙殺されて自分自身から「疎外」されつづける近代人の不幸を語るとともに、そこに欠落したより豊饒な時間の観念を希求する「反近代」的言説の長い系譜があるということだ。それは一九世紀末以降、「持続」や「生の跳躍」の概念を中心に置いて独自の「生の哲学」を展開したベルクソンの仕事や、そのベルクソンに影響されつつ「心情の間歇」の主題のうちに特異な時間感覚を小説化したプルーストの長篇へと受け継がれてゆく。

吉田健一はプルーストに対しては本書中に数か所にわたって批判的口吻を洩らしており、彼我の相違に関してかつてわたしは「プルーストから吉田健一へ」と題する文章でいささか論じたことがあるけれども（本書所収）、大きな括りで言えば吉田健一の時間観も、畢竟、日本的に変奏されたベルクソニズムの一変種だと言って言えないこともない。

しかし、本書の真の凄みをなすもの——本書の読者に古今東西を通じて存在しえた例しのないようなテクストに出会ったという感動を与えるゆえんのものは、この「ただたつて行く時間」の重さと手触りを、ここに書き連ねられてゆく言葉の物質的な表情それ自体がなまなましく具現しているという点にある。「冬の朝が晴れてゐれば起きて木の枝の枯れ葉が朝日といふ水のやうに流れるものに洗はれてゐるのを見てゐるうちに時間がたつて行く」という現在形の一文とともに本書は書き起こされる。以下、「水のやうに流れ」る言葉を運んでゆく異常なまでに読点の少ない後期吉田に特有の文体は、「ただたつて行く時間」という絶好の主題を得て、ここで比類のない完成度に達している。本書をかたちづくる言葉の連なりを辿ってゆくという読者の身体的体験それ自体のうちに、時計で計測される種類のものではない時間、「どの位の時間がたつかといふのでなくて」「長いのでも短いのでもなくて」「ただ確実にたつて行く」時間（I）が現前しているのだ。

「一体に一般論といふのはつまらないものである」（V）というのは吉田自身の言であり、本書においても彼は自身の時間観とはしかじかであるといった退屈な一般論を展開したわけではなかった。彼はこの特異な文章の持続それ自体のうちに「ただたつて行く時間」をきわめて物質的な言葉の表情として鮮烈に露出させてみせた。これは時間をめぐる哲学論文ではないしむろん小説でもない。ではエッセイなのか。「筆に随う」まま奔放に書き綴られていった自由な文章という意味でなら、或る種の「随筆」であるとも言える。しかし、兼好法師からロラン・バルトまで、モンテーニュから内田百閒まで、古今のいかなるエッセイの名手もこれほど奇態にして面妖な文章を書いたことはない。『覚書』『時間』『昔話』『変化』と続く最後期の吉田の散文は、文学史上の奇観であり、ほとんど奇蹟であるとさえ言える。そこでは「時間」が語られると同時にそれがそのまま彼の身体で生きられているからである。

それが身体的体験であるのは、「近代」的な偏執の蔭に隠蔽され忘却されていた時間を回復したとき、「息」を取り戻すという表現が何度も繰り返されていることからもわかる。「併し我々はやはり息をして生きてゐる」(Ⅲ)。「……我々は妄想に頭を疲れさせて時間がそれ以前と変らずたつて行つてゐることを知つて息をつく」(Ⅳ)。「そこにゐて我々も息が整ふ」(Ⅸ)。呼吸は人間の生の基本条件であるが、ふだんわれわれは自分が息を吸い息を吐いていることをほとんど意識していない。その意識上の空白は、あれやこれやのよしなし事に没頭し「ただたつて行く時間」を忘れていることと相同であり、忙しさ自体に何らかの意味があるという幻影が晴れ、「ただたつて行く時間」が甦ってくるとともに、プネウマが身体を通過することこそが生の現実それ自体であるという単純な事実が改めて明らかになる。本書をかたちづくっている言葉は、刻々の現在こそが生の豊かさにほかならないと語りかけつつ、絶えず息を吸い息を吐きつづけているかのようだ。

論文か小説かエッセイか、そんなジャンル分けは結局、無意味なのだ。ここにはただ、文章があるとだけ言っておけばよい。生き生きとした平静な呼吸を続ける文章の滔々たる流れのみが、今われわれの前にある。日本近代文学史上のどの流派にも運動にもしっくりと収まらない特異な存在であった吉田健一は、彼の書いた文章そのものがまともに読まれることがなく、いい加減に貼り付けられた出来合いのレッテルを通じてそんなものかと高を括られてしまうことの多かった不幸な文学者である。いわく「宰相御曹司《おんぞうし》」、いわく「大酒呑み」、いわく「エピキュリアン」……。そんなレッテルを一枚ずつ剝ぎ取ってゆくと、結局は言葉が、ただ言葉だけが残る。死後三十五年が経過し、「ヨシケン」をめぐるゴシップ神話がことごとく色褪せてしまった今、われわれは改めて彼の書き遺した文章それ自体に直接触れ、その言い知れぬ豊かさに自分の体を泳がせることができるようになったとも言える。

吉田は最後まで筋道を考えたうえで本書を書き出したのでは恐らくなく、連載中毎回ほとんど即興的に、頭に浮かぶままの言葉を綴っていったのだろう。良く言えば自在な即興によって、悪く言えば行き当たりばったりの運任せで進んでゆくこの文章の運動にはしかし、美しいとしか形容できない至高の自由が漲っている。実際、筆に随って書いてゆくうちに、多少の撞着がそこに紛れこんでこないわけではない。たとえば「Ⅲ」で「近代の倦怠」に触れた吉田は、それを「時間の観念を明確に持ち難くさせる方向に働くもの」であったと貶毀《へんき》的に語り、そこに中世以来の accidie（怠惰、無感動）という神学観念の一変種を認めている。ところが、「X」に至って「倦怠」と「焦躁」という主題を改めて正面から取り上げたとき、彼は「我々がいやでも時間の経過といふものを意識することになつたのはこの倦怠を通してだつたかも知れない」と言い、accidie に再度言及したうえで、今度は「倦怠をこの accidie と同じと考へることは出来ない」と断定しているのだ。

「倦怠」は、「Ⅲ」では時間を阻害するものとされ、「X」では時間の回復に寄与するものとされている。恬《てん》として自家撞着し、単行本にまとめるに際してもそれを平然と残したままにしている吉田の図太さには、感嘆のほかはない。彼には自然に呼吸しつつ流れてゆく言葉の運動の臨場感が何よいうのは、大人の常識のうちで、ことによると何よりも大事だったので、そのときその場で考えつつ書いていったことである以上、後段に至って前言と矛盾する記述が出てきてもいっこうに構わないと考えていたのだろう。

「倦怠」をめぐるこの両価的記述は、具体的にはラフォルグをどう評価するかという問題と結びついており、その根は実は案外深い。『ヨオロッパの世紀末』の作者にとって、「世紀末詩人」ラフォルグは年来の愛着の対象であり、その水族館の詩に広がる「アンニュイ」の心象風景は、吉田の嫌悪した一九世紀的な「近代」それ自体とはやはりやや異なる位相に位置するはずのものなのである。一八世紀に爛熟《らんじゅく》の極みに達した西欧が、一九世紀とともに凋落と醜悪化の「近代」に突入し、しかしその世紀末に至ってほんのいっとき、一八世紀的な洗練と優雅が回帰的に湧出してくる——『ヨオロッパの世紀末』に描き出されたそんな文明史観が示すように、吉田にとってそもそも「世紀末」というトポス自体が、「近代」と「反近代（近代以前ないし近代以後）」の間に引き裂かれ、両価的に振動しているきわめて微妙な対象であった。「倦怠」の観念をめぐって本書で彼の筆が或る躊躇いを見せているのは、恐らく「世紀末」の史的意義のうちに彼が透視したこの微妙な屈折の反映なのである。

本書はただ単純に時間の問題だけを語っている書物ではない。深々とした呼吸とともに展開されてゆく文章の端々には、叡智に満ちた寸言がちりばめられている。「我々は変人、奇人であつてはならない」（Ⅳ）。「……激情に駆られるのは大人がすることではなくて喜びでも悲みでも嚙み締めてゐれば再び時間がたち始める」（Ⅴ）。「……人間以外の動物で人間による迫害を受けてゐないものの眼の色が常に現在である状態がどういふものであるかを我々に想像させる。それは澄んでゐるといふやうなものでなくて明るい憂ひに満ちてゐてその憂ひは世界をこれでいいのだと認めることから生じる」（Ⅴ）。

この最後の言葉は、長篇小説『埋れ木』（一九七四年）の末尾近くに現われる一文、「田口は或る程度以上の所まで進化した動物、主に哺乳類が殆《ほとん》ど例外なしにどこか悲しげな眼付きをしてゐるのは生きることの退屈を知つてゐるからではないかと思ふことがあつた」と響き合っている。「世界をこれでいいのだと認める」身振りは、楽天的な歓喜や幸福と即座に等号で結ばれるわけではない。吉田健一における世界肯定の意志は、何かしらニーチェ的な翳《かげ》りを帯びているようにわたしには見える。人間に可愛がられている犬や猫や馬の瞳が「明るい憂ひ」を湛えているというこの観察は美しい。このこと一つ取ってみても、脳天気なエピキュリズムの楽天性ほど吉田健一の世界から遠いものはないことがわかるだろう。「明るい憂ひ」を、また「生きることの退屈」を全ページにわたって漲らせたこの『時間』というたぐい稀な書物を、二一世紀の若者にぜひ読んでもらいたいとわたしは切に願っている。

生成と注意

（吉田健一『変化』新装版、解説、青土社、二〇一二年）

『変化』は吉田健一の未完の遺作である。『ユリイカ』一九七六年九月号から翌年六月号まで十回にわたって連載されそこで中絶して、七月号に第十一回が載ることはなかった。連載は一年続く予定だったというから、吉田はあと二回分を書き、『時間』や『覚書』などと同じく全十二章の書物として刊行するつもりだったのだろう。

このあたりの事情は中村光夫の「付記」に詳しいが、実際、吉田は第十一回の原稿の冒頭部分五枚を書きそれを『ユリイカ』編集部に託したうえで、七七年六月から七月初めにかけてのロンドンとパリへの旅行に出立した。帰国してから第十一章を完成させ、さらに第十二章も書き上げて『変化』を完結させる意志はたしかにあったのだ。ところが外遊中に体調を崩した彼は、帰国後も健康を取り戻せないまま、結局八月三日に不帰の客となってしまう。従って、本書（『変化』）は吉田健一という稀有の文人の文字通りの遺言と言ってよい。ちなみにわたしは「作者の死によって途絶した文章」というこの特殊なジャンルの言説をめぐる考察を試みたことがあり（本書所収「変化と切断」）、そこではこの吉田のケースを内田百閒やロラン・バルトの場合と比較して論じている。

『時間』で「時間」の絶えざる経過について語った吉田が、本書においてその後を享けるかたちで展開したのは、その「時間」が世界に何をもたらすのかという問いである。この問いへの彼の返答は例によって簡潔を極めている。時間とは「ただたつて行く」ものだとすれば、その経過につれて「世界は不断に変化する」――本書をかたちづくるすべての言葉は、多様な変奏を伴いつつも結局その単純な一命題に収斂してゆく。

ここで吉田が中心に据えた「変化」という観念をもしあえてフランス語に訳すとしたなら、changement や transformation ではなくやはり évolution の一語が選ばれるべきだろう。わざわざフランス語を持ち出してみたのは、本書の第一章ですでに「その辺のことはベルグソンの *L'Evolution créatrice* といふ本の題とその内容にも示されてゐる。そこでなされてゐることは疑ひの余地を残すといふやうなことが全くないので……」云々と語られている通り、『時間』においてと同様にここでも吉田がベルクソンの哲学に依りどころを求めていることは明らかだと思われるからである。「エヴォリューション」は普通「進化」と訳され、ダーウィンの理論も「進化論」「進化説」と呼ばれるが、もともと「エヴォリューション」という言葉自体は、何らかの因果律に従って必然的に進展してゆく漸次的変化を意味するにすぎず、それがより良いもの、より優れたものへの変化であるわけでは必ずしもない。ダーウィニズムにおいても種の変化は「自然淘汰」の原理に従うとされるだけで、変化の方向は価値中立的である。ところがベルクソンはその主著の一つである『創造的進化』で、この「進化」の概念に「創造」という価値概念を接ぎ木し、生命の「進化」を推進する根源的な力として「生命的跳躍《エラン・ヴィタル》」という独自の観念を提起した。

本書で用いられる「変化」という言葉の背景にこうした生命の形而上学を透視すると、吉田健一の思考の精神史的射程がより明瞭に見えてくるように思う。本書で展開されているのは「変化」の観念をめぐる一般論ではない。読者はここに、不断の「変化」の相の下に「持続」――これもベルクソンの主要概念の一つである――してゆく言葉の運動の物質的現前それ自体を体感すべきであり、その点は『時間』の場合と同様である（これについては本書と同時に刊行される『時間』の解説で述べた）。そして、この稀有な文章の「持続」そのものがまとっている絶えざる「変化」にドライヴを掛けている本源的な力とはまさに、一瞬ごと、一行ごと生起しつづける「生の飛躍」なのではないだろうか。時として「牛の涎《よだれ》のような」などと揶揄されたりもする後期吉田の特異な文章が体現しているものは、不断の「変化」の「持続」としてある「生の飛躍」の連鎖であり、それに比肩するものとてはアイラーやコルトレーンのフリー・ジャズ以外にないかもしれぬ、微小な「創造」的出来事の一瞬ごと、一行ごとの連続継起なのである。

吉田の文章は変化＝進化（évoluer）しつづける。「それならば存在といふ言葉をここで用ゐることが許されさうに思へるが或るもの、或ることが或る場所にあることがそれが存在することである時にそのあるといふのは常になるといふ一つの方向をそのうちに含んでゐる。ただあるのでなくて絶えずそれになりつつあることで我々がそれがあると認めるので同じく絶えず我々になりつつある我々にとつてただ何かが或る所にあるだけではそれがそこにあることを認めるにもその手掛りがない」（Ⅵ――以下ローマ数字は本書の章タイトルを示す）。いつ句点が来て一文が終結するとも知れず、宙吊り状態のサスペンスをどこまでも持ち堪えつづけてゆくこうした言葉の流れを辿りながら眩暈に襲われそうになっても、べつだん困惑する必要はない。ここで「ただあるのでなくて絶えずそれになりつつある」「或るもの、或ること」と呼ばれているものを、「言葉」それ自体と言い換えてみたらどうだろうか。本書『変化』に繰り広げられている言葉の運動は、生成(devenir)しつつある現在の体験それ自体のなまなましさとして、その最高の強度において「存在」しているのだ。実際、今日の日本でわたしたちの眼に触れるあれやこれやの言葉の存在感の稀薄さと比べて、吉田健一の文章は何と濃密に、また堅固に「存在」していることだろう。そして、この「存在」感とは、絶えざる「変化」の「持続」によってもたらされるものにほかならないと吉田は語ってやまない。

ところで、『時間』にはほとんど登場せず、本書で大きな力点が置かれ繰り返し強調されている一主題がある。吉田は「注意」という概念をめぐって、全篇にわたってかなりの言葉を費やしているのだ。ただ上の空でいてはいけない、「変化」を見るには、また身体的に体験するには「注意」することが必要だと彼は言う。「……我々の注意の向うに姿を消すことも不変のものの変化に数へて差し支へないが注意が働く範囲内で変化する場合でもその変化を通して不変がある」(Ⅲ)。「我々にもう少し注意する必要があるだけなのである」(Ⅳ)。「……人間は慌しくならざるを得ない。併《しか》しそれはその人間の注意が変化から逸れてゐるのであつて……」(Ⅴ)。「それに気付くならば我々の直接の周囲にも我々自身のうちにも眼を向けるべきでその変化極りない状態に我々が安んじてゐることを確めることで我々は世界に戻つてゐる」(Ⅶ)。「刻々の変化といふのがどれだけ我々の一部をなすものかは我々が一人でゐて別に何もすることがなくてももしそれを理由に自分の周囲に全く注意しないでゐるならばその空白にやがて堪へられなくなることで解る」(Ⅷ)。

単に「意識する」というよりもう一歩踏み込んだ、よりいっそう能動性の高い「注意する」という精神の操作の必要性が説かれていることに注目したい。『時間』で問題化されていたのはあくまで「意識」であった。そこでは「時間」と「意識」はほとんど同義語のように扱われてさえいた。「厳密に言へば時間の意識といふのは重語であるとも考へられる。それは時間があつて意識が生じるので時間とこれを時間といふものと何かの形で認めることが意識する行為の前提をなしてゐるからであつて……」（『時間』Ⅸ）。しかし、その「時間」が世界（そこにはむろん自分自身も含まれる）に何をもたらすのかという問いを立てるとき、そこに生じつつある「変化」を体感するために、「意識」はさらに一段階能動性の階梯を昇って、よりいっそう研ぎ澄まされた「注意」の態勢に入らなければならないとされるのだ。

この「注意」の概念はきわめて興味深く、そこにはベルクソン流の「生の飛躍」ともまた微妙に異なった、文人吉田健一ならではの或る精神の位相が示されているように思う。実際、ただ「時間」が経過しそれを「意識する意識」があるというだけでは、小説作品のような文学的「創造」が具体的に成就するはずがない。『瓦礫の中』（一九七〇年）以降本格的に始まる吉田の小説家としてのキャリアに、この「注意」の身振りは本質的な役割を果たしていたはずである。それは彼のロマネスクな散文群の、ほとんど発生原基そのものですらあったのではないだろうか。「持続」する「注意」によって世界の不断の「変化」の表情の推移を捉え、それを突拍子もないユーモアの漲る虚構の時空に溶かし込んでゆく彼の長・短篇小説を、わたしたちはもっともっと読みつづけたかった。享年六十五という若さでの吉田の早逝が惜しまれてならない。「死」という絶対的な他者がいきなり彼の生の時空に介入し、そこでの「変化」の「持続」を無情に切断してしまったのである。しかしそれははたして「他者」だったのだろうか。

「一人の人間が常に変化と付き合つてゐるのであるからその一生が長いものにも思へる。或《あるい》は寧《むし》ろ一生の終りといふのは変化の意識も含めて人間がなすべきこと、なしてゐることの一切を続ける必要がなくなる時でいつ来るとも解らないその休息の瞬間に今から期待を掛けた所で我々は何ものからも自由になるものでない」（Ⅷ）。本書第八章末尾に置かれたこの段落は美しい。長すぎる引用は野暮であるからこのあたりまでにとどめるつもりだったが、ここまで書き写してきて、絶えずゆるやかに「変化」しながらさらになお続く吉田の文章をここで切断するのはあまりにも惜しいという気持にわたしはなった。こうした文章を書いた一人の男が、その執筆の数か月後に死を迎えたという事実に思いを馳せつつ、どうかこの続きを読んでいただきたいと思う。「又それを望むこともないので我々の意識が正常に働く限りではそれは充実し、これも停滞することがなくてその対象になる変化はそれが静寂の形を取つてもその静寂に我々を満すものがある。それ以外に生きるということに意味があるだらうか。これが続けられて我々は少しづつ終りに近づき、その味を知つてかうして我々は階段を降りて行く」（同）。

「我々は階段を降りて行くやうに年を重ねる」というのは福原麟太郎の言葉だという（Ⅵ）。『交遊録』（一九七四年）の一章が捧げられているこの英文学者は吉田の敬愛してやまない年長の友人であった。風景に対して、動物に対してと同様、人間に対して覚える「親《した》しみ」に「変化」の体験が不可欠であることも、吉田は本書の中で繰り返し説いている。「親むといふのが刻々の変化とともにあるのでなければならない」（Ⅵ）。長い歳月をかけて世界と自分自身の不断の「変化」の中で吉田健一の文章に「親んで」ゆくことの喜びを、若い人々にぜひ知ってもらいたいと思う。

吉田健一の「怪奇」な官能性

（『KAWADE道の手帖　吉田健一』二〇一二年）

石川淳は吉田健一の『絵空ごと』について次のように書いています――「ここに至つて、わたしはどうも新版の桃花源記を読まされたのではないかとおもつた。いにしへの桃源は人間が無為孤独にして自然の中に見つけるものであつたが、今日では自然が手狭になつたために、人間みづから人智をつくし人工をかさねてこれを都市のまんなかに作り出さなくてはならぬのかも知れない。／さういつても、かう見てしまつてはちとサトリをいそぎすぎたやうでもある。桃源に深入りしては、返ることを忘れて、たれも小説を書くことなんぞを考へつこないだらう。すでに都市のまんなかに、せつかく人工の新館が建つたのだから、ここに然るべきものを迎へてもよささうにおもふ。エロスである」（初出は「朝日新聞」文芸時評、一九七一年一月。後に『文林通言』に所収）。これはすばらしいエッセイで、透徹した理解の漲るこういう名文で作品を評してもらえば、作者としては以て瞑すべしというところでしょうが、ただ夷斎先生は、この評の末尾でちょっとした留保を付けて、この桃源郷には「エロス」がない、「エロス」を容れた「精神上の妾宅」が別にあってもいいじゃないか、と言っているんですね。

たとえば『夷斎筆談』の「恋愛について」には、「陽根の運動は必ず倫理的に無法でなくてはならない」という決め台詞がありますが、石川淳は何しろ徹底的な男根至上主義者です。そういう意味で言えば、吉田健一には確かにエロスはない。つまり、男根と女陰の結合による性の快楽といったものを文学的主題として重視していなかったし、体験としてもあまり興味がなかったと思う。そういう結論がすぐ出てしまうのですが、しかし、それだけでは話は簡単になりすぎてしまう。

吉田健一の世界にはむしろエロスが横溢しているとわたしは思うんです。それはしかし、男根的ではなく多形倒錯的なエロティシズムと呼ぶべきもので、性器を介さない官能性は彼の小説の至るところに見出されます。すぐに思いつくのは、『怪奇な話』に収められた短篇群です。「化け物屋敷」では、深夜、真っ暗な部屋のなかで「何か」が主人公の顔にそっと触れてきます。それは犬の口や鼻の周りに生えてる柔らかな毛で、それが視覚の利かない暗闇のなかで、突然、接触してくる。触覚だけのこの遭遇体験の、名状しがたいなまなましさ、愛おしさ。しかし、そのなまなましさとは裏腹に、それは実は存在しない犬——すでに死んだ犬の霊だったわけですね。この犬の鼻先に限らず、風の流れ、川、陽光、月光、等々、世界の細部のすべてが彼にとって「エロティック」な対象だった。短篇「月」は、月の光に取り憑かれて、最後に——そうは書いていませんが——死んで霊となって月に向かって昇天していく大工の万七の話で、彼は月に執着し、恋い焦がれ、最後には自分の命とひきかえにそれと合体してしまう。他方、「幽霊」は珍しく、異性である女との恋愛譚ですが、この女も「幽霊」で、ただし彼女は最後に血肉を備えた生身の肉体を取り戻すのですが、そのときすでに小説は終わっている。

川の主題にしてもそうですね。たとえば『残光』のなかの「流れ」は、川をめぐる短篇で、長篇『金沢』にも川が出てきますが、それらの「川」もまた、単なる視線の対象というよりは、そこで五官のすべてが完全に開かれ、世界と無媒介に触れ合うことが可能となる特権的な舞台であり対象だったわけで、その無媒介的な交感の持続を記述することに、彼は喜びを感じていたのだと思います。

日常生活のあらゆる細部がそうした交感状態を誘発する。『時間』の冒頭を見ればわかるように、朝起きて冬の木の枯れ葉に陽光が輝いているのを見るだけで、そこに時間の流れが体感される。生をかたちづくる無数のディテールの一つ一つに、彼の身体は直接反応します。なかでも、川の水のゆるやかな流れには何か特別の愛着があったのではないか。そもそも、少年時代には橋梁設計をしたいと言っていたそうですね。ロンドンのテムズ川にしてもそうですし、実際の東京のお住まいも、これは川というよりお壕ですが、水を高台から見下ろすというロケーションですよね。「川」が官能的な対象たりうるというのは、石川淳の世界ではありえないことなんです。

また、食べ物や酒について書かれた文章、たとえば『私の食物誌』だってそうでしょう。「高崎のハム」でも何でも、すべてが官能的な対象になる。吉田健一のアルコールへの執着には、単なる酒好きの域を超えた、一種狂気染みた何かがありますね。「酒宴」で描かれるような、意識の質がだんだん変わっていって、自分が自分ではないものになってゆく、あの尋常ならざる感覚も、通常の理性の働きを脱臼させる、エロティックな錯乱に似た何かのように記述されている。あの脱我状態《エクスタシー》は、男根的な権力性とは無縁のエロスそのものだと思うんです。

言うまでもなく彼は高度な知識人であり教養人だったわけですが、しかし知識や教養によって身を鎧《よろ》うということはいっさいしなかった。漱石に対する彼の軽蔑はそこから来るんでしょう。吉田健一にとって重要だったのは、素裸になって世界と直接触れ合うことの圧倒的な豊かさだけだった。たとえば詩の一行だってそうした世界の一部だったわけです。漢詩についてはそうした体験のできた漱石が、こと英文学に関するかぎりあくまで知識や教養の領域で処理しようとしたことのいじましさを、彼は嫌悪したのです。もっとも夏目漱石と吉田健一ではずいぶん時代が違うわけで、漱石が抱えこまざるをえなかった歴史的限界を非歴史的に難詰しても仕方がないのですが、とはいえ、いきなり素裸になってしまう吉田健一の野蛮さを、彼が身を置いていた時代の歴史的文脈から説明できるかと言えば、これはできないでしょうね。

とにかくソーヴァージュ（野生的）な人だったと思う。たとえば食べるという体験一つとっても、「食通」の教養主義みたいなものがまったくない。その官能性は、幼児的な口唇性愛に多少似ているけれど、もっと広くて豊かな何かだと思う。身体の性感帯のどの部位と限定することの不可能な、全身的で、かつまた五感の全体に相わたる官能性であって、そうした意味でそれを多形倒錯的なエロスと呼んでみたいのです。それは、知識や教養といった「文化」の側に身を置く者からすると、ちょっと怖い官能性でもあるわけです。そこには「怪奇」な何かがある。『私の食物誌』だって、わたしはどこか怖いテクストだと思います。

そのことと、彼のキーワードの一つである「文明」とがどう関係するのか。これはわからないのですね。吉田暁子さんは「父はお行儀の良い人でした」とおっしゃったそうですが、吉田健一のなかには「品位」ないし「品の良さ」への深い尊敬がありますし、もちろん彼自身、非常に品の良い紳士だったと思う。その「品位」と「野生」の共存は、調和的な補完関係にあったわけではなく、ただ単に、その両方が一人の人間のうちにいきなりともども体現されてしまったとしか言いようがない。そのことが面白さに、結局すべてかかっているのではないですか、吉田健一の文章の魅力というのは。

他方、谷崎潤一郎のように、晩年になっても好きな女に足で自分を踏んでもらわないと気が済まないという人もいて、これはまたちょっと別の「野生」ですよね。谷崎の倒錯というのも怖ろしいものですが、ただ、こっちは物語のうちに容易に取り込まれうるもので、だから物語作家としての谷崎の巨大さに吉田は当然、太刀打ちできません。しかし、その一方、「品位」と「野生」の非論理的な共存という不可思議な出来事性は、谷崎にはないもので、つまり谷崎のエロスというのは、石川淳の男根主義と同じくらいわかり易いものなんです。『瘋癲老人日記』の著者は「品位」なんて歯牙にもかけない強さがあったわけで。

とにかく、こうした無媒介的な身体性というのは、吉田健一と同年代の文壇の潮流、つまり「戦後文学」という公式の系譜学からは説明できないものです。「戦後文学」というのは第一次のそれにせよ第二次のそれにせよ、基本的には知識人の文学なのですが、野間宏の観念性も大岡昇平のリアリズムも、吉田の官能性とは無縁です。三島の場合、『仮面の告白』はもちろん彼自身のセクシャリティのなまなましい告白ですが、これも非常に観念的な昇華を経たうえで表現されたもので、吉田健一の文章に漲っているような無媒介的な身体性はありません。まして装飾的にフェティッシュ化された金閣寺の美などといったものは、吉田の「高崎のハム」より官能性においてはるかに劣る貧相な抽象観念でしかなかった。三島が直接的なエロスを全身的に体験したのは、唯一、自分の腹を掻き切った瞬間だけだったわけでしょう。「品位」と無縁のそういう時代状況の中で、吉田健一は徹底的に孤立した表現者だったと思います。

吉田健一はとてもユーモラスでしょう。彼と並んでもう一人、私のとても好きな作家が内田百閒ですが、この二人にはちょっと似ているところがあります。百閒も多形倒錯的なエロスの人ですし、またユーモアの人でもある。百閒と吉田とがともに嫌ったのは抽象観念の貧しさです。「戦後文学」というのは、基本的にユーモアを欠いた男根主義の文学なんです。埴谷雄高にはドストエフスキー的なユーモアがあると言われるけれど、私は疑問に思っています。太宰治だって、女々しさを装って愛されようとするけれど、あの演じられた弱者の図々しい自己愛は極度に男根的なものだと思う。彼らはとにかく押しの一手の文章で、押しの一手の文学は必然的に観念的になります。吉田健一の初期の短篇「百鬼の会」では、変なバーに入って行って、隣に来た女性の肩に手を回そうとすると、手が突き抜けて自分の前まで戻ってきてしまうんですね。日本の近代文学には「花柳文学」の伝統があり、荷風をはじめ水商売の女との交情のお話が沢山書かれてきました。しかし、吉田健一がその主題を書くと、何しろ手が突き抜けちゃう。男根の機能を封じ、見事に空を切らせてしまうこのユーモアですね。この可笑しさ、馬鹿々々しさは、ことによると日本近代文学に対する彼一流の批評だったのかもしれません。

ユーモアと表裏一体のものとして、これは以前、吉田暁子さんにお話を伺ったときちょっと話題に出たのですが、フランス語でいうと《pitié》、つまり「憐れみ」という感情をめぐる非常に深い思考が吉田健一にはありますね。ひょっとしたら、先ほどの「品位」と「野生」の接点はそのあたりにあるのかもしれません。「憐憫」の体験のうちには、無媒介的な触覚性と、ある節度を持った距離の感覚とが同時に孕《はら》まれているような気がするんです。「憐憫」もまた、特異な官能性の一様態なんじゃないでしょうか。

『埋れ木』の最後のところに、犬についての言及があります。「田口は或る程度以上の所まで進化した動物、主に哺乳類が殆《ほとん》ど例外なしにどこか悲しげな眼付きをしてゐるのは生きることの退屈を知つてゐるからではないかと思ふことがあつた。或《あるい》はその退屈を所有してそれを飼ひ馴らしてゐるのでもよかつた。さういふ人間以外の動物に永遠の観念がないとは言へなかつた」。犬はどこか悲しい目をしていて、それは退屈しているからなんだと。これはすばらしい洞察だと思うんです。先日、國分功一郎さんの『暇と退屈の倫理学』という大変面白い本を読んだのですが、國分さんの説だと、動物は退屈しないということになるようです。倦怠に悩むのは人間だけで、暇と退屈から逃れるためには動物化することが必要だというのですが、私はどうも吉田健一が正しくて、犬や猫は退屈しているような気がするんです。

『埋れ木』の冒頭には「彦七に」という、死んだ愛犬への献辞がありますね。どう考えても、人間と犬では種は違うわけだし、何を考えているかは結局分かりません。距離はどうしても残るわけです。それを埋めるものは「憐れみ」しかない。それはしかし、実は人間同士の恋愛だって最終的にはそうなんで、やはり距離は残って、その距離を縮めようとして人間は言葉を使うわけでしょう。

世界との触覚的な交流がその限界に至り着いてしまう地点に、「憐れみ」の空間が開かれる。そこでは言葉という不完全で曖昧な媒体にすべてを託すしかない。その言葉の無力を思い知るところに、節度の感覚、あるいは諦念と呼んでもいい精神の状態が生まれ、文学も生まれるということでしょう。

それを「文明」が洗練させた智恵と言ってもいいかもしれません。『ヨオロツパの世紀末』で彼が語った西欧の一八世紀、あるいはその一八世紀西欧のエンブレムとして彼が繰り返し讃えつづけたワトーの絵の社交空間——しかし、あれもちょっと理想化されすぎた一八世紀観のような気もしますけれどもね。たとえばピラネージの牢獄絵など、あのなかでどういう位置を占めるのか。ただ、吉田健一にとって、世界がそんなふうに映っていたことはたしかだと思うんです。

吉田健一の、言葉の読みかたの官能性にも触れなければなりません。彼は批評家ということになっているけれど、詩や小説を知的に、批評的に読む人ではなかった。自分にとって快楽であるものを、身体のうちに直接摂取してゆくように読む人だった。吉田健一の有名な「間違った引用」というのがありますね。暗唱している詩をそのまま記憶に頼って引用するから、ところどころで間違えている箇所がある。しかし彼にしてみれば、間違えていたっていいじゃないかということだったと思う。自分の身体に「体内化」し、血となり肉となったものがそうした言葉の方だとすれば、その間違いこそが自分にとってのそのテクストの真実だということだったんでしょう。また彼にとっては、物質としての書物それ自体も、ほとんど愛撫の対象のようなフェティッシュと化していました。彼は空襲で多くの蔵書を一度、失ってしまいます。あとは、記憶のなかに残ってる本について書いてゆく。『書架記』がそれです。記憶のなかに一度入ってしまったものについては、もう新しく入れ直す必要はないということでしょう。

しかし、吉田健一の官能性という問題をめぐって、最後に——「last but not least」というやつですが——強調しておくべきは、何よりも彼の紡ぎ出したエクリチュールの官能性、言葉の、文章の官能性です。これこそ真に特異なもので、いつまでも鳴り続ける音楽みたいなあの言葉の連なりは、比類なく官能的と言うほかありません。そして、その官能性は時代を追ってますます濃密になってゆく。

吉田健一は批評を書き、翻訳もやり、その中には『ファニー・ヒル』などもあるわけですが、わたしにとってやっぱりいちばん面白いのは彼の小説です。彼は一九五〇年代から小説を書いていますが、本当の意味での「作家」になったのはやはり、七〇年の『瓦礫の中』以降でしょうね。論じるべき対象、翻訳すべき対象が消えてしまい、何をどう書いてもいいというジャンルに彼が本格的に取り組んだときに、文学史上稀有の事件が起きたわけです。一九七〇年代に入って、小説の時代が始まる。そして、「何をどう書いてもいいということ」を誇示した特異な短篇群・長篇群を書きつづけた吉田は、ついには『時間』のような境地にまで行ってしまう。『時間』や、彼の死で中絶した『変化』には、プロットも登場人物もないから、確かに小説ではないけれど、かと言って評論といったものでもないでしょう、論じている対象と言えるようなものがないのだから。記憶も感官も徹底的にオープンにして、何もかもを自分の身体と意識のなかに自在に、無秩序に呼び込み、それをただ言葉にしていっただけの文章です。これは本当に凄いことですね。

吉田健一は『余生の文学』を一九六九年に書きます。やるべきことはすべて終えて、あとは余生だというのですが、それは、批評家としての批評の対象、翻訳家としての翻訳の対象がとうとう消えたということでしょう。そして、『余生の文学』の後、七〇年代が始まる。石川淳は先ほどの「文芸時評」で同時に『瓦礫の中』について触れていますが、『瓦礫の中』と『ヨオロッパの世紀末』で一九七〇年に一挙に脚光を浴びた吉田は、何とも惜しいことに、七七年にはもう死んでしまうんですね。奇蹟の七年間と言うべきでしょう。その短い歳月にあれだけの質と量を備えた作品群を書いたわけですからね。驚嘆のほかはありません。言葉が志向すべき対象は、もう消えてしまった。ということは、あえて言えば、言葉それ自体が彼のエロスの対象になったということです。言葉の艶めかしさだけが、純化された状態で出現する。今や、単に世界との官能的な交流を言葉で記述するだけではない。その言葉自体との豊かな、多型倒錯的な交感の記録が、その奇蹟の七年間で一挙に花開いたわけです。

最初の長篇『瓦礫の中』は、すべてご破算になった一九四五年の日本が舞台で、裸一貫になってしまった主人公が、最後に小さな家を建てるまでの話です。つまり吉田は、「余生」と呼んでもよいその七年間を、そうした廃墟の光景から開始したということです。敗戦のとき、彼の祖父の牧野伸顕が、われわれが明治以来やろうとしていたすべてがご破算になったと言ったそうですが、まさにそういう「瓦礫」のただなかを舞台とし主題として、これに一種異様に楽天的なユーモアを漲らせながら、彼は初めての長篇小説を書き上げた。そこには吉田茂の影もありません。生い立ちが生い立ちですから、出版メディアの世界では彼はずっと「宰相御曹司《おんぞうし》」のイメージで受け止められていたわけですが、「余生」の七年間に開花した彼の特異なエクリチュールは、それ以前の彼自身のキャリアをすべてタブラ・ラサにしたうえで、ただひたすら艶めかしい言葉でロマネスクを作っていこうとする試みだった。その挙げ句、ついには口実としてのロマネスクさえ消えてしまい、言葉の官能的な物質性だけが露出している『時間』や『変化』のようなところまで至り着く。

これは、流派の交替によって記述されるありきたりの文学史の枠組みには収まりようのない、真に特異な事件と呼ぶべきものでしょう。吉田健一というのはやはり、一種の突然変異としか言いようがない作家だと思います。まあ「名家」の出で、英語がネイティヴ並みに堪能で、とにかく普通の日本人ではないのですが、しかし、そういうことでもってこの突然変異性の説明をつけてしまうことほどつまらないことはない。生誕一〇〇年ということですが、吉田健一というのは歴史的に位置づけられそうで位置づけられない。不思議な人ですよ、本当に。

プルーストから吉田健一へ

（鈴木道彦訳『失われた時を求めて1 第一篇 スワン家の方へ Ⅰ』エッセイ、集英社文庫、二〇〇六年）

吉田健一の『時間』は表題通り時間とは何かという問いをめぐる考察の書であるから、そこには当然プルーストの名前が繰り返し登場する。頻繁に引照される『失われた時を求めて』の時間意識の在り様に、しかしそのつど吉田は慎重な留保をつけ、あるいは真っ向から批判してもおり、日仏二人の傑出した文人の時間観の、そのすれ違いのさまはわれわれの感興をそそらずにはいない。

たとえば、「又さういふ近代に就て我々が念頭に置いていいのはそれが意識的に時間、或《あるい》はそれが刻々にたつて行く感覚を無視した時代だつたといふことである」という「近代」批判が吉田のこの著作を貫く主軸の一つであるが、予想される反論を先取りするかのように吉田はそれにすぐ続けて、「これに対してプルウストがあるといふことになるかも知れない」と書きつける。「時間の無視」からは言うまでもなくはるかに遠い近代小説の傑作が二〇世紀初頭に書かれているという事実は、吉田の近代論といったいどう折り合いがつくのだろうか。誰の頭にも浮かぶその当然の疑問に答えるように吉田は「併《しか》し」と受けて、こう続ける。

併しプルウストは近代の完璧を求める方法で時間を追究したのでそれ故にプルウストが遂に得た時間の観念はその刻々に流動する姿よりもその流動を奪はれてこれが時間だと自分の前に置ける類のものであり、それが刻々に過ぎて行く状態を認識してこそ時間が自分の前にあることになるのにはプルウストも思ひ至らなかつた。

（『時間』Ⅲ）

これが一種の強弁であることは間違いなくて、『失われた時を求めて』に繰り広げられる時間論はいくら何でもここで吉田が要約したのよりははるかに精密で豊饒だと再反論することはむろん可能である。たとえば第五篇『囚《とら》われの女』Ⅰの中の例の「呼び売りの声」の部分に流れている時間の「流動」感のすばらしさはどうだろう。カタツムリ売り、八百屋、ヤギ飼い、砥《と》ぎ屋、鋳掛《いかけ》屋、魚屋、ガラス屋などパリの通りを練り歩く行商たちが次から次へと音楽的な節回しで口上を呼ばわり、また「種々さまざまな楽器のために巧みに書き分けられた民謡のテーマが、軽やかに朝の空気を編曲して『祝日のための序曲』を作り出してい」る、そんな街路のざわめきに包まれて、語り手の「私」はベッドの中でうとうとしながら午前のひとときを過ごす。眠りと目覚めと夢についての考察、部屋にやって来たアルベルチーヌの可愛らしいお喋り。そこではまさしく「刻々に過ぎて行く」時間が豊かな比喩やイメージや文化的記憶に彩られつつ見事に描出されており、その間語り手とわたしたち読者とがともども体験する官能的な悦びに満ちた小説的説話の持続――それはアルベルチーヌをめぐる「私」の不安や疑懼《ぎく》の翳《かげ》りを帯びることでいっそう深く複雑な味わいを増している――は、「これが時間だと自分の前に置ける類のもの」といった静的な凝固とは明らかに無縁であろう。

にもかかわらず、吉田健一のプルースト読解が或る直観的な鋭さを示しているのは否定できない。もちろんそれは、最終巻に至って「ふたたび見出され」、ようやく確固とした姿を現わすことになるあの超越的な時間の意味に関わっている。プルーストの「無意志的想起《レミニッセンス》」とは、一つの時間断片ともう一つの時間断片とが不意に接合する瞬間に訪れる至福のことであった。プチット・マドレーヌの味がコンブレーの幼年期を、ゲルマント邸の中庭の不揃いな敷石がヴェネツィアのサン・マルコ寺院の洗礼堂を、召使が皿にスプーンをぶつける音が汽車の車輪を叩く鉄道員のハンマーの音を、それぞれ唐突に喚起する。そのとき「私」は、現在でもなく過去でもない場所にいきなり連れ出される。「私は過去を現在に食いこませることになり、自分のいるのが過去なのか現在なのかも判然としなくなっていた」（第七篇『見出された時』I）。その瞬間に「私」が身を置く境地――「超時間的な存在」になることだとか、「時間の外に出る」ことだとか、また「少しばかりの純粋状態の時間」を「それだけ切り離して固定する」ことだとか、様々な言いかたで「私」が説明しているこの境地が、時間を「その刻々に流動する姿」においてじかに感覚するというのとは異質な体験であることはなるほど間違いあるまい。

> ……かつて聞いた音や、かつて呼吸したにおいが、同時に現在と過去のなかで、現在的《アクチュエル》なものではなく現実的《レエル》なものとして、抽象的なものではなく観念的なものとして、ふたたび聞かれたり呼吸されたりすると、たちまちふだんは隠れていた事物の恒久的な本質が解き放たれ、私たちの真

の自我、ずっと前から死んでいるように見えたこともあったが、しかし完全に死んでいたわけではないこの自我、それが今や目覚め、天からもたらされた糧を受けて生き生きと活気づくのである。

(『見出された時』I)

『失われた時を求めて』の厖大なページを読み進めてきた読者が、「現在」ならざる「現実」として、「抽象」ならざる「観念」として世界が一気に立ち上がり、なまなましい感覚的体験として迫ってくることでついに「私」に救済の恩寵《おんちょう》が訪れるこのページに至り着いたとき覚える感動は、尋常なものではない。

ところで、エッセイと小説に跨《また》がる吉田健一の全文業を通底するもっとも重要な主題は、ここでプルーストの語り手が「現実的なもの《レエル》」との対比において貶《へん》毀《き》的に切り捨てている「現在的なもの《アクチュエル》」の顕揚にほかならなかったと言えはしまいか。「冬の朝が晴れてゐれば起きて木の枝の枯れ葉が朝日といふ水のやうに流れるものに洗はれてゐるのを見てゐるうちに時間がたつて行く」というのが『時間』の書き出しであるが、こうした言葉の連なりの物質的な佇《たたず》まいそれ自体が示しているような、とどまることを知らずただひたすらゆるやかに流れつづける時間の刻々の現在に身を寄り添わせていることこそが吉田にとっての至福だったのであり、そのとき彼はプルースト流の「無意志的想起《レミニッセンス》」などまったく必要としてはいなかった。吉田健一の文学とは「現在的なもの《アクチュエル》」が、それ自体唯一無二の現実《レアリテ》として一元的に君臨する世界であり、そこには「抽象的なもの」はもとより「観念的なもの」さえ占めるべき場所はない。

吉田健一の主体にとって、「真の自我」が「ずっと前から死んでいる」だのそれが「今や目覚め」「生き生きと活気づく」だのというのは妄念でしかありえないのである。「目覚め」ているかどうかというのなら、絶えず角度を変え濃淡を変えながら枯れ葉の上に照り映えつづけている冬の陽光の刻々の現在のただなかで、自我はいつでも変わることなく目覚めており、その「本質」如何など問うには及ばない周囲の諸事物の現前をひたすら快楽的に感受しつづけている。プルーストが用いる「現実」「観念」「真」「本質」といった一連の概念には一種のプラトニスムが感知されずにはいないが、恐らく吉田は時間をめぐるそうしたイデア論の理念性を指して「これが時間だと自分の前に置ける類のもの」と呼んだのだろう。

プルーストの時間体験の強烈な特異性は明らかであり、それと比べて吉田健一の「刻々に流動する」現在的《アクチュエル》な持続という時間観の方は一見平凡な常識に属するように見える。しかし、刻々経過してゆくものが時間だという一事をひたすら語りつづける『時間』や、世界は絶えざる変化の相に置かれてあるという一事をこれもまた執拗に語って倦《う》むことがない『変化』のような彼の晩年の散文を読むとき、その刻々経過してゆく言葉の持続のさまに孕《はら》まれている或る過激な身体性が、われわれに一種異様な印象を与えることもまた事実である。『失われた時を求めて』の語り手は狂人だと言ったのは哲学者ドゥルーズであったが、「私」をはじめとする一人称主語をいっさい用いずに「刻々」進行する吉田健一の文章の話者もまた、ほとんど理性の範疇を逸脱した存在と見えなくもない。

彼の文章の主体はいわばつねに時間の中にいて、その経過を徹底して内部から、すなわち内在的に生きているので、ずっと前から死んでいるように見えたとか或る瞬間息を吹き返したといった事態など絶えて起こりようがない。ほとんど狂気と境を接したこの絶対的な内在性は、「時間の外に出る」だの、「純粋時間」を「それだけ切り離して固定する」だのといった体験を主体に先天的に禁じているのだ。吉田健一において、主体は「私」だの何だのと名指すまでもないほどにまで単一にして自明なものとしてあり、その一方、主体がそれと融即しそれを内から生きつつある時間の持続もまた単一かつ不可分の全体として現前している。彼の『時間』も『変化』も、いわば世界＝主体＝時間を貫通する大いなる単数性の顕揚なのである。

第一篇『スワン家の方へ』の冒頭、深夜にふと目覚めた「私」が、いったい自分は今どこにいるのか束の間わからなくなり、コンブレーの祖父の家の寝室の天蓋つきのベッドの中にいるのか、それともサン＝ルー夫人の田舎の家の、自分にあてがわれた寝室にいるのかと迷いつつ、「渦を巻いて錯綜する思い出」の湧出の中で惑乱する場面の描写は何度読み返してもそのつど圧倒されるが、吉田健一の一元論的な時間の傍らに置いてみると、プルースト的な時間の重層的な複数性がいよいよ際立ってはっきりと見えてくるように思う。「プルーストは物覚えが悪かった」というのはベケットのプルースト論の書き出しの一行で、吉田もこれを何度も引用しているが、プルーストにとって過去とは、独立した複数の時間断片が並置されたり重なり合ったりするような形で存在していて、それらの間に実際に経過した時間の厚みはいつでもあっさりと無化されてしまう。そして、それら断片と断片との間に「無意志的想起《レミニッセンス》」という名の異形の通路が唐突に現出するとき、時間はイデアの次元に昇華され、超越的な時間、純粋状態の時間が高次の「現実」となって結晶し、いずれは死すべきものとしての有限性の宿命への絶望から「私」を救済してくれることになるのだ。

そうした複数性の同時併存は、眠るアルベルチーヌを見つめるという官能的体験を記述したあのすばらしい数ページで、「私はたった一人のアルベルチーヌのなかに多くのアルベルチーヌを知っていたから、今も私のかたわらにまだまだ多くの彼女が横たわっているのを見る思いであった」と書きつけるときにもまたくっきりと露わになる、特異な感性のありかたでもあろう（『囚われの女』Ⅰ）。「頭の位置を変えるたびに、彼女はしばしば私の思いもかけぬ新たな女を創りだす。私はたった一人の娘ではなく、無数の娘たちを所有しているような気がする」と「私」は語るのだが、これが語のもっともありきたりな意味での「恋愛」からははるかに隔たった精神の状態であることは言うまでもない。欲望の対象は彼にとって、複数なるものの並置ないし重層化として立ち現われる。眠る女を凝視するときにのみ「私」はそれら潜在的な「無数の娘たち」を所有できるのだが、そうでないとき「私」はいつも自分の手と視線から逃れ去るもう一人のアルベルチーヌを、またさらに多くの別のアルベルチーヌたちを、嫉妬しつづけずにはいられない。いずれにせよ、複数であるものたちの絶えざる潜在的な立ち騒ぎこそ、いわゆる「恋愛」とはまったく異質なものであるかもしれないプルースト的な官能性の途方もない開花の場であることは、誰もが知る通りだ。

「刻々に過ぎて行く」時間がプルーストの世界に不在だという吉田健一の命題に異論の余地があるという点は、『囚われの女』の「呼び売りの声」の部分をめぐってこの文章の冒頭ですでに触れた。だが、実のところ、描き出されている事柄や内容や主題ではなく、それを物語るために連続継起してゆく言葉の流れの持続それ自体に着目するかぎり、『失われた時を求めて』という巨篇のどの章、どのページをとってみてもそこにはたしかに「刻々に過ぎて行く」現在的《アクチュエル》な時間のなまなましい流動性が確実に露出してはいると言うべきなのである。小説のナラティヴそれ自体においては時間が「失われた」ことなど実は一瞬たりともなく、あの息の長いセンテンスがもたらす恍惚とした宙吊り状態の持続として、時間は圧倒的な強度で絶えず現前しつづけている。そうした「刻々に過ぎて行く時間」に微細にして稠密《ちゅうみつ》な表現が与えられている一例として、とりあえずここには第二篇『花咲く乙女たちのかげに』IIの一節を掲げてみたい。「若い花たち」と呼ばれているのはいずれも劣らぬ魅力を湛えて海辺を行く美少女たちのことである。

……それらの若い花たちは今や私のすぐ前で、その軽やかな生垣でもって水平線をさえぎっていた。断崖を見下ろす庭を彩るペンシルヴェニア・ローズの茂みにも似た生垣、その花と花のあいだには、どこかの汽船が通った大洋の軌跡がすっぽりおさまっており、汽船は一本の茎からほかの茎までのあいだの青い水平線上をいかにもゆっくりと滑ってゆくので、もうずっと前に船体が通過してしまった花冠の奥でぐずぐずしている怠け者の蝶も、船の向かってゆく花の最初の花弁と船首とが、ほんのわずかな青い水だけで隔てられているようになるまで待ってから飛びたっても、確実に船より先にその花に着くことができるのだった。

プルーストの文体の特質がよく現われた部分としてしばしば引用される数行であるが、彼の偏愛する植物的比喩がここでも執拗に展開されており、そのマニエリスムにやや辟易するという読者がいても当然だと思う。並んで立つ「若い花たち」の絵画的形象に、近景の蝶と遠景の汽船という二つの運動体を絡ませ、その両者の速度を比較してみせるというあざといほどに重層化されたイメージの作り込みようも、下手をすれば気取り趣味《プレシオジテ》に堕しかねない人工性を誇示している。しかし、数年、数十年という単位で流れる巨大な時間の喪失と再発見の物語の細部に、こうした微分化されたスローモーションの時間がちりばめられていることに、やはりわれわれは感動せずにはいられない。

プルーストはきわめて複雑で微細なスローモーションの運動を、見事に構築されたシンタックスのロジックによって分析的に描ききっているが、その分析的な論理性が、「冬の朝が晴れてゐれば起きて木の枝の枯れ葉が朝日といふ水のやうに流れるものに洗はれてゐるのを見てゐるうちに……」といった文体の対極にあるのは言うまでもない。蝶の羽ばたきと汽船の航行との対比を通じて時間の「刻々」の経過が記述されているこうした一節さえ、吉田健一からは「プルウストは近代の完璧を求める方法で時間を追究した」と決めつけられることになってしまうのだろうか。プルーストの精神の運動と表象の論理の洗練に「近代」的という形容を付すのは、きわめて妥当ではあろう。しかしその一方、一八世紀に西欧文明の爛熟《らんじゅく》と完成を見て爾後《じご》はそこからの頽落《たいらく》にすぎないと観じていた吉田健一は、「近代の完璧を求める方法」の内に胚胎されたシニシズムとニヒリズムの凄みに対しては十分に意識的ではなかったようにも思う。彼がジョイスの『フィネガンズ・ウェイク』に冷淡であったことなども併せて思い起こされる。

吉田健一の贅沢

（『UP』二〇〇六年四月号／『クロニクル』東京大学出版会、二〇〇七年）

二〇〇五年十一月、パリ第七大学で「文字と図像――新たなアプローチ」と題するシンポジウムが開かれた。古今東西の美術や文学や映画や漫画に現われる「文字」の戯れをめぐって日仏の研究者が多種多様な考察や分析を繰り広げたこの催しは、きわめて刺激的で有意義なものだったが、それはこの文章の主題ではない。そこでわたしが行なった「侯孝賢『悲情城市』における文字表象」と題する発表もさしあたりどうでもよい。

ではここで何を書きたいのかと言えば、慌しい日程のさなか卒然とわたしを捉えた侘しさについて語りたいのである。学期中だから長くは東京を留守にはできず、結局四泊だけのパリ滞在になってしまったが、四日間だけというこの短さがまず侘しい。時差でふらふらになった頭は最初の三日くらいはまったく働かず、少しはまともに物が考えられるようになったときにはもう帰りの日が来て、十二時間の窮屈なフライトを経て東京でまた生物時計の時刻合わせのために四苦八苦することになる。せっかくのシンポジウムだから少しは有益な意見交換をしたいと思えば他人の発表中も席を外すわけにはいかず、「公式行事」のディナーやランチまで目一杯付き合ってしまうともうへとへとで、パリ留学中の旧知の学生諸君とゆっくりご飯を食べる余裕もない。フランスは商売柄縁の深い国だから毎年のように行っているような気がしていたが、考えてみればパリに来るのも四年ぶりで、せっかくの機会だからのんびり街歩きでも楽しみたいと思っていたがそんな時間もない。それでも最後に半日ほどは自由な身になったので、わたしは久しぶりにルーヴル美術館に行こうと思い立った。こんな場合普通なら映画のはしごをして回るところだが、この侘しさから抜け出すためには美術館というあの特権的な空間の中で流れているゆったりした時間が必要だと思ったのだ。しかし、たぶん二十年かそこらご無沙汰していたルーヴルは、いつの間にかとんでもない場所になっていたのである。

平日の朝の開館直後に行ったので、幸い入場口で長い行列に並ばずには済んだ。それでも〈モナ・リザ〉や〈サモトラケのニケ〉像のあたりはもうすでに押し合いへし合いの状態で、それはまあ昔と同じだから、混雑の度合いが相当ひどくなっているにせよ驚くほどのことはない。わたしが驚いたのは、あたりを行き交う見物客のほぼ全員が小さなカメラや携帯電話を手にしていて、それで作品を撮ったり作品と自分の「ツーショット」を他人に撮ってもらったりしていることだった。いつの頃からか、ルーヴルは美術を見に行く場所ではなく美術の複製画像を撮りに行く場所になっていたのである。

高級カメラを首から提げて名所旧蹟でやたらパチパチ撮りまくる、というのが昔は日本人観光客の戯画だったものだが、今やフランス人自身も含め西洋人から東洋人まであらゆる国の観光客がカメラを持って美術館に来る。カメラと言ってもむろん一眼レフなどという時代遅れの嵩張る代物ではない。煙草の箱そこそこの大きさのデジカメだのレンズ付きケータイだのを誰もが携えていて、興奮状態で唾を飛ばして喋り合いながら引っきりなしにシャッターを押しつづけている。彼らには美術作品を見る気はない。彼らがひたすら見ているのは美術作品が映っているカメラのファインダーである。大階段を上がった突き当たりの〈サモトラケのニケ〉の周りで間断なくフラッシュが光る。草食動物のような哀しげな目をした細面の中年の女性職員が一人、掌を前に向けた両手を胸のところに上げて、階段のこっちの端へ来ては「ノー・フラッシュ」と言い、あっちの端へ行っては「パ・ド・フラッシュ」と言い、カメラの列を押し戻そうと弱々しい努力を形ばかり続けているが、誰もまともには取り合っておらず、フラッシュは焚かれつづけ、その間もまるで城砦を攻略する蛮族のように見物客の群れが階段下から押し寄せてくる。

ルーヴルでわたしがいちばん愛しているのは、ここを右に曲がったすぐの左側にあるボッティチェリの大きなフレスコ画二点である。遠近法を欠いた平面的な装飾性をその最大の魅力とするボッティチェリの画風にフレスコという技法はきわめて好適と思うが、彼のフレスコ画は案外少ない。このルーヴル蔵の二点、〈諸芸の集まりを前にした青年〉と〈三美神に伴われた若い娘に贈り物をするウェヌス〉はどちらも損傷が甚だしいけれど、その剝落や色褪せにもかかわらず戦慄的に美しい――いや、にもかかわらずではなくむしろ剝落や色褪せのうちに胚胎される時間の厚みの手応えのゆえに、かえってよりいっそう美しいと言うべきか。とくに二点のうち後者の女性群像はボッティチェリ的官能性の一極致であり（爪先立ったはだしの足と薄絹の裳裾の戯れ……）、わたしが二十年ぶりにどうしても見たかったのは結局この一点のみであったとさえ言ってよい。有名の度合いは〈モナ・リザ〉などよりかなり落ちるから、幸いこのフレスコはちらりと一瞥だけくれて通り過ぎてしまう人も多い。団体客をやり過ごし、わたしはとにかく数分間はボッティチェリを独占することができた。これほど美しいものは世界にそうはないと改めて痛感し、と同時に旅先での疲労も相俟《あいま》ってか澎湃《ほうはい》と涙が溢れ出す。それを両手の人差し指の腹で拭って改めて目を見開こうとするところへ、またコンダクターに率いられた一団が押し寄せて、わたしとボッティチェリの間を遮断する。

もうこれが生涯最後の機会かもしれないから、〈ミロのヴィーナス〉ももう一度見ておこうと思った。しかし、そここそが惨憺たるありさまだったのである。あの円形の部屋いっぱいに人々が犇《ひし》めき合い、あらゆる言語で声高に喋り、叫び、絶えず写真を撮り、自分のカメラと彫像の間に介入する邪魔者には険しい目を向けており、そうした中に何とか身を割り込ませても、ひととき対象と内的な対話を交わすなどという余裕はとうていない。結局ただぐるりと一周し、彫像の上っ面を視線で撫でたという以上のことはできないままわたしは部屋を出なければならなかった。わたしは侘しかった。

だがそれにしても、あの連中はいったいなぜあれほど陽気で嬉しそうなのか。あの軽躁状態は美しいものを前にしたときの高揚や幸福とは明らかに異質である。見物客の混雑の中で有名な美術品を見ようとするとき、しばしば人は、それと親密に対話するというところまでは行き着けず、単にそれを「見た」という記憶が残るだけで満足するほかない。だが、今日ルーヴルに溢れている人々の多くは、どうやら「見て」さえもいない。彼らにとって重要なのはきっと、そこに自分が「いた」ということなのだ。〈ミロのヴィーナス〉と同じ部屋に自分が「いて」、そのことを証明する画像記録が思い出として残るということだけが問題なのだ。

いや、自分と〈ミロのヴィーナス〉を同一画面に収めたものをケータイで撮り、それをそのままどこかの誰かに送っている人々にとってその画像とは、何がしかの永続性の観念を内包する「記録」「思い出」ですらないのかもしれない。自分はたいそう名高い有難いものの前に今現にいるのだと、誰かに伝え、それを誇りたいだけなのかもしれない。記録のためでも記憶のよすがとするためでもなく、複製画像が意味を持つのはその瞬時の転送のためだけである。そこには個人の身体に血肉化された経験の深さと豊かさがない、その深さ豊かさを保証する時間の持続がない。彼らはルーヴルを出たら、次はエッフェル塔の前に行き、次はノートルダム大聖堂の前に行き、次は凱旋門の前に行き、そのつど営々と同じことを繰り返すのだろう。何しろ半日でパリの名所旧跡を全部回らなければならないから大変である。彼らには時間がないのだ。

なに、そんな憎たれ口を叩く権利などわたしにだってありはしない。身過ぎ世過ぎに追いまくられ、たった四泊でパリからとんぼ帰りというような世渡りをしているわたしだって時間がないのはご同様である。経験は深まらず、血にも肉にもならず、デジタル映像のように何かの拍子にあっさり消去されてしまう。この貧しさ、この侘しさはいったい何なのか。

この貧しさと侘しさの反対語はたぶん「贅沢」であろう。わたしはうちひしがれた思いで人ごみを掻き分け掻き分けルーヴルの出口に向かいながら、昭和五年十月にケンブリッジ大学のキングズ・カレッジに入学した一人の青年が体験した贅沢のことをしきりと思っていた。その贅沢は、十八歳の日本人の若者がその時代に私費で単身渡英しヨーロッパ屈指の名門大学に留学しえたという特権と直接関係があるわけではない。また、彼の母方の祖父は大久保利通の次男で明治の元勲の直系だし、彼の父は有能な外交官でやがて日本自由党総裁となり首相となって戦後日本の政治の方向を決定づけることになる人物だが、そうした「毛並みの良さ」ともさしあたり無縁である。ここで言う贅沢は個人の孤独な選択によって可能となったものであり、その選択の実行はさほど莫大な費用を要したわけではない。彼が買ったのはつまるところ美術館の切符だけである。

冬の休みにパリに行つて、ルウヴル博物館の定期券を買つて毎朝、ミロのヴィイナスを見に出掛けたのを思ひ出す。この彫刻だけが置いてある円い部屋の壁に沿つて腰掛けが作り付けになつてゐて、そこに腰を降して半日もこの彫刻を見てゐると、光線の差し具合に応じて彫刻が色々な具合に変化して行つた。今でも、あの彫刻のことが頭に浮ぶと、海を思ふ。その印象はさうした広々としたものだつた。大理石の彫刻に色があることもこの時に知つた。

（「留学の頃のこと」『定本　落日抄』所収）

孤独な選択とは言い条、もちろんいかなる個人の選択も時代や国や家族といった歴史の運命に多かれ少なかれ決定づけられてあるほかない。美術館の定期券でこれだけ途方もない贅沢を贖《あがな》えた時代があったのだ。

二年前から約束していたシンポジウム出席を今さらキャンセルできず、億劫な気持を宥めすかすようにして無理を押してパリくんだりまで来てしまったが、やはり来るべきではなかったのだとわたしは改めて考えた。吉田健一は英国留学を切り上げて帰国することを決心し、それをケンブリッジの恩師の一人に伝えたとき、その恩師が言ってくれた「或る種の仕事をするには自分の国の土が必要だ」という言葉を回想している（「G・ロウェス・ディッキンソン」『交遊録』所収）。昭和初年代の二十歳そこそこの若者が抱えていた問題と今のわたしの境遇を比べるのは無理があるにせよ、誰にとっても「自分の国の土」が必要な仕事があり人生の一時期があることだけは間違いない。こっちの国へ行って講演で三泊、あっちの国へ行って会議で五泊といった、一見華々しいようで実は侘しいだけの渡世とはもう縁を切ろうとわたしは思い、しかし同時に、たとえそうしたところで、それと引き換えに吉田健一の贅沢にほんのひとかけらなりと与れるという保証があるわけではないという諦念も去来する。

このとき吉田が下した帰国の決断はきわめて重いもので、むろん戦争が挟まったとはいえ彼はそれきり二十二年間、四十一歳になるまで再び英国の土を踏まなかった。中村光夫は戦前・戦中期における吉田との交遊を回顧する文章の中で、昭和十三年の夏、自分のフランス留学が決まったとき吉田と交わした会話を記録している。「そのとき、僕が君も行かないか、ときくと、しばらく眼をつぶつて考へる風でしたが、「いや、行きたくないな。」とはつきり答へたのを覚えてゐます」（「知りあつたころ——戦前の吉田健一」）。中村は「イギリスだつたら、話は別だつたかも知れません」と付け加えているが、さあどうだろう。それにしても吉田は、中村に誘われたとき「しばらく眼をつぶつて」いったい何を考えていたのか。

吉田の文章に親しんでいる者ならそのとき彼の心を往来したかもしれない様々な思念について或る程度の想像をめぐらせることはできる。恩師のディッキンソンやルカスの顔が浮かんだだろうか。ひとたび時間をかけて味わい尽くした贅沢はもはや繰り返し体験するには及ばないという思いがあっただろうか。ただ、わたしには、このとき瞑った彼の目の瞼の裏に、かつてのパリで長い長い時間をかけて〈ミロのヴィーナス〉と対話することで得られたような、何か「広々としたもの」が見えていたことだけは確実であるように思われてならない。昭和十二年の盧溝橋事件以来雪崩を打つように戦争に突入していった日本の首府の片隅で、二十代半ばの青年の瞼の裏には、このとき海のようなものが広がっていたのだと思う。充実しきった時間の層の厚みを内に秘めたその「広々とした」映像が誇示している途方もない贅沢と比べるとき、デジカメの哀れにもちっぽけなファインダーに映っている〈ミロのヴィーナス〉の、何と侘しくみすぼらしいことか。

時間を物質化する人

（『吉田健一集成　3』解説、新潮社、一九九三年／『物質と記憶』思潮社、二〇〇一年）

吉田健一は、思考の純粋持続とでもいうべきものを物質化する文体を作り上げた、驚くべき作家である。それは、模倣すべき手本もなく拠って立つべき先達もないところで、無から築き上げられ、洗練されていった一代かぎりの離れ業であり、近代日本文学のいかなる潮流からも孤絶した真に独創的な営みだったと言える。その独創性とは、ここで物質化と呼ぶものが、いかなる意味でも譬喩ではなく、文字通り物質そのものの即物的な現前を指していることと無縁ではないだろう。明治以降の日本文学の主流を担ってきたのは、文学を特権的な精神の表現と考える人々であり、彼らは作者として書く場合でも読者として読む場合でも、言葉の連なりが物質として露呈されたものが文学だなどとは考えてもみなかったからである。事態は今日でも同じであり、吉田健一のパスティッシュやパロディを試みる者はなぜか多いが、彼の言語そのものは誰にも継承されていない。

吉田健一が死の前年に上梓した『時間』や、また絶筆となり未完のまま死後に刊行された『変化』のような散文作品を初めて通読する者は、誰しもそこから何か名状しがたい体験を受け取るに違いない。ただしそれは、精神の体験というよりはむしろ読む者の肉体を直撃するような種類のそれであり、たとえば、読み進めながら感じるゆるやかな眠気とか、甘美な疲労とか、咽喉の渇きとか、不意の覚醒とか、とにかく物質としての言葉の表情の刻々の変容にもっとも親密に身を寄り添わせえた者の生理に生じるなまなましい驚きが、吉田健一を読むことの意義のすべてだとさえ断言したい思いに駆られる。それは、どこまでも引き延ばされてゆく「時間」の中で生きられる「変化」が、言葉の運動と読者の肉体との間の、あくまで物質的な共鳴作用として生起することへの驚きだとも言える。

「冬の朝が晴れてゐれば起きて木の枝の枯れ葉が朝日といふ水のやうに流れるものに洗はれてゐるのを見てゐるうちに時間がたつて行く」というのが『時間』の書き出しであるが、まず、ここに、特権的な精神の表現といったものがかけらも見出されないことに注意しよう。誰でも見ようと思えば見ることのできる当たり前の物質に、ごく即物的なまなざしが投げかけられているだけではないか。なるほど、やや文学的とも見えよう「水のやうに」という一句が譬喩として挿入されていることはいる。しかし、「水」のイメージはこの作品にとって無償の修辞ではまったくなく、それどころか早朝の陽光に劣らぬ堅固な具体性を備えた物質としてその「流れる」さまが見つめられつづけていることは、全篇を通読した読者には明らかとなろう。語られているのは要するに「時間がたつて行く」という一事に尽きており、これほど当たり前のこともない。明け方の光のように、川の流れのように、風に震える木の葉のように当たり前のことだと言ってもよい。何やら例外的に高尚な感受性が表現されているわけでもなく、口に出すのが憚られるような秘密が赤裸々に暴露されているわけでもなく、ただ自然界の物質そのもののように当たり前の「時間」が提示されているだけなのだ。

では、そのことを語る、その語りかたについてはどうか。読点を排したこの異常に長いセンテンスはたしかに当たり前とは言い難いものであり、そこに、吉田健一の文体の、最後期に至っていよいよ過激化していった特異性を見ることはもちろんできる。だが、ここで注目すべきは、その特異性もまた、美的な趣味とか個性の誇示とかに関わった精神的な選択ではないという点だろう。実際、この息の長い行文を辿ってゆく読者の肉体が具体的に体験するのは、「時間がたつて行く」ことそれ自体にほかならない。物質が在ることと同じように当たり前の「時間がたつて行く」ことが、言葉の連なりそのものにおいてもまた文字通り物質的に実現されているのだ。『時間』を読み終った誰もが或る種の茫然自失の思いとともに反芻《はんすう》するのは、そこに何が書いてあったかまったく思い出せないという驚きだろう。確かなことは、最初の行から最後の行までの間に、光が移ろい水が流れるようなまなましさで「時間がたつて行」ったという一事だけである。同様に、『変化』の場合でもまたその全行を踏破しきった読者に残るのは、「すべては不断の変化の中にある」という実感だけだろう。逆に言えば、吉田健一の後期の散文は、「時間」や「変化」といった精神的主題について語っている文章というよりもむしろ、それを読む者に「時間」や「変化」という物質それ自体を肉体的に感得させる途方もない装置なのである。そして、そうした装置としての機能を保証しているものこそ、同じ一つのことだけをゆるやかな変奏を伴いつつ蜿蜒《えんえん》と反復しつづけているかのごときこの文体の力なのであり、たしかに当たり前とは懸け離れた外観を呈してはいるが、「時間がたつて行く」ことを語るのにこれ以上自然な文体があるとは思えない。精神の個性的な表現としてあえて特異な文体が採用されているのではなく、ただ言葉という物質が、水が低きにつくように、光が昼から夜へと翳《かげ》ってゆくように、おのずから流れてゆき、「時間」や「変化」それ自体を物質的に露呈させるためのきわめて自然な配置へとなだらかに収まっていっただけのことなのだ。

物質そのもののように自然な認識が、ただ言葉の流れとして物質化されているだけの文章。そこには、「高尚」もない、「赤裸々」もない、ただ物質があるだけである。ところで、きわめて暴力的に裁断してしまうなら「高尚」と「赤裸々」の対立や交替として進行した明治以降の近代文学史の風土——硯友社から戦後文学まで、私小説から「ポストモダン」まで——を背景とするとき、こうした高純度の蒸留酒のごとき言葉の連なりは、当然のように人々を途惑わせずにおかなかった。異質な他者を前にしたときの困惑を解消する手っとり早い方策は、それに安易なレッテルを貼りつけて安心する途であり、そこから吉田健一をめぐる幾つかの誤解が生まれ、それが今なおわれわれの眼から彼の言葉の真のなまなましさを遠ざけているように思われる。

たとえば、「高踏派」吉田健一といった種類の通念がある。彼の教養が時代の水準をはるかに抜いていたことは間違いないし、またその小説の登場人物の間でやや高踏的な印象を与える知的談論が時として交わされることも事実である。だが、ただ当たり前のことを当たり前に書いているだけの『時間』や『変化』のような散文が、たとえば河上徹太郎の持っていたような「知識人」としての選良意識とはまったく無縁のところで書かれたものであることは自明だろう。光や水の刻々の変容に溶けこむことで主体としての「人間」の意識すら稀薄となってしまっている存在＝世界の物質的表情を提示するに当たって、吉田健一は、そうすることが高度に知的な営みだなどとはいささかも考えていない。次から次へと繰り出される種々の文化的また文学的レフェランスも、庭に光が射し河に水が流れるように自然に流れ出してきただけのことで、知の意匠をちりばめるといったさもしい振舞いとはまったく別のことである。時々刻々の有機的な生成として世界を捉える吉田健一の時間観を、ベルクソン主義の変種と呼ぶことは可能としても、そう知的に定義してみることで何がわかるというものでもあるまい。

　また、それと無関係でないものとして、「西欧派」吉田健一といった奇妙な神話もある。彼の生まれや育ちに西欧文化の伝統が深く食い入っていることは事実としても、われわれが実際に『時間』や『変化』を読んだとき、そこでの言葉の運動の実態から受ける印象は、われわれがふつう西欧的という言葉で思い浮かべるイメージとは甚だしく異なったものである。そもそも、一人称の主語を徹底的に排除している文章のいったいどこが西欧的なのか。意識的にせよ無意識的にせよインド＝ヨーロッパ語の語彙と構文法を基盤として思考を鍛え上げてきた日本の近代的知識人の文章——鷗外から蓮實重彦まで、荷風から大江健三郎まで——と比べた場合、吉田健一の文章はむしろ徹頭徹尾、和文脈の文体と呼ぶべきものではないだろうか。ヴァレリーが日本語で実践されているという印象は稀薄であり、むしろ西田幾多郎の「場の論理」によって掬い取られるべき言語空間が成立しているとさえ見えはしまいか。

　さらにいま一つの誤解として、「文学を享楽する」「趣味人」としての吉田健一像があるように思う。吉田健一が、文学を何やら深刻な思想的課題に還元したり、そこから人生いかに生くべきかの教訓を引き出したりといったものものしい身振りを避け通したこと、それは彼にとって文学が小説であるよりもまず詩であったことと無関係ではなかろうが、このことは、しかし、彼が言葉をめぐって貴族主義的なエピキュリアンだったことを必ずしも意味しない。彼は、文学と出会うことの官能的な悦びを精神的価値として顕揚したことなど一度もなく、それは、『私の食物誌』が「食通」の手になる自己陶酔的な「美食紀行」といったものとはまったく異なる種類の文章であることと同断である。『私の食物誌』とは、食べ物という名の物質の数々といかに出会ったかが縷々《るる》綴られた簡素で即物的な報告書であり、そのことの悦びを文学的に表現するという精神的な営みに対する信仰など、そこには毫も見出されない。吉田健一は単に、しかじかのものは「旨い」と書くだけであるが、それは或る物質との遭遇を物質的に確証する述語であるにすぎず、それ以上にもっともらしい修辞を凝らすことで自分の味わった快楽の質を誇ることにはまったく興味がないのだ。「旨い」は、「時間がたつて行く」とほとんど同種の物質的記号なのである。そして、イエイツの『イニスフリーの湖島』やボードレールの『悪の華』に対する吉田健一の反応もまた、そこに展開される言葉の運動を物質として受け止めるという姿勢に尽きており、詩作品が与える快楽を舌なめずりでもせんばかりに味わい尽くそうとでもいった「美食家」ふうのさもしさは彼とは無縁である。実際、物質を単に物質として受け止めるという即物的な散文性は、優雅なるディレッタントなどといった呑気な人種には到底身に着けようのない苛酷な倫理なのである。

　思考の純粋持続とでもいうべきものを物質化した驚くべき言語の実践家としての吉田健一の本領は、この巻（『吉田健一集成　3』新潮社）に収録された二篇の長篇エッセイ『時間』と『変化』に遺憾なく発揮されている。だが、この二篇がともに最晩年に属する仕事であるという事実に端的に示されているように、物質をめぐって織り上げられた言葉の連なりがそれ自体物質として露呈するといった稀有なテクストに至り着くまでの道程は、彼にとって決して平坦な道のりだったわけではない。ここは、吉田健一の歩みの総体を辿り返すべき場ではない。だが、少なくとも、『ヨオロッパの世紀末』と『瓦礫の中』が刊行された一九七〇年以降、堰を切ったように旺盛な、やや異常なほど旺盛な執筆活動が開始され、吉田健一の後期、あるいはむしろ盛期と呼ぶべきその時期は、一九七七年の彼の死で不意に中絶するまで続くことになるのだが、一九七〇年前後のこの時点で彼の内部に或る転回が生じたに違いないということだけは、ここで言っておいてよいことのように思われる。それは、彼自身が焦りの感覚として意識していた或る種の抑圧からの解放であり、それ以降自分の前に残された時間を「余生」と見るに至る人生の姿勢のシフトとでもいったものだったと思われるのだが、ここで注目に値するのは、彼が、みずから「余生」と思い定めたものの中に足を踏み入れるとともに、それまでの人生の時間をゆるやかに回顧する二冊の著作を執筆しているという点だろう。

『書架記』と『交遊録』は、後者の「後記」に示されているように一対の著作であり、ここでの彼の主題もやはり「時間」そのものだと言ってよい。過去に愛読した、そして今はもう手許になくなってしまっている書物の数々を一冊ずつ呼び出し、その書物の物質としての佇まいを哀惜しつつ過ぎ去った生の「時間」を振り返っている『書架記』。祖父と父まで含めた「友達」を一人一人登場させ、優しくも透徹したまなざしで見事な肖像を描き分けている『交遊録』。ともに尽きせぬ興味をそそる愉悦に満ちた著作ではあるが、言うまでもなく、まだ最後期の散文ほどの過激な言語の実践の場となっているわけではない。美しくも魅力的なこの二冊は、その美しさが著者の人柄の美しさに発しており、その魅力が登場人物たちの知性と人間性の魅力に凭《もた》れかかっているという点に、恐らく或る種の弱さがあり、それは、高踏的な西欧派とか文学の美食家といった吉田健一像が貧しい通念として流通することを許してしまう育ちの良さゆえの無防備さと通じ合っているような気がしないでもない。しかし、こうしたしっとりとした懐旧的文章は、たぶん、『時間』と『変化』に至り着くための過程で吉田健一がどうしても経なければならなかった階梯の一つだったのである。彼は、まず、具体的な書物や他者とともに過ごした過去の細部を辿り直すという形で「時間」の主題を生きたのであり、「時間」の内包をかたちづくる具体的な記憶のあれこれをひととおり語り尽くしたうえで、その後になって初めて、「時間」それ自体、「変化」それ自体を物質的に——そしてここで「物質的」とは、逆説的にも「抽象的」というのとほとんど同じ意味になるのだが——提示するという、前代未聞の企てへと入ってゆくことができたのである。

『書架記』と『交遊録』を、われわれは、吉田健一がその生涯の最晩年に『時間』と『変化』に逢着するために、まずいかなる「時間」と「変化」を経ることが必要だったかを生き生きと語っているなまなましいドキュメンタリーとして読むことができるだろう。とすれば、この四篇を通読するという体験からわれわれが引き出しうる教訓とは、「時間」をよく生きた者のみが「時間」をよく語ることができるという平凡な真実にすぎないのだろうか。たぶん、そうだ。しかし、吉田健一の偉大さとは、この平凡な真実を月の光のようにけざやかに眼前に浮かび上がらせ、またそれを海辺に打ち寄せる波のざわめきのように耳元で響かせる、そうした物質的な言語を実際に織り上げてみせたところにあった。

視線と記念碑

（吉田健一『ヨオロツパの世紀末』解説、筑摩叢書、一九八七年／『物質と記憶』思潮社、二〇〇一年）

吉田健一『ヨオロツパの世紀末』にはどこかエッフェル塔を思わせるものがある。今日すでにほとんど古典的な名著としての風格さえ備えるに至ったこの書物には、まさにその当の世紀末の産物としてフランスの首都に今なおそそりたっているあの先端の尖った鉄塔の形態にも似て、このうえもなく大胆にして単純な美しさが漲っているのだ。当初はあまりにも唐突で突拍子もないものと受けとめられたギュスターヴ・エッフェルの壮挙が、ひとたび完成して頭上はるかに聳《そび》え立った鉄骨の構造体の大胆な単純さによって結局は世間を納得させずにおかなかったように、ヨーロッパの完成としての一八世紀、その過剰な膨張による畸形化の過程としての一九世紀、そして一八世紀的な健康の過渡的な回帰としての一九世紀末という、ここに吉田健一が展開する強引そのものの定式化を、われわれは客観的な正当性の如何を越えたところで否応なく肯定してしまう。「バロック以後」とでもとりあえず呼べよう西欧近世＝近代史の大きな起伏をざっくりと剔抉するこの三段階説は、いわば三層の展望台を垂直に重ねるあの優美な尖塔のように屹立しているのである。

その場合、このあまりにも均整のとれた一種古典主義的な結構のゆえに、『ヨオロツパの世紀末』

は吉田健一本来の魅力とはいささかはずれたところに聳える書物と言うべきではないか、という気持がふと起きないこともない。この官能的な文章家の本領は、垂直に屹立するのではなく水平にしまりなく広がり出すところにこそあるはずではないか。中心をなす核もなく全体を見渡す展望も欠いたまま、ほとんどだらしなさすれすれの野放図な持続によってずるずると書き継がれてゆく彼の「後期」の文章の愛読者であるならば、『瓦礫の中』とともにまさにその「後期」の始まりを画すると見なされることが多く、またそうであるに違いないこの著作に対しては、古典的名著と呼ばれるにふさわしいその鮮明な骨格に、讃嘆よりはむしろ或る密かな物足りなさを覚えるということがあるかもしれない。簡潔で明快な史的構図へとすべてが求心的に引き絞られ、文学、思想、政治、科学、宗教等によく眼配りの行き届いた網羅的なパノラマを経てゆく過程で西欧一九世紀後半という一時期の記念碑的な意義が浮き彫りにされてゆくという、この隙のない構成と叙述を前にして、こうした完成度と整合性は吉田健一にふさわしいものではないという感想が呟かれても当然だと思う。しかしいずれにせよ、この書物で提出されている命題には尋常ならざる説得力がある。べつだんそれほど一八世紀が好きでなく一九世紀が嫌いでもない者の上にも、吉田健一が鮮烈に描写するこの洗練と頽落《たいらく》と再生の物語は或る強い拘束力を及ぼすのであり、それはあたかもエッフェル塔を欠いたパリを想像することの困難と似ている。この説得力はいったいどこから来るのだろうか。

とりあえず二つのことが言えると思う。一つは、この叙述を支える確信の強さである。みずからの教養、判断力、そして何よりも趣味に対して著者の抱いている揺るぎようのない自信。教養、と言ってもそれは干からびた知識の集積のことではなくいつでもみずみずしい肉体的な感受性の練磨のことであり、どの一行をとってみてもここにはそうした意味での「教養人」の肉声が響いている。彼が信じているのは、知識の確かさではなくあくまで肉体の豊かさの方である。定式化された思想とは、ここで観念的な意匠を越えた肉体的な直観の露呈というのに近い性格のものなのだ。とすれば、あの無時間的な——いや汎時間的なと言うべきか——至福の酩酊の中を果てしなく漂う吉田健一の身体のありかたを愛する者として、一八世紀にヨーロッパの精髄を見るこの史観を肯定せずにいられないことになるのは当然だろう。しかしこれと一見まったく背馳するかに見えることであるが、同時に、一八世紀の優雅と一九世紀の野蛮をめぐるほとんど身勝手な放言すれすれのこの断定が、大胆ではありながら決して粗放ではなく、強引ではありながら決して恣意的には流れない精密な叙述によって裏打ちされているという第二の点がある。これは、エッセイではなくやはり批評なのである。批評家はここでおのれの肉体的な嗜好をただ闇雲に主張しているわけではなく、様々な境界——国の、時代の、分野の——を自在に跨いで潑溂《はつらつ》と運動するその稀な博識を総動員し、犀利な論証を積み上げてゆく。或る国語とか或る時代とかの専門家には到底覆い尽くすことのできない「ヨオロツパ」なるものの総体的なイメージが、並はずれて広い読書と強靭な思索の持続に支えられて鮮やかに定着されているのだ。

知と肉体との幸福な結婚。肉体の器に盛られた知の輝き。この著作の魅力の大きな部分はたしかにそこにある。ヨーロッパという言葉で命名されうる文化的な統一体が実在するという事実を、これほど生彩に富んだ筆遣いで描き上げている書物が一日本人の手によって成ったというのは恐らく空前絶後の出来事なのではないかという気がするが、それは、数多の文学作品や芸術作品との間に著者が生身の肉体を通じて生きた具体的な遭遇体験の記憶が、叙述のあらゆる細部を貫いて生き生きと躍動しているからにほかならない。それは、わが国の「西欧派」知識人がしばしば振りかざしてみせるような、「個人主義」だの「牧畜文化」だの「ヘブライズムとヘレニズム」だのといった既成観念の鋳型に合わせて切り取られてきた出来合いのヨーロッパ像ではない。詩を、小説を、絵画を、哲学書を、史書を、吉田健一はほとんど質量と硬さを備えたものそのものと触れあうようにして直接に体験する。たとえば『私の食物誌』に描かれている群馬の豚肉とか広島の牡蠣を味わうようにして彼はワトーの絵を見、ボードレールの詩を読んでいるのであり、この肉感的な無媒介性が、彼の提出するヨーロッパのイメージにこのうえもなくなまなましい現実感を賦与することに成功しているのである。

　しかし、教養の肉体と批評家の知性とのこれほど見事な融合がたとえいかに稀有なものであれ、『ヨオロツパの世紀末』の独創性はそれに尽きるものではない。この書物の説得力を支えているもっとも本質的な特性として挙げるべき、いま一つ別の特性があるように思われる。それをひとことで定義するのは難しいのだが、あえて言ってみれば、それは或る視線の角度とでもいったものだ。ここには、或る独自のまなざしがある。それは、ヨーロッパの「自意識」を照射するまなざし、というか、ヨーロッパを「自意識」を持つにいたったヨーロッパとして捉えるまなざしであり、また、ヨーロッパが自分自身を認識するすべを見出したこの「世紀末」と呼ばれる一時代に、一日のもっとも豊かな時間としての黄昏の光の充溢《じゅういつ》を重ね合わせるまなざしである。ここでは、この視線を介して一九世紀末西欧の自己認識への欲望と吉田健一自身の個性的な時間意識とが親しくまた豊かに共鳴しあっているのであり、その共振現象によって鳴り響いている幸福な倍音こそ本書の最大の魅惑をなすものなのではないかと思われるのである。

「もし或るものをそのままそのものと認めるに至るまでの修練と洗練が近代であるならば自分がゐる場所はその場所と眼に映るのを免れない」という一文が『ヨオロツパの世紀末』に見出されるが、この「修練と洗練」は、評論も小説も含めたそのあらゆる著作において吉田健一が執拗に立ち還ってやまなかった要をなす主題と言えるだろう。そのものがそのものであるのを認めること。自分が自分であるのに気づくこと。それは、たとえばあの果てしなく続く酒宴のさなかに訪れる認識としてしばしば描写されもする特権的な意識の状態でもある。一見単なる同語反復であるかに見えながら、実は「修練と洗練」の蓄積を経ることなしには、あるいはまた酒の酔いなしには——しかし酒を呑むにもまたそれなりの「修練と洗練」が不可欠なのだから、話は結局同じことになる——到達しえない至純の認識なのである。或るものがそのものであるのをただ知識として知っているだけであることと、それがそのものであることに軀の底からの実感として気づくこととの間には千里の隔たりがあるのであり、この肉体的な認識なしには、それは真にそのもの自身となることができない。そして吉田健一が倦《う》まずたゆまず説きつづけたのは、事物がすべてそのあるべき場所におさまり、それを意識することで自分もまた自分自身に立ち戻ることのできた瞬間のこの歓び以外のものではなかった。ヨーロッパがヨーロッパとなること、つまりヨーロッパである自分に気づくこと。それは手にしているこの盃が盃であり、朝の光が朝の光であり、金沢の町が金沢の町であり、そしてそれに気づく自分が自分自身以外の何ものでもなく今ここにこうしているという事実を或る充実した存在感とともに意識することと、結局は同じ認識の行為なのである。或るものがそのものになり、自分が自分になるとき、吉田健一の筆の先からはしばしば「息をつく」という言葉がこぼれ落ちる。自分自身に戻ることで人はようやく息をつくことができるようになり、事物や場所もまたやっと息を吹き返す。一九世紀の偽善と騒乱と喧噪を経た西欧は、世紀末に至ってようやくその本来の規正しい呼吸を取り戻すことになるというわけだ。ボードレールやラフォルグやマラルメの詩、またヨハン・シュトラウスの音楽やベルクソンの哲学の裡《うち》に吉田健一が聴き取っているのは、この健康な息遣いのリズムなのである。「ヨオロツパの世紀末の性格を手つ取り早く言へば、それが認識する時代だつたといふことになる」というのはそういう意味なのであり、「「逆さまに」の主人公ではなくてテスト氏が世紀末である」という鮮やかなアフォリズムがその間の事情を見事に要約している。

こうした「世紀末」の概念は、文学史や芸術史における通念とはむろん少なからずずれたものであり、そのことに対しては著者自身十分すぎるほど意識的である。倒錯的な頽廃趣味や人工的な耽美趣味によって特徴づけられる一八八〇年代九〇年代の限定された時期や流派を指すのではなく、ボードレール以来ヴァレリー、プルーストに至るまでの西欧の近代的「自意識」の系譜を総称して「世紀末」の名を与える吉田健一の選択には、通念化した時代区分を弄ぶ観念的な史家に対するしたたかな挑発がこめられている。たしかに、この挑発の姿勢が、いささか強引にすぎる過度の逆説を誘っているのではないかという気持を起こさせる箇所もないではない。ボードレールの精神はなるほど「健全」ではあったかもしれないが、いかなる健康をも拒絶する過激な悪＝病への執着といったものを彼の裡に認めないということになれば、それはまたそれで『悪の華』と『パリの憂鬱』の詩人がわれわれに及ぼす魅惑の或る大きな部分を軽視することになりはしないか。あるいはあのテスト氏が抱えていた「純粋自我」もまた、ほとんど病的、というか畸形的な怪物性に近い限界体験の産物だったはずであり、ゆったりと呼吸している自分を実感することで内部を流れている時間の豊かさを改めて取り戻すといった「自意識」の幸福とは、かなり縁遠いものと言うべきではないか。しかし、吉田健一の提起する「世紀末」概念には、こうした細部に関わる異議を弾き返す或る強い説得力が漲っている。この説得力とは、一つには、すでに触れた通り、或るものがそのものであり自分が自分であることを意識することの官能的な歓びという吉田健一の肉体的主題が、ここで西欧近代史に直接に投影されているところに由来するものだ。しかし、ここでさらに注目すべきは、自分を自分と認めるこの明晰な視線が、自分を自分たらしめている時間の厚みを一挙に見透す視線でもあるという点である。

複数の時間の層を一時に抱擁する視線。ここで再びエッフェル塔の比喩に立ち還ってもよい。これは、あたかもエッフェル塔の頂上に視座を据え、幾重にも層をなして堆積している都市の記憶の地層断面を、縦に一挙に見透そうとしているかのごとき垂直のまなざしなのだと言える。一八八九年の万国博覧会の折りにエッフェル塔に昇った人々は、パリがこの鉄塔によって獲得したものは自分自身を上空から見下ろすパノラマ的な視線にほかならぬことを、或る感動とともに理解したはずである。エッフェル塔とはまさしく世紀末都市の「自意識」の産物であり、またこの「自意識」をほとんど抽象化された鉄骨建築の構造的機能主義によって一身に体現した壮大な記念碑なのである。

ロラン・バルトによる分析を引くまでもなく、この鉄塔の意義は、それが見られる対象である以上にむしろ見る視線であるという点にある。気球に写真機をのせたナダールの実験的な試みに先立たれてはいたにせよ、第二帝政下のセーヌ県知事オスマンの主導のもとで近代都市としての装いを整えたパリに、自己を自己として距離をおいて対象化する空中からのヴィジョンを安定したかたちで与えたのは、この鉄塔の展望台をもって嚆矢《こうし》とする。パリ市民たちはエッフェル塔に昇ることによって、自分たちの住んでいる場所がその場所そのものであることを初めて認識したと言ってよい。エッフェル塔とともに出現したものは、鉄でできたものである以上に、むしろパリがパリを認識するために高所に据えられた堅固で恒常的な視座そのものだったということだ。

ロラン・バルトは、そのとき塔上から眼下に広がるパノラマ的風景が「時間の持続そのもの」であるという点を強調している（『エッフェル塔』）。空高く舞う鳥の視点からパリを見ることは、ただ単に地表の風景の現在の表情が眼に映るというだけのことではなく、その変遷、その歴史をまなざしによって掘り起こし再編成することなのだ。そこには直ちに四つの主要な時間が出現すると彼は言う。先史時代、中世、君主制から帝政までの近代史、そしていま現在作られつつある同時代史、という四つの時の層が、塔からのパリのパノラマには透けて見えると言うのだが、この世紀末建築によって人々の眼に見えるようになったのが「時間の持続」であるという命題は、一九世紀末の西欧に漲っているのは黄昏の光であり、そこに照り映えている全ヨーロッパ史の時間の重みこそがこの光の充溢に比類ない艶と輝きを与えているのだとする吉田健一の視点と正確に合致するだろう。吉田健一にとって、或るものをそのものとして意識するとは、そのものが孕《はら》んでいる時間の持続の全体を認識することにほかならない。それがくぐり抜けてきたあらゆる瞬間の総体が、無時間的な現在の現前として一挙に開示されるとき、或るものは初めてそのものそれ自身となることができる。吉田健一は、世紀「末」の優れた文学者や画家たちの多くが共有していた終末意識について触れながら、黄昏とは荒廃した衰滅の時刻ではなく、昼間の光のすべてを同時に湛えたもっとも豊かな時刻であることを強調する。黄昏の光線に「魅力があるのはこれが一日のうちで最も潤ひがあるものだからであ」ると彼は言う。同じ感想が実に美しい簡潔な言葉で言い直されている一節を、ここに『旅の時間』から引いておいてもよい。——

「かうして段々日が暮れて行く訳ですか、」と老人が言つた。「夕方つていふのは寂しいんぢやなくて豊かなものなんですね。それが来るまでの一日の光が夕方の光に籠《こも》つてゐて朝も昼もあつた後の夕方なんだ。我々が年取るのが豊かな思ひをすることなのと同じなんですよ、もう若い時のもやもやも中年のごたごたもなくてそこから得たものは併《しか》し皆ある。それでしまひにその光が消えても文句言ふことはないぢやないですか〔…〕」

（「航海」）

「そこから得たものは併し皆ある」という時刻にさしかかった人々の生活は、「私はすべての書物を読んでしまった」という「倦怠」に満たされることになるだろう。「世紀末のヨオロツパ人にはヨオロツパといふもの全体が見えるか、或《あるい》は見え始めてゐた」。これはすなわち時間が見えていたということにほかならず、このことの傍証として、エッフェル塔の頂上からの鳥瞰がパリという土地の記憶の全体を見透す視線を可能にしたという都市論的史実をここに引用するのは、必ずしも牽強付会の身振りでもないだろう。こうしたまなざしの現前によって、『ヨオロツパの世紀末』は、ちょうどエッフェル塔がそうするようにわれわれを説得してしまう。通史としてヨーロッパを語る凡百のディスクールからこの書物を隔てているものは、まさにこの垂直の視線の説得力にほかならない。水平の時間継起を必然性の連鎖によって跡づけようとする西欧文化論はいくらもあるが、本書に見出されるような、重なり合う時間の層の同時現前としてヨーロッパを浮かびあがらせている立体的なまなざしはまことに独創的なものと言わなければならない。そして、一九世紀末西欧と吉田健一の肉体とがこのまなざしを介して緊密に結ばれあい、豊かに共鳴しあっているのだ。そうした意味で、『ヨオロツパの世紀末』は見事に完結した調和ある空間をかたちづくっている。

しかし、この調和と完結性をはみだすもう一つの時間へと、ここでわれわれは思いを致さないわけにはいかない。つまり、エッフェル塔が建設されて以後今日までに流れた百年という歳月、言い換えれば世紀末以後の時間が、この書物の内にどのようにして取り込まれうるのかという点が、いま一つ曖昧なままに残っているように思うのだ。この一八八九年の記念碑は、夜の闇の中に呑みこまれて死んでゆく黄昏の光の消滅を生き延びて、今日なおセーヌ河畔のシャン・ド・マルスにそそりたっている。大革命百周年を記念して建てられたこの鉄塔は、今やそれ自体一世紀になんなんとする歴史を持とうとしているのだ。つまり世紀の周期が一つ回転してわれわれは今また新たな世紀末、もう一つの世紀末の中へと足を踏み入れつつあるのだが、そんな現在の風景を支配しているのは、吉田健一の讃える黄昏の光の潤いとはどう考えても縁遠い、どこか乾いた、奇妙にしらじらしい、まるで蛍光灯のような無機的な明るさであるように思われてならない。それをポスト何がしと呼ぶにせよまた呼ばないにせよ、われわれの世紀末は、吉田健一の語った世紀末とは明らかに別の空気、別の匂い、別の光、別の響きによって満たされた空気として立ち現われつつある。かつての日没とともに消えるべきものはすでに消え、滅びるべきものはすでに滅びてしまっているのであり、今また新たな黄昏の、あるいは黎明の光の照り映える地平線を望見しようとしているものたちは、そうした歴史の中での永遠化を免かれた二〇世紀の申し子たちだけである。エッフェル塔もまた、その新たな時間の現前を、パリという都市のもっとも過敏な表層部分におけるざわめきやきらめきとして今なお地上千フィートの高みから見下ろしている。バルトの言う同時代史の時間の層は、その堆積作用を現在なお継続しているのであり、その有様をわれわれは依然として塔の展望台からのパノラマ的視界のうちに捉えることができるはずである。

これこそ、『ヨオロツパの世紀末』に欠けているものにほかならない。吉田健一は、第一次大戦後のヨーロッパの疲弊について語っているヴァレリーの文章に再三触れながら、ヴァレリーが一九一〇年代の西欧に見た「精神の危機」を「そのまま」彼の世紀末論のうえに重ね合わせている。世紀末は二〇世紀初頭まで生き延びているというのだ。「ヴァレリイが言つてゐることで注意すべきは彼が近代といふものに就て考へてゐることがそのままヨオロツパの世紀末に当て嵌り、彼が明かにその世紀末を念頭に置いて一九一四年までのヨオロツパに就て語つてゐることである」。それはいいとしよう。しかしそれでは、一九一五年以後この書物が書かれた一九六九年までの間に経過した五十年余の時間、そしてその後さらにわれわれの立つ現在に至るまでの十数年の時間、これは吉田健一にとっていったい何なのか。この点をめぐって、『ヨオロツパの世紀末』は何も語らない。というか、字面を辿るかぎり、あたかも人は今なおあの世紀末のただなかに生きつづけているかのごとく書かれているように見える。吉田健一の意識の中で、あの世紀末は飽くまで同時代の出来事だったのだろうか。一九世紀末の同時代人としての吉田健一。もしそうだとすれば、この書物を彩っている幸福感は、現実からの乖離によって可能となる或る幻想に参与しないかぎり共有しえないものだと言って言えないこともない。それは、吉田健一の死後、その陰惨さがいよいよあからさまなものとなってきているこの世紀末の坂を転がり落ちつつあるわれわれにとっては、あまりにも非現実的と映る幻想でもまたあるだろう。一九世紀の野蛮はついに乗り越えられ、われわれの歴史に真の文明が回帰してめでたしめでたしといった類の予定調和的な物語の内部の安全圏に逃避できるほどの余裕が、今日いったい誰に許されているだろうか。そうした物語に浸って安らぐことがもしできるとしたら、ヴァレリーの語った「危機」はいったいどこに吹っ飛んでしまうことになるのだろう。

だが吉田健一は、さすがにそうした無葛藤のハッピーエンドに自足できるほど脳天気な人ではない。たしかに彼の文章は、ほとんど「恍惚の人」すれすれのヘドニズムによってしばしばわれわれを魅了するけれども、この批評家の強靭な明智がそれによって曇らされることは一瞬たりともないのである。だからここにあるのは、幻想というよりも或る虚構と言うべきものではないかと思う。二〇世紀後半の現在へとのびてゆく現代史は、ここに欠落しているのではなく、とりあえず虚構化されているのだ。『ヨオロツパの世紀末』は、世紀末との同時代性というこの方法論的な仮構によって成立している書物と言うべきである。これは、一九一四年までの時点で中絶している未完結のヨーロッパ文化史ではない。世紀末以後を扱う続篇によって補足されるといったことのありえない絶対的な完結性こそこの書物の抗い難い魅力の中核をなすのであり、それは著者自身によって十分意識的に設定された虚構の視点なのである。

ひとことで言えば、これは「昔」という名の虚構である。吉田健一は、いわば昔の人だろう。それは時代遅れの人という意味ではない。没後十年、読まれることがいよいよ少なくなり、黴の生えた文学史の中に組み込まれ忘れ去られようとしている過去の人という意味ではない。それどころか、彼は、日本の近・現代文学を彩っているあれやこれやの古臭い「近代派」や「西欧派」の連中とは隔絶した、極めつきの現在の作家である。にもかかわらずわれわれは吉田健一を、長篇『東京の昔』や短篇「昔のパリ」の題名に含まれるこの「昔」という記号への偏愛によって定義したいという誘惑に駆られる。昔に身を置くこと。これは幻想ではなくあくまで虚構であり、彼の全著作は、このとりあえずの虚構によって現在の作家であることが可能となってゆくという独創的な離れ業の華麗な集積と言ってもよい。ただし昔と言っても、どんな昔でもいいというわけではない。彼は少しだけ昔に身を置く人なのだ。むろんシェイクスピアの時代もワトーやデッファン夫人の時代も彼にとって親しくまた重要な過去であるには違いないが、彼が自分の同時代という虚構として設定する「昔」は、つねにせいぜい何十年かを遡る程度の近過去である。吉田健一の文学空間は、すでに完結しているはずの近過去に肉体を同一化してしまうこの説話的な虚構と、それが醸成する或る魔術的な現実感によって支えられている。『ヨオロツパの世紀末』とは、この近い「昔」を世紀末と呼んでみるというもう一つの虚構——つまり、歴史という名の虚構——を通じて、彼がほとんど肉体的な志向として選び取ってきた文学の形態に或る方法論的な基礎を与えようと試みた著作であると言ってもよいだろう。「ヨオロツパ＝の＝世紀末」は「東京＝の＝昔」とまったく相似の概念の連なりにほかならない。

吉田健一は、世紀末と自分との同時代性をいわば半分だけ信じている。半分くらいは信じこまなければ虚構を設定する意味はないけれども、もし全面的に信じてしまえばそれは非現実的な夢物語ともなり硬直したドグマともなってしまうだろう。半ば夢見つつ半ば醒めていることの緊張感が、『ヨオロツパの世紀末』後半部分の思索の展開に或る独特なサスペンスを賦与していることに注意しよう。充足と喪失、危機と優雅、現在への倦怠と過去への郷愁、等々が緊密にからまりあい嵌《かん》入《にゅう》しあいながら、或る緊張した思念の運動をかたちづくっているのだ。このような意味で一九一五年以降の現代史の虚構化はこの書物の方法そのものをなしているのであり、それを欠落とか欠陥とかと見なすのは誤りだと言わなければならない。

しかし、こうしたすべてを認めたうえで、この虚構に必ずしも全面的には乗りきれないという感想もまたあって当然ではないかと思う。時代がもう一つの世紀末へと突入する以前に——幸いにも、とここで言うことは礼を逸しているだろうか——逝去した吉田健一のかなり後まで生き延びなければならない運命を背負っている世代にとって、あのかつての黄昏の光を同時代の幸福として生きるという虚構は、たやすくは共有しがたいものだと告白しなければなるまい。たしかにわれわれは、たとえば『時間』や『金沢』のような美しい書物を読むとき、恐らく吉田健一にとってはあの世紀末もこの世紀末も、いやそれどころか太古から未来に至るどの時間をとってみても結局すべては同じような重さと親しさにおいて等距離に位置していたに違いない、という思いにうたれ溜息をつかないわけではない。あらゆる時間の記憶の総体が絶えず「今」の内に同時現前し、意識はそれらのすべてに跨って遍在する。それこそ吉田健一独自の時間観であることは間違いないが、しかし客観的な歴史叙述の体裁をとる『ヨオロツパの世紀末』の場合、虚構化された時間の層が具体的な史実によって隠微に復讐されているといった側面があるのではないかという気がしてならない。『金沢』で描かれているような遍在的な時間の至福は、空虚な明るさだけが陰惨に広がるこのもう一つの世紀末において、はたしてなお可能なのだろうか。「昔」という虚構は、はたして「今」なお有効なのだろうか。こうした疑問に囚われながら、われわれは或る胸苦しいような懐しさとともに改めてこの美しい著作を読み返すことになる。

そのとき、エッフェル塔を思わせる書物『ヨオロツパの世紀末』は、視線としてではなく今度はほかならぬものそのものとして立ち現われてくることになるだろう。エッフェル塔の頂上からの視線は、今日なお現在のパリの変貌を捉えつづけている。だが見られる対象としてある塔そのものの姿は、依然としてパリに不可欠な視覚的記号でありつづけているとはいえ、それ自体が今日的な現象として人々の視線を刺激する新鮮な光景ではもはやない。人がそこに見るものは、ノートルダム寺院などと同じ歴史的な記念碑の姿なのである。むきだしの鉄骨の連結によるその幾何学的というかほとんど抽象的な形態の屹立が、モデルニテの記号として或る新奇な美と生の有様を啓示しえた時代はわれわれからすでに遠い。今やエッフェル塔は、人々の感性を刺激する斬新な都市的装置としてではなく、もはや完結し過ぎ去った黄昏の時代の記念碑として聳えているのであり、なおこれからも長く聳えつづけることになるのだろう。とすれば、そうしたモニュメントに対してわれわれのとるべき態度は、物珍しさから名所旧跡を訪ねて回る観光客の好奇心であるよりはむしろ、ただ或るものをそのままそのものと認めながらゆったりと息をついている時間の持続を可能にする平常心であるかもしれない。エッフェル塔も、ただエッフェル塔そのものであるという以外には何の意味も持たない背景と化し、パリの風景の中にいささかも目障りでなく溶けこんでさえいればそれでよいはずである。やはり『旅の時間』の一篇中に読まれる一文で、吉田健一は——

パリに行つてエッフェル塔を見てそれをエッフェル塔だと思つた所でそれでどうなるものでもなかつた。

(「ニュー・ヨークの町」)

と、やや軽蔑的に言い棄てている。彼はたぶん、エッフェル塔があまり好きではなかったのだろう。だが、ここでいくぶん手前勝手な深読みをすれば、「それでどうなるものでもな」いと思い定めるときこそ、人間が本当に心底から息をつけるようになる瞬間だと言えるのではないだろうか。「エッフェル塔を見てそれをエッフェル塔だと思」うこと。世紀末の、つまり「近代」の困難と幸福はけだしこの一行に要約される。そうした単純な行為に盛られた豊饒このうえもない感動を唯一の主題とする『ヨオロツパの世紀末』は、この豊饒さの開花した時代の地誌の諸相を透徹した視線で見下ろしつつ、と同時にその時代そのものの受肉化としての特権的な記念碑性を誇示しつつ、われわれの文化の地平に今日なお美しくそそりたっているのである。

変化と切断

（『新潮』一九九七年一月号／『物質と記憶』思潮社、二〇〇一年）

「……疲れた」

月ごとに掲載される文章が、一応はそのつど完結しながらも全体として鎖の輪のように連なってゆき、ゆるやかな息づかいで書き継がれた一つの長篇エッセイとなって完成する。すでに何度か試み、それなりの成功を収めているこの形式で、馴染みの月刊誌を舞台に今またもう一冊の著作を書こうと企てた作家が、一年間すなわち十二回の予定で始めた連載を十回まで書き継ぎ、あと二回というところまで来て、ふと疲労を覚える。パリ留学中の愛娘に会うことを主な目的としたヨーロッパ旅行の出発の日が目前に迫っているが、はたして連載に「穴を開ける」ことをせず無事に残りの二回を書ききることができるだろうか。元宰相の御曹司《おんぞうし》にして無頼な大酒飲みというのがジャーナリズムに流布したこの作家の自己イメージであり、彼自身もこうした埒もない擬似神話とユーモラスに戯れることを愉しんでいた気配があるが、しかしそんなちぐはぐな「文士」像のおかしさとは別のところで、彼自身は本質的にはきわめて律儀で勤勉な人柄であり、頼まれた原稿を期日通りに仕上げることに心を砕くのがつねであった。旅行に出発する前に旧友と酒を呑みながらふと洩らしたという「ユリイカの仕事で疲れた」という呟きは、一回三十枚ずつの原稿を何とか仕上げたうえで旅立ちたいという実直な職業意識の現われであったに違いない。

結局、その『ユリイカ』の一九七七年七月号に掲載されるべきだった三十枚の原稿は完成せず、彼が書きえたのはただ、五枚をほんの少々越える程度の量の文章でしかない。その五枚の原稿用紙だけをとりあえず雑誌の編集者の手に託した作家は、五月二十五日、ロンドン行きの飛行機に乗る。だが、ロンドンで引いた風邪から肺炎症状を起こした作家は、辛うじてパリに渡り娘に会ったうえで、七月三日、何とか帰国することはできたものの、症状は好転せず、時日を経ずして八月三日、そのまま不帰の人となってしまう。連載十一回目の原稿はこうして中絶し、また連載全体をひとつながりの長い文章と見なすならば、この長篇エッセイそれ自体もいわば未完のまま放置されたことになる。

吉田健一の『変化』は、従って、完成稿として残された第十章までのかたちで出版され（青土社、一九七七年十二月刊）、第十一章のために書き出された五枚強の未定稿は、中村光夫の「付記」を伴った資料として巻末に小さな活字で収録されるにとどまることになる。しかし、この未定稿の断章には、読む者を何か名状しがたい感動へと誘う或る出来事が開示されているように思う。

『変化』という作品に何が語られているかを要約するのは、きわめて簡単だとも、どうしようもなく困難だとも、どちらの言いかたをすることもできる。簡単だというのは、そこで吉田健一が語っているのがほとんどたった一つの事柄に尽きていて、それは結局「すべては変化する」という単純そのものの命題に還元しうるからだ。歴史の進行も個人の生活も、すべては不断の変化の中にあり、静止や停滞の印象を与えるときですら眼にも耳にも感知しがたいほどの緩慢さで実は変化は続いている。そして、やや逆説的ながら、生きていることの静かさや安らぎは、この変化の運動を受け入れることによってしか生まれない。決して難解なものではないこの命題は、前々年の一九七五年にやはり同じような連載形式で『新潮』に連載され、そのときは十二回を恙《つつが》なく書ききって完結した『時間』において展開された主題と実はほとんど同じものであり、そこでのキー・ワードであった「時間」を「変化」に置き換えただけだといった言いかたもできないわけではない。時間は流れてゆく。そしてその流れの中ですべては刻一刻と変化してゆく。吉田健一が倦《う》まずたゆまず語りつづけたのはつまるところその一事の果てしのない反復以外のものではなかった。

だが、実際に文章の行文に分け入ってこの反復のさまを自分自身の身体で体験しようとするとき、読者がそこで出会うものは、こうした単純な要約には収まりきらない何か獰猛《どうもう》で過剰なものの横溢《おういつ》である。社会や政治に関わる大きなトピックから、個人の意識や身体をめぐる微小な現象学まで、うねうねと曲がりくねりながら書き継がれてゆく吉田健一の文章は、心に明滅する多種多様な主題の後を追って自在に屈曲し、飛躍し、伸縮し、拘泥し、同じ場所に何度も立ち戻ったりもしながら、鳴り終らない音楽のようにどこまでも続いてゆく。圧倒的なのはこの持続感そのものだ。シュルレアリスムの自動記述とはまったく異質な批評的散文ではあるにせよ、これはいわば広義のオートマティスムの一種なのであり、そこに繰り広げられているのは、一つのフレーズから出発し、その無限の変奏によって、和声の秩序も全体の構成も無視しつつ思いきり自由な楽想を展開する即興演奏のような何かである。吉田健一がジャズを愛好していたという話は聞かないが、彼の最後期の散文にいちばん近いものは、鋭い緊張感を漲らせつつアルト・サックスやフルートを吹き鳴らしつづけるエリック・ドルフィーのフリー・ジャズなのではないだろうか。

こうした途方もない持続と反復が可能となるためには、元になるフレーズは単純であればあるほどよいのかもしれない。「時間は流れる」とか「すべては変化する」といった命題の、呆気にとられるほどの簡単さと明快さは、むしろ意図的にしつらえられた囮であり、途切れることなく流れつづける思考と言葉の持続を支えるための巧緻な仕掛けといったものだったように思われる。こうして『時間』や『変化』は、いかなる要約の試みも受けつけない言葉の流れの物質的な露呈として立ち現われてくることになろう。そこから読み手が受け取るものは、「時間」なり「変化」なりといった概念をめぐる知的な理解の深まりではなく、そこに現実を露出している時間そのもの、変化そのものだ。吉田健一の言葉の流れに身を寄り添わせ、何十ページ、何百ページかの紙の厚みを潜り抜けてゆくうちに、読み手自身の意識と身体が時間の経過を体験し、またそれが実際に変化してゆくのであり、『時間』や『変化』を読むことの意味は心理的というよりむしろ生理的と形容すべきこの体験のなまなましさ以外にない。

「息がある間といふのは……」

提起された概念の「知的」背景という点で言えば、この「変化」はベルクソン的な「生成」に近いものだ。

間断なくといふのがどの一点でも間断ないので従つて変化するものと変化しないものの区別がそこになくてただ一つの変化しかないのだといふことを忘れてならない。又それ故に変化が取る一つの形が生命でもあるので凡てが変化する中で生命も生命であることで変化し、さうすることで継続する中で他の変化に自分の姿を見る。それが初雪とか秋の風の音とか或《あるい》は鋪道に差す春の光線とかから我々が受ける印象を説明する。この生命との繋りがなくて夜気が朝の薄明に変るのや屋根の雪が溶けて軒から滴り落ちるのを清新に感じる訳がない。

（『変化』Ⅷ）

『変化』Ⅰにはすでにベルクソンの『創造的進化』への言及もあるが、右に引いた一節などに典型的に現われているのは「生命」という言葉の使いかたも含めてあからさまなベルクソニスムであり、何度か出現するプルーストの名もその文脈で理解されるものだろう。「変化」という言葉の連想からヘラクレイトスの「万物流転」にも禅の「無常」観にも一応言及してはいるものの、一九一二年生まれで一九三〇年初頭の西欧の知的先端に現地で直接触れてもいる吉田は、みずからを培った世代的な教養の枠組みに忠実に、何よりもまずベルクソンの生の形而上学をその世界観の基底に据えていたように思われる。年長格の小林秀雄がランボー、実朝、ゴッホ、ドストエフスキーといった具合に、名前から名前へと好みの赴くまま飛び移りつつ非＝歴史的な空間に「天才の宿命」という物語群を展開し、ベルクソンから本居宣長へ平然とシフトすることができたのと比べると、批評家としての吉田健一はみずからの「知」が置かれた歴史性の拘束に対してはるかに過敏に、また謙虚に振舞っている。著書の題名に引きつけて河上徹太郎は吉田を「世紀末人」と呼んだりしているが、吉田健一はむしろひとことで言えば「両大戦間期の知識人」だったのであり、この時期の西欧の人文的教養においてもっとも重要な知的レフェランスをなしたベルクソニスムは、時間や生命といった主題をめぐる彼の思考の基盤を終生にわたってかたちづくりつづけたように見える。

しかし、『時間』や『変化』といった文章の独創は、たとえ或る種のベルクソニスムがその知的枠組みを決定しているとしても、それを主題として語るだけでは飽き足らず、ベルクソン的な「持続」や「生成」の体験を、書くことと読むことの具体的な物質性そのものの中に溶かしこんでしまったという点にある。そこに読まれるものは、「持続」や「生成」について語る言葉というよりはむしろ、われわれの眼前で現実に持続し生成してゆく言葉なのである。

納得のゆくところまで作者が書き尽くし一応は完結させることのできた前々年の『時間』と異なって、『変化』が蒙《こうむ》ることになった決定的な不幸は、この持続、この生成が、外的な事情によって不意に切断されなければならなかったことである。作者の疲労が、病が、そして最終的には死が、言葉の流れの中で生きられていた「変化」に予期しえなかった終止符を打つ。「不断」であったはずの「変化」がいきなり「断」たれることになったのだ。もちろん、「変化」は作者の死を乗り越え、全宇宙的な物質の生成運動として続いてゆくと考えることもできるし、これがベルクソン自身であったなら肉体から切り離された霊魂の不滅を信じていたことはほぼ確実なので、個体に訪れた死はべつだん決定的な切断でも何でもないと言うに違いない。しかし、ほとんど感知しえないほど緩慢な「変化」を重ねつつ、その「変化」によってのみかえって或るものがそのもの自身と、私が私自身と「同一」であることが可能になるといった逆説を孕《はら》む言葉の流れの物質的持続としてこの文章を読みつづけてきた者の眼には、三十枚の文章として完成するはずだった『変化』XIが五枚そこそこしか書かれずに終ってしまったことによる唐突な切断の印象は拭いがたい。

もし『変化』が最初から全十章で完成した著作として差し出されていたならば、こうした印象ははるかに稀薄なものにとどまっていただろう。軟体動物のようにうねりつづける吉田健一の文章は、有り体に言ってしまえば結局はどこで終っても差し支えないものであり、そもそも十二回完結の連載という当初の設定自体、月刊雑誌の年度計画の都合に合わせた恣意的な区切りでしかなかった。完成稿としては最後のものとなった『変化』Xの最終行の、「……その変化が我々の息遣ひだからであつて息がある間といふのは我々が変化とともにある間である」という、やや暗示的な言葉で締め括られる長篇エッセイとして読むかぎり、われわれは、ここにおいて「変化」の——あるいは「生成」の、「持続」の——運動は、いわば余韻のような何かとしてこの後の余白に潜在的に受け継がれてゆくのだと考え、不断の「変化」を生きる吉田健一の言葉から或る納得とともに離脱することができたはずなのだ。切断の印象は、あくまで巻末に収録された第十一章のための未定稿によって生まれている。その意味で、単行本『変化』は、本文で生きられている「不断」の「変化」が、付録として添えられた未定稿の「断」片性によって唐突に裏切られるというささやかながら決定的な自己矛盾を内在させた、或る種倒錯的な書物なのである。

「……化といふことが何よりも先に……」

だが、ここで注目すべきは、この五枚強の文章がその内部でさらに二つに分断されており、それがここでの「断」片性をいっそう強調しているという点である。前述の通り、吉田健一は旅立つ前に五枚の原稿用紙を編集者に預けていったのだが、実はそこからはみ出したほんの二行ほどの言葉があり、それが書きつけられている六枚目の原稿用紙を、彼は自宅の書斎に残しておいたのだ。次にこの未定稿の最終節を掲げるが、括弧内に括った末尾の二十九字――句読点まで入れて数えれば――が、編集者に渡されず書斎に残された部分である。

夜は物理的には我々が住む半球が地球の影に入つたといふだけのことに過ぎない。それは海が地球の大半を蔽ふ薄い膜状の水の拡りであることで説明が付くのと同じであるが夜も海も刻々に変化しないでゐないことが生命の有無を問はず世界にある一切のものとともに夜も海も我々にとつてなくてはならないものにしてゐる。他にも我々に海や夜がなくてはならない理由が幾らでも挙げられるがこの変（化といふことが何よりも先にこの海、或は夜を我々に近づける。）

「化といふことが何よりも先にこの海、或は夜を我々に近づける。」――一行二十字詰めの枡目で言えば一行半ほどの量になるはずのこの文字通りの断片だけが書き記され、その後が空白のまま残されているただ一枚の原稿用紙が、主のいない書斎の机の上に取り残されている光景が、今、想像の中で浮かび上がってくる。そのときわれわれは、或る奇妙な感動に胸を締めつけられるような思いをしないわけにはいかない。たったの二十九字からなるこの微細なテクストこそ、まさしく真に断片的な断片そのものだからである。まさに「変化」という言葉自体が二つに割れたところから始まるこの孤絶した二十九字は、あたかも『ヨオロツパの世紀末』が刊行された一九七〇年以降、吉田自身の特殊な語彙で言えばとりあえず「余生」と呼んでもよいそのもっとも生産的な時期であった晩年の数年間に、小説とエッセイの両方の領域に跨がって憑かれたような勢いで彼が書き綴った途方もない量の言葉の流れの総体と優に釣り合いうる、あるいは拮抗しうる、真に断片的なる断片性として決然と屹立しているかに見える。というのも、まさにこの二十九字こそ、「時間」も「変化」も、「持続」も「生成」も、外から襲いかかってきた不幸によって突然切断されうるという苛酷な事実を、一瞬のうちに語り尽くしている暴力的な断片であるからだ。

　ここでわれわれの脳裡に、『変化』の連載の十一回目を書きながら吉田健一が感じた疲労は、単に海外旅行を控えて無理を重ねたゆえのものだったのだろうかという疑問が浮かんでくる。近い未来に訪れた彼の死から遡行的に捏造された恣意的な印象にすぎないかもしれないが、ひょっとしたらこの憔悴感とは、老境に差しかかった人生そのものの疲れとまでは言わぬとしても、少なくともこれに先立つ数年間の集中的な仕事の緊張が限界点に近づいたがゆえのものだったのかもしれない。『ヨオロツパの世紀末』と『瓦礫の中』以降の短い「余生」を通じての吉田健一の言葉の爆発的な湧出ぶりはやや異常であり、そこでひたすら語られつづけたのはゆるやかに流れる時間の微分的な変化と、そこに全身を委ねきることの快楽であったが、しかしこれだけの量の原稿を書きつづけることにどれほどの刻苦精励が必要であったかを考えると、この命題を作者の自己表現として正面からまともに受け取ることにはいくぶんか躊躇《ためら》われるものがある。「時間」の「変化」に身を委ねているだけで無意識から溢れ出してくるような文章が書けたらというのは作家の夢であろうが、たとえ『時間』や『変化』のように時間そのもの、変化そのものの物質化をめざしたかのごとき言葉の連なりの場合であろうと、それを書き綴る作家の意識と身体には、ゆるやかな快楽とは異質の重い抑圧がのしかかっていたに違いない。切断の予感は、絶えざる「持続」と「生成」のただなかにすでに内在的に孕まれ、数年、数十年をかけて徐々に準備されていったのではないだろうか。

もっとも、もし作家の身体がこの疲労によく抗しえたならば、切断の瞬間はむろんもっと先の未来へ延期されたはずだ。吉田が編集者には尻切れとんぼになった五枚だけしか渡さず、六枚目を手元に残しておいたのは、帰国後ただちにその続きを書き継ぐつもりだったからに違いない。彼は、ひと月を越える外国旅行を間に挟んで書斎に帰り着いたとき、そこで先を書き継ぐための手掛りとして自分を待ち受けているものが、「化といふことが何よりも先にこの海、或は夜を我々に近づける。」だけでよいと考えていたのであり、これはかなり驚くべきことと見えぬでもない。中村光夫も「付記」の中でこの点に触れ、「このエッセイのテーマが彼の脳裡で、どのやうに生き、熟してゐたかを、それは端的に語つてゐます」と述べているが、「テーマが熟す」といった心理主義的な表現で事態を把握するのが適切かどうかはさておくとして、少なくともこのたった二十九字の「遺稿」が、切断を予期したうえでのものではなく、あくまで言葉の物質的な持続に向かって開かれたものであったという点は否定できない。この二十九字の孤絶ぶりには、かえって変化と生成の絶えざる持続に対する作家の自負が籠《こ》められていたとも読めるのであり、その意味でこの断片には、必ずしも単に切断の残酷さだけには還元されえない両義性が孕まれていると言うべきだろう。

とはいえ、その続きが結局は書かれずに終り、二十九字の彼方に広がっているのが絶対的な「白」以外にないという物質的現実のなまなましさは残る。「テーマが熟し」ていた心理的内面は、病と死という生理的現実に敗北せざるをえなかったということだ。変化と生成に向かって開かれた通路であったはずのこの「白」が、潜在的な可能性の渦巻く豊饒な混沌から、絶対的な静寂と不動性の墓標へと変容する。吉田健一の用いた「変化」という語彙とは決して混同してはならぬこの唐突な変容の取り返しのつかなさこそ、死という出来事そのものにほかならない。『変化』XIのための遺稿が、とりわけその末尾の二十九字がわれわれの裡《うち》に喚ぶ感動は、死が、そこに人を感傷的な思いに誘う物語としてでも心的なイメージとしてでもなく、即物的に屹立する「白」の現前として、ほとんど触覚的に露出しているという点にある。そこでは生の切断が、物語られているのでも描写されているのでもなく、単にものそれ自体のように露出しているのだ。

二十九字の断片だけを載せたこの一枚の原稿用紙に露呈している「切断」は、こうしてそれに先立つ数百枚、数千枚もの原稿用紙に吉田健一が書き継いできた「変化」を脅やかし、その一見楽天的と見える持続への確信に根本的な異議を突きつけていると言える。むろんこの「切断」によって「変化」が無に帰したわけではなく、彼が書ききった数千枚の文章の魅惑はそのまま確実に残りつづけるだろうが、ただ、作者の肉体が崩落した時点で「変化」が停止せざるをえなかったという意味でなら、そこに或る種の敗北が露出していることは否定しがたいだろう。しかし、「変化」について語りながら「変化」そのものを身に具現する驚くべき文章を創り上げた吉田健一が、その生涯の最後の時点で、まさにその「変化」の概念に真っ向から逆らう「切断」を、これもまたやはり物質的な言語態そのものとして、作家の戦場たる原稿用紙の表層に露呈させているのは、やはり感動的な出来事と言うべきではないだろうか。吉田が倦まずたゆまず持ち堪えつづけてきたほとんど唯一と言ってよい主題に唐突な亀裂が走るこの最後の瞬間、言葉は、作者の死を模倣するかのように自分自身を唐突に切断する。むろん、人は誰しも死ぬ。そのこと自体はきわめて当たり前のことにすぎないが、ここでの問題は、静止に対する運動の、膠着に対する生成の、必然的な敗北として語られうるだろうこの生物学的事実が、二十九字を載せた吉田健一の最後の原稿用紙の上で、書く人の栄光の輝きへと不意に昇華し、「切断」の一瞬を輝かせているという点なのだ。それは、作家がそこで、単なる個人の死ではなく、言葉の死を死んでいるという物質的現実が発散させている輝きである。

「切断」はいずれにせよ外部からしか訪れようがない。「変化」なり「時間」なりといった「テーマ」がそこで「熟し」ていったと言われる作家の内面世界は、自分自身の深奥から湧出する言葉の流れを断つ残酷な力は持っていない。吉田が残した遺稿を二十九字目で決定的に断ち切ったのは、存在にとっての絶対的な外部としての病であり死であるが、「化といふことが何よりも先にこの海、或は夜を我々に近づける。」、そしてそれに続く余白の輝きをも含めて成立しているこの微小なテクストは、そうした還元不可能な外部の在り処を鮮烈な身振りで指し示すことに成功した、驚くべき言葉の連なりなのである。

「つねに語りそこなう……」

言葉の死が、作家や詩人の原稿用紙の上にどのように出来《しゅったい》しているか。これは興味深い比較検討の題材であり、正岡子規の場合、永井荷風の場合、三島由紀夫の場合など、詳しく論じてみたい対象はただちに幾人も思い浮かぶが、たとえば『小説新潮』に二十年にわたって連載された「百鬼園随筆」の絶筆となった一篇「猫が口を利いた」(一九七〇年九月号)の場合など、内田百閒の文章の厖大な集積が、これもやはり総体としては吉田健一が言うような意味での不断の「変化」の持続を思わせるがゆえに、やはりどこか尋常ならざる出来事といった印象を与えずにはいない。これはわずか三枚半の、小品というよりこれもまたむしろ断片と言った方がふさわしい文章であるが、百閒はこの原稿を、机の前で夫人に軀を背後から支えてもらいながら辛うじてペンを執って書いたという。続きを書いて一篇の文章に仕上げようという意志がなかったわけでもないようだが、しかし百閒にはもうその力は残っていなかった。そこにはいつものような埒もない法螺話が語り出されている。いきなり人間の言葉を喋り出した猫が、「私」の手にしたシャンパンのコップを「例の猫の手の柔らかい手先で」強くはたき、あたりいちめんびしょ濡れになってしまう。

「何をする」

「猫ぢや猫ぢやとおしやますからは」

「どうすると云ふのだ」

「ダナさんや、遊ぶのだつたら、里《さと》で遊びなさいネ」

「どこへ行くのか」

「アレあんな事云つてる。キヤバレやカフエで、でれでれしてたら、コクテールのコップなど、いくらでも猫の手ではたき落としてしまふ。ダナさんわかつたか」


このちぐはぐな会話で言葉が途切れ、それが絶筆となったというのは、いかにも百閒のような文章家にふさわしい言葉の死の姿と言えるだろうが、それにしてもこの「切断」には何かぞっとするような印象が漂っている。もちろん「口を利く猫」という程度の幻想なら、『冥途』や『旅順入城式』の読者にとっては今さら驚くほどのことは何もない。百閒一流の怪奇趣味とは別のところでこの文章がまとっている、人の髪の毛をそそけ立たせるような薄気味の悪さがあるのであり、それは、ノンセンスな笑劇さえもが成立しえないまま言葉がいきなり失速し、どことも知れぬ場所に読者を置き去りにしてしまうこの異様な中絶の仕方と、それゆえの奇妙な断片性の印象から発するものだ。この断章を巻末に収めたエッセイ集のために『日没閉門』という意味深長な題名を用意していた百閒は、自分の健康の衰え具合を見計らいつつ、あらかじめ「終り」をめぐってかなり周到な配慮を凝らしていたとおぼしい。しかし、言葉の死の訪れは、いかなる予想も裏切りつつ決まって人を不意打ちする。『冥途』や『百鬼園随筆』以来数十年にわたって百閒が紡ぎ上げてきた、内容としてはほとんど何を語っているわけでもないあの滔々たる言葉の流れの織物に取り返しのつかない「切断」が訪れたのが、「……いくらでも猫の手ではたき落としてしまふ。ダナさんわかつたか」の瞬間だったというのは、やはり凄いことではないだろうか。

だが、ここでもう一つ、言葉の「切断」の瞬間を見事に定着した極めつきのテクストに触れておきたい。中断された作業をいつでも再開できるように準備が整えられていたにもかかわらず、作家の肉体を襲った予期せぬ不幸によってその再開が永遠に不可能となってしまったという共通点によるものだろうか、二十九字が記されただけで中断され、主のいない書斎の机に置かれたままになっている吉田健一の原稿用紙を思い浮かべるとき、われわれの連想は、やや唐突ながらロラン・バルトの遺稿へと向かわざるをえない。

「人はつねに愛するものについて語りそこなう」と題されたそのバルトの文章(『言語のざわめき』スイユ社、一九八四年所収)は、ミラノでのスタンダール・シンポジウムのために用意されつつあったものだが、彼が輪禍に遇った一九八〇年二月二十五日、パリのアパルトマンの書斎に置かれたタイプライターには、その清書原稿となるはずの二ページ目がセットされたままになっていたという。タイプ原稿は一ページ目だけが完成し、それ以降は手書きのマニュスクリプトのまま残されていたのである。インタヴューなどでよく語っていたように、まず手書きで一気に書き下ろし、次いでそれをタイプに打ち直すことによって完成させるというのがバルトの原稿の書きかただった。タイプ活字に置き換えながら自分の文章を客観的な視線で再検討し、その過程で施してゆく加筆訂正がテクストの生成にとって本質的なのだとバルトは言うのだが、そうだとした場合、この遺稿は厳密に言えば未完成と見なすべきだということになろう。手書きの部分も含めてそのまま印刷され書物に収録されてしまったのでわからなくなっているが、タイプ原稿の一枚目の最後に、本当は目に見えぬ「切断」線が引かれているのである。

それにしても、こうした決定的な「切断」を内に含むバルトの最後の文章の題名が、「人はつねに愛するものについて語りそこなう」だったというのは、ほとんど出来過ぎのフィクションと見えぬでもない。この言葉はスタンダールの引用であり、彼はイタリアへの愛をどうしても言葉にすることができない自分に苛立ってこの嘆きを洩らしているのだが、しかし後年、『パルムの僧院』の冒頭部分に至ってついにこの小説家は「愛するものについて語る」ことに成功したのだとバルトは断定している。小説的なエクリチュールの獲得とはほかならぬ晩年のバルト自身の夢であり欲望でもあったことを思えば、この文章に内在する「切断」が、同時に、バルトが自分を賭けた最後にして究極のファンタスムそれ自体の「切断」でもあったことが明らかになるだろう。作者の死とともに、「語りそこない」というかたちでの想像的去勢を完成したバルトの遺稿もまた、書く人の栄光の輝きに縁取られた、恐ろしくも美しいテクストと言ってよいのではないだろうか。

「その日は朝から曇つてゐたですか、」

（『吉田健一頌』書肆風の薔薇、一九九〇年／『物質と記憶』思潮社、二〇〇一年）

吉田健一は

吉田健一は、……と書き出そうとする重い筆はそのまま停滞し、あくまで消極的なこの中断符号のうちにいつまでもとどまりつづけていたいと意識は願う。書き継がれてゆくべき言葉は予めすべて掠め取られているという無力感が、ペンを持つ指を甘美にこごらせる。吉田健一は、……だがそれでいったい何だというのか。この後を享けるべき批評的な言辞のいっさいは、彼自身の遺して逝ったあの少なからぬ分量の文章の堆積の中にすでに分ちがたく溶けこみ、眼には見えないが触知することはできる微細な粒子の運動として行間を自在に漂っていて、それを今さらのように凝結させてみたり沈澱させてみたりする途は予め断たれているようだ。絶えずたゆたいつづけるこの液状的な空間の材質は、いかなる概念的な蒸留も受けつけそうにない。だがこの無力感は、どうやら、作品の充実を前にした抽象的な批評言語の自信喪失といった一般論のうちに収まりがつくようなものとも思えない。そもそも、いささかも抽象的ではない批評文が可能であることを身をもってわれわれに示してくれたのは、『英国の近代文学』や『ヨオロッパの世紀末』の著者その人であったはずだ。吉田健一がワイルドやシェイクスピアについて語るように、吉田健一は、……を語ること。これは十分以上に魅力的な企てとしてわれわれを誘惑する。しかし、吉田健一は、……と語り出すやいなやわれわれの欲望はたちまち萎えてゆくのである。何が悪いのだろうか。

　は、が悪いのだと思う。吉田健一は、とついペンが書きつけてしまうその「は」とはいわば提示のための助詞だろうが、どうやらこの吉田健一を提示するという身振りのうちに何かしら居心地の悪いものが潜んでいるらしい。こと吉田健一に関するかぎり、「は」によって開かれるセンテンスには、それが完結することを妨げる何かしらの力が働いているように感じられてならない。何を書きつけるいとまもなくいきなり心地良い困惑と記憶喪失の中に筆が滑りこんでしまったのは、この「は」の合図が障害物となって言葉の湧出を堰き止めているからに違いない。ではまずいささか迂回しながら、「は」は、……と語り始めてみたらどうだろうか。

　「は」とは何か。たとえばそれを「提題の助詞」と呼ぶ『岩波古語辞典』巻末の「基本助詞解説」は、それに続けて、文法的にはいわゆる係助詞に分類されるこの「は」の機能を、「その承ける語を話題として提示し、下にそれについての解答・解決・説明を求める役割をする」と定義したうえで、これが格助詞ではないことを強調している――「主格の助詞とする説もあるが、「は」は格には何の関係もなくて、主格にも目的格にも補格にも用いる」と。「大和は国のまほろば」という場合にはたしかに主格を示しているが、「わが欲りし野島は見せつ」のような万葉集の用例では目的格に用いられているというのであり、なるほど「この本は読んだ」「この仕事は終えた」といった現代の日常語にもこれはそのまま当て嵌まる指摘であろう。では、「は」が格助詞ではなく係助詞であるとして、文中にあって体言と用言とを関係づける働きをするという点では共通しているこの二種類の助詞は、何において異なるのか。『岩波古語辞典』によれば、それは用言内部の構造に関わるという。その論旨を掻い摘んで要約してみれば次の通りである。

　用言とは二つの部分から成り立っている。叙述の内容そのものを表わすとともに、言葉を用いて叙述している主体、つまり話し手の意志を表わしてもいるのだ。「一つの動詞は、根本に動作・作用・状態を表わす部分〔甲〕を持つ。そして、活用の変化によって〔甲〕についての中止・終止・命令その他話し手の意向〔乙〕が加えられる。〔甲〕と〔乙〕とが一語に含まれてはじめて動詞が成立する」。そして、「が」「の」「に」「を」「へ」等々のような格助詞が体言と用言〔甲〕の部分の事実の関係を限定するのに対し、「は」をはじめ「ぞ」「か」「や」「こそ」などが含まれる係助詞は用言〔乙〕に関わるものだというのである。この解説はきわめて明快で異論の余地のないものと言ってよいだろう。係助詞は言葉を発する現場における話し手の心理的な姿勢を内包しているのであり、たとえば、「か」や「や」は疑問・詠嘆・反語などの意を加え、「ぞ」や「こそ」は強調のために用いられて係り結びを形成する。「は」の場合、話者の心中にあるのは肯定的な確信である。「は」は、その承ける語を肯定し確信して提示し、下に肯定にせよ否定にせよ、明確な解決を求める役目をする。「は」は提題を明示するだけでなく、下の解決をも確実なものとして取り立てて示す働きがある」。

　従って、ことは文字通りわたしの心理に関わっているのだ。今ここに言葉を書き連ねようとしている主体は、「吉田健一」という記号を「肯定し確信して提示」したり、またその記号をめぐって「明確な解決」を提出したりするための心理的な準備を欠いているのである。恐らくそれは心の姿勢の問題であり、批評の能力や知的な資質とはあまり関わりのない事柄なのである。たしかに、それを評価や研究の対象とするにあたってもっと文学史的な知識が豊富であるとか、もっと堅固で信頼度の高い読解の方法を携えているとか、あるいはもっと器用な評論家ふうの才気で無害な饒舌を展開できるといった相対的な長所がわたしにあるならば、吉田健一は、……の後に続く用言の部分に「明確な解決」として嵌めこむべき潜在的選択肢の可能性の幅がそれだけ広がることになるだろう。

その場合、吉田健一は河を愛したでもいいし、吉田健一は黄昏の光を讃えたでもいいし、吉田健一は文学とは余生とともにしか始まらないと考えていたでもいいし、吉田健一は『埋れ木』巻頭に「彦七に」という献辞を添えているがこれは十六歳で老衰死した彼の愛犬の柴犬の名であるでもいいし、こうした数かぎりなく思いつくことのできる明確で肯定的な命題群を確信とともに提示し、それらを敷衍《ふえん》し展開し、分析し綜合し、そこから何がしかの感想なり考察なり意見なりを引き出すというようなことでもしてみせれば、それで「吉田健一」をめぐる一篇の文章は容易に書き終えられることになりもしよう。しかし、それができるかどうかという能力の問題とはいささか別のところで、何よりもまずそうしたことはあまりしたくないという気疎さが今わたしの内に働く。吉田健一は、……と書き始めるのは、何かしら場違いな振舞いであるような気がしてならないのである。吉田健一に「は」は馴染まない。というのはほかでもない、「は」による肯定的な提示に対する忌避こそ、吉田健一のきわめて個性的な小説世界の基盤をなす要の石だからであろう。彼の小説の時空は「は」によっては開かれない。ほとんど、「は」の忌避という疑いもなく困難な言語的課題をめぐって多様に変奏される屈折した戦略のうちに、吉田健一の書記行為のもっとも本質的な独創性が含まれているとさえ言ってもよいかもしれない。彼は「は」と書かない。

朝になつて女が目を覚して床を出る。その辺から話を始めてもいい訳である。

（傍点引用者、以下同）

『本当のやうな話』冒頭のこの言葉の連なりにほかの誰でもない吉田健一の署名を刻印しているのが、この「女が」の「が」であることは明らかである。これは絶対に「女は」であってはならない、というか「女は」ではありえない書き出しなのであり、もし開巻劈頭のセンテンスが「提題」の「は」によって書き始められるとすれば、この小説は全篇に亘《わた》って今あるものとはまったく違うものとなってしまうはずである。つまりその場合、「話」は「本当のやうな」話ではなくなってしまうだろう。それは「本当の」話か「本当ならざる」話か、そのどちらかになってしまうだろう。「本当の」話にせよ「本当ではない」話にせよ、どちらにしてもそれなりに面白い小説となりえたかもしれないが、吉田健一が書こうとしたのはあくまでそのいずれでもない「本当のやうな」話であった。「本当のやうな」話とは、いま現にそれを物語りつつある話し手自身が、決して確信をもってそれを肯定することのできない話のことである。物語ることと肯定的に提示することとが、語り手の意識のうちで決してぴたりと重なり合うことのない物語を指して吉田健一は「本当のやうな」と形容しているのだ。だから、「女が」「床を出る」に続く次のセンテンスでこの「話」それ自体が言及されるとき、それもまた「は」によって提示されえない体言であることは当然だろう。もし、「その辺から話は始まる」であったならば、それは「本当」か「本当ではない」かが話者にとって最初から明確なものとして提示される「話」ということになってしまう。そこで、一人称の主語を潜在させた「話を始めても……」という構文が選び取られることになる。要するに、「女が」という唐突な始まりと、それに続く、今ここに「話を始め」ようとしている匿名の話者の不意の介入こそ、「本当のやうな」と定義されるべき言説的水準を、小説そのものの始まりの閾の上に設定するための装置なのである。

象は鼻が

よく知られているように、「は」と「が」という二つの助詞の範列論的な関係は、古来、国語学史上の大きな論争点の一つとなってきた。「は」と「が」の用法の相違をめぐって多くの文法学者たちがそれぞれの視点から様々な説を展開して今日に至っており、問題の結着は未だにすっきりとついているとは言い難い。今ここでわれわれには、大槻文彦から山田孝雄、橋本進吉、時枝誠記を経て三浦つとむ、大野晋へと連なってゆく「が／は」理論の批判的系譜を逐一辿り直す余裕もないしまたその能力もない。実際、文法学者たちにあれほど多量のインクを流させてきただけあって、

「象は鼻が長い」というあの名高い一文は、どのように定立された一般理論の枠組みをあてがってみてもつねにそこからほんの少しだけはみだしてしまうような不透明な部分を孕《はら》み持つ、謎めいた記号の連なりであることをやめていない。諸説のどれをとってみても首を傾げさせる箇所が残っており、隅々まで合理的に説明しつくされているようには思えないのである。

ましてやこの「が／は」の使い分けが人間精神のいかなる認識の構造に対応しているかといった問題になると、これはもう皆目見当もつかないと言うほかない。そもそも「は」を係助詞と見るか副助詞と見るか格助詞と見るか、あるいはそのうちの二者ないし三者すべてにまたがるものと見るかについてさえ、諸家の説は一致しているわけではない。時枝誠記は「格を表はす助詞」と「限定を表はす助詞」の二種の「は」があるとしているし、三浦つとむは係助詞の「は」と副助詞の「は」があると考えている。

だが、ここでわれわれは前述のとおり、とりあえず『岩波古語辞典』巻末の文法解説に従い、「は」を係助詞に見なすとともに助詞の機能の分類に関しては用言〔甲〕と用言〔乙〕の概念を採用しておきたいと思う。格助詞を〔甲〕、係助詞を〔乙〕に分類することにするが、これはすなわち、いわばすべての助詞を引っ括めて〔乙〕に組入れている時枝誠記の考えかたはここでは採らないということになる。時枝は、「表現される事物、事柄の客体的概念的表現」である「詞」と「表現される事柄に対する話手の立場の表現」である「辞」という二種類に語を分かち、助詞はすべて後者に組み入れているからである（『国語学原論』『日本文法——口語篇』等）。この時枝の「詞」と「辞」の区別は、「客体的表現」に使われる語と「主体的表現」に使われる語といった言いかたで三浦つとむにも批判的に享け継がれている（『日本語はどういう言語か』『日本語の文法』等）。しかし、爾後《じご》幾人かの時枝批判者が疑問を呈しているように、なるほど終助詞などについては時枝の定義が完全に正しいことは明らかであるとはいえ、あらゆる助詞という助詞が一様に話者の立場の「主体的表現」を担っていると考えるのは、いささかの無理があるように思う。一つ一つの助詞にはその意味と用法によってニュアンスの差があるのであり、一連の格助詞の場合には、「詞」と「詞」とを結びつけるうえでやはりごく客観的にその間の「格」関係を認定しているにとどまり、話者自身の立場の表出という性格はまずはほとんどないと言うべきなのではないだろうか。それはいわば文の内部で或る構文法を成立させるための構造的な装置なのであり、話し手・書き手の立場が反映したりそれによって左右されたりすることのない「客体的表現」を受け持っているように思われる。その文が或る主体の発した言述であるかぎりにおいてはたしかにその主体の表現であるとも言えようが、その水準においてならば「詞」も「辞」も引っ括めておよそ語という語のすべてがそうだと言えるだろう。

　たとえば格助詞「の」をめぐって、三浦つとむは「花の都」「夢の世」のような言いかたを取り上げ、「花」と「都」、「夢」と「世」との間に関係を設定し、この関係づけによって一つの比喩として成立させているところに「の」を通して露わになった「主体的表現」が認められるといった主旨のことを述べているが（『日本語の文法』）、この主張には諾《うべな》い難いものがある。「花」と「都」とを関連づける「の」の機能は、心理学的なものではなくあくまで構文法的なものであり、人称的な個体の主観的な発話意志をそこに見るというならば、実は「花」も「の」も「都」もすべて同等の資格で主体の表現に参加していると言うべきである。「花」は主観的な事物で「都」は客観的な事物だと三浦は断定するが、そのものを名指すために、町でも街でも都会でも都市でもないほかならぬ「都」の一語を選び取ってきたのは、いったい話し手・書き手の主観でなく何であろうか。

心理学的な視点を外から持ち込むのでなく、この言述をただありのままの即物性において見るならば、「花」も「の」も「都」も、いずれをとってみてもとりたてて人を話者の立場《パルティ・プリ》に送り返すことのない「客体的表現」の語であると見なすのが妥当であるように思われる。ただ、「花」や「都」は実体（抽象的であると具象的であるとを問わないが、しかしいずれにせよ客観的である実体）を表わし、「の」は関係性（「……の属性・性質を持つ」という意味において構文法を決定する働きを持つ、これもまた客観的な関係性）を表わすというだけのことであるにすぎないだろう。そして、こうした格助詞に対して、「は」がそこに含まれる係助詞の場合は、まさしく時枝誠記が定義するような意味での「辞」の呼称がふさわしいものとわれわれは考える。「は」は、「こそ」「でも」「しか」などと同様に、文の終止の種々の変化と呼応しつつ、用言〔乙〕の部分の意味内容に関わってゆくのであり、そしてこの場合その内容とは既述のように、「肯定的な確信を伴う提示」であると考えられるのである。

さて、以上のいささか迂遠な文法談義を前提としたうえで、テクストがいかにして始まるかという具体的な現場に改めて立ち戻ってみる。と、ただちに明らかになるのは、これは小説にかぎらずエッセイでも論文でも漫画でも、要するに「話」一般に共通して言えることのはずであるが、たとえそれが虚構であるにせよ「本当」であるにせよ、何事かが提示されないことには「話」は始まらない、つまり話にならないという一事だろう。人物でも事物でも場所でも、あるいは抽象観念でも映像でも修辞的な比喩でも、とにかく何事か体言として提示されるものが登場しないかぎり、いかなる物語も始動しえないのである。言い換えれば、物語が、単なる孤立した合図や信号の集合でもなく、また相互に不連続な意味や映像の連なりでもなく、或る一貫した意味論的な文脈と、とりあえず常識的に追跡可能な展開とを備えた記号の持続であるかぎりにおいて、物語の基盤とは「は」にほかならない。それは「が」ではないのだ。

「が」で始まるテクストが存在しないわけではない。だがそのもっとも典型的な姿は、本来、あまり普通でない範疇に属する言語作品に見出されるものである。

銅銭と白薔薇とが協和音を構成するとつばさのある睡眠がさけびだす。

（「ÉTAMINES NARRATIVES」）

人間がいるために花籠が曲がる。　揺れる。　破裂する。　その日光を浴びて透明なパイプを握って煙を吹く。　私の指の水平線に美神が臍を出して泳ぐ。

（「花籠に充満せる人間の死」）

死の孤島の上を雪の雲雀が飛ぶ

（「TEXTES」）

『瀧口修造の詩的実験　1927～1937』に収められた何篇かの「自動記述」作品の冒頭部分である。

ここには「は」は用いられていない。なぜか。行分けなしの散文の形態を一応とってはいるものの、これは決して物語ではなくあくまで詩であるからだろう。詩においては、何かが提示される必要はない。何かがただそこに存在しさえすればよいのだ。何ものかがその堅固で充実した現存を誇示するうえで、まず提示によってそれを説得するという義務を詩は免かれているのである。恐らく瀧口修造はこれらの「実験」作品に詩というレッテルを貼られることを好まないかもしれないが、とりあえず今ここでは、提題による説得を免除された言葉の連なりを総称して詩と呼んでおきたい。「銅銭と白薔薇とが」、「つばさのある睡眠が」、「花籠が」、「美神が」、「雪の雲雀が」、何の前触れもなくいきなり或る行為に入る。まず語り手によって提示されるという段階をすっとばして、そこに唐突に――つまり気がついたときにはもはやすでに――現前し、主体＝主語として振舞っているのだ。

　この現前を読み手が受け入れるかどうかということはまったく問題にならない。読み手はこれを「本当」ではないと決めつけることもできる。それは読者の自由であり正当な権利であるが、しかしそうした読み手の側の判断からは独立したところで、もはや、そしてすでに、つばさのある睡眠や雪の雲雀が現前して何ごとかを行為している。読者に受け入れられようとられまいと、もうすでにそれらはある、いやそれらがある、そしてただそこに在るだけではなく、もうすでに何ごとかを為しているのである。これに対して、「話」の場合、そこに登場する人や物が聴き手＝読み手にとってそれなりの存在感を持つに至るためには、まずそれが「は」によって提示される必要がある。そしてその提示の仕方には或る散文的な説得力が要請されるのだが、小説というあからさまな作り物の「話」の場合には、提示された体言を読者に受け入れさせるこの説得力は、或る種の暗黙の契約関係に頼っている部分が大きいと言える。書き手は、読み手を説得するというよりはむしろ、読み手が納得することを始めから期待しているのである。

松枝清顕は

たとえば、まあ何を例に挙げても同じことなので行き当たりばったりの一冊を取り上げてみるならば、「学校で日露戦役の話が出たとき、松枝清顕《まつがえきよあき》は……」と書き出されている三島由紀夫『春の雪』の冒頭において、読者はこの「松枝清顕」という記号をとにかく便宜上受け入れなければならない。それは、係助詞「は」が文法的に内包している肯定性、すなわち物語の話者が「松枝清顕」という固有名詞に関して抱いている肯定的な確信をとりあえず分有するということでもある。つまり読者がここで要求されるのは、現実世界の信憑性とはいささか次元が異なった水準に立つ虚構の実在としての松枝清顕という人物の登場をみずからの想像界のうちに承認することなのだが、と同時に彼は、「松枝清顕」という記号を肯定的に提示する話者の権利を承認することもまた強いられている。これは、話者による慫慂《しょうよう》であるとともに、読者の側からの積極的な参加でもあるだろう。説得されるのを待つまでもなく、読者はみずから積極的に納得しようと努めなければならないのだ。読者の内なるこうした納得への意志こそ、小説の時空に足を踏み入れることが許されるための通行手形だと言ってもよい。彼は、話者が何事かを肯定的に提示する権利——提題の権利とでも呼べようか——を認めるのと引き換えに、提示された記号を虚構の運動として消費する快楽を獲得するのであり、こうした信義上の契約関係が成立しないとき、ふつう小説と呼ばれる伝統的なテクストの形式をめぐるわれわれの実践は、それを書くことであれ読むことであれ、すべて不可避的に崩壊してしまうはずである。

『春の雪』の最初のページを開き「松枝清顕」という記号を初めて眼にした読者が、物語の語り手に向かって私は君を信じないと申し渡すならば、ただそれだけで一挙にこの小説の全篇は「話」としては読まれえない不透明な言葉の堆積と化してしまうことになるだろう。契約の破綻。それは、「松枝清顕」がいかにも作り物めいた人形にしか見えないので、現実世界に生きる血肉を備えた生身の人間として信じきれないという意味ではない。もともと作者三島の想像の産物でしかないことなどわかりきっているこの虚構の人物が、読者の眼にもっともらしく映るかどうかという点ならば、書き手の技術とか知識とか読み手の感受性とか心理状態とか、その他様々な変数によっていくらでも評価が変わりうる批評的課題を形成するだろうが、それはまた別の問題である。

ここで想定した信頼関係の破綻とは、「松枝清顕」に対する不信ではなく、「松枝清顕は、……」と口にしている話者に対して向けられる不信によるものだ。用言〔乙〕つまり話し手の意向に関わる部分を限定する係助詞「は」が用いられているかぎりにおいて、直接には名指されていない話者の存在をこのセンテンスは否応なしに内包している。前景には決して姿を見せない匿名の語り手が「松枝清顕」に対して抱いている肯定的な確信を、この「は」は露呈させているのである。「は」は、「松枝清顕」という体言を主格として受け、それをその動作・作用・状態を表わす用言〔甲〕の部分へと結びつけてゆくといった働きをする格助詞なのではない。たしかに、ここではたまたま「松枝清顕」を主語として取る構文を形成すべく働いてはいるけれども、本来、「は」が表象するのは、「松枝清顕」が何をしたとかどんなであるといった行為や属性ではなく、「松枝清顕は、……」と口にする話者が身を置いている心理的な姿勢の方なのである。

「松枝清顕」という記号を提示するに当たって話者が抱いているこの肯定的な確信は、言うまでもなく、それが何であれとにかくとりあえず納得してやろうとみずから積極的に身構えているはずの読み手の善意を当てにしているところから来るものだ。示すものが何であれ承認されないわけがないと最初から見透しているがゆえに、確信はいよいよ強固なものとなる。むしろ、強固な確信を示せば示すほどそれだけ読者を納得させ易いだろうという、相手をなめきった心積りがあるのかもしれない。その意味で、読者がそれについての予備知識を持っているはずのない未知の何かをのっけから「……は、」と提示する小説の言説的形態には、或る癒しがたい傲慢さが潜んでいる。

君の知らないことを私は知っている、と話者は言う。私はそれを肯定し確信しつつ提示する。私にはその権利がある。私の言葉を通じて今やそれを知ることになった君は、ただそれを素直に受け入れさえすればよい。実際のところ、そうする以外にこの小説の内部にはいってゆく途はないのだから、君はただ黙って私の権利を承認するしかないのだ。それが読み手の立場に身を置く者の義務なのであり、そのようにして君が信義さえ尽くせば、私は君をこの物語の中でひととき遊ばせてやることにしよう。それを私は君に約束する。――「は」によって、話者は読者にそう語りかける。「は」とは、両者の間に結ばれる契約の記号なのである。そしてこの契約は決して平等で双務的なものではない。言葉の推移を辿りつつ話者の発語に絶えず遅れて進まざるをえない意識の宿命のゆえに、読み手の側はいつでも後手に回ることになる。先手先手と打たれた挙げ句、つねに先方の提案を追認してゆく受け身の立場にとどまるほかないのである。他方、話者は終始暗がりに身を潜めたまま自信に満ちて先行し、明確な提示を突きつけて読者の承認を強要する。心理的な優位に立っているのは、いつでも話者の方なのだ。「吾輩は猫である」と言い放つとき、自分を「吾輩」と呼ぶこの話者はいかにも猫にふさわしい傲然とした自信と優越感のうちに自足しているのである。

　この優位を突き崩すためには、既述の通り、契約を一方的に破棄してしまいさえすればよい。私は君を信じない。これが、読者が話者に突きつける最後通牒である。最後というより、むしろ唯一の切り札と言うべきものかもしれない。しかし、この切り札をさらしてしまうとき、小説はもはや小説としては読めなくなる。つまりもはや読者は読者としての自分を支えきれなくなってしまうのだ。「本当」か「本当でない」かを問わず「話」としての小説が成立しなくなってしまう以上、読者はもう読者ではない。だから、読者としての役割にあくまで固執しつづけようとする者は、つねにより弱い立場を受け入れざるをえない。小説の愉しみとはこの弱さそのものをみずから享楽するマゾヒスム的契約性に存していると言えるかもしれないが、またここで、この劣位の自覚を或る種のルサンチマンの念とともにしか受け入れられぬ者の場合には、自分の宿命的な弱さを何とか心理的に解消しようとして、批評家の自己表現といったような文学的な提言に走ったりもするのだろう。

　けだし批評とは、つまるところ、「は」の孕む傲岸な確信に抗して自尊心を守りぬきたいと望む読者が、或る真率な怨みがましさの思いに衝き動かされて採用する苦し紛れの彌縫策にすぎないのかもしれない。今度は自分の番だとばかりに、彼らは口々に「……は、」と発言する。「三島由紀夫は、……」「吉田健一は、……」「三島由紀夫の描いた「松枝清顕」は、……」等々。こうした提題を口にするとき、読者は話者による「は」の呪縛の外に出ることになる。「は」が相殺される、あるいは相対化されると言ってもよい。しかしそうしながら、同時に彼らは、直接的な小説体験の外にも出てしまう。話者の確信をただただ受動的に甘受することを嫌い、その外に出て作品を価値として客体化しようとする読者、つまり批評家として物語に向かいあう読者は、もうすでに読者ではない。話者に対する劣位を耐えつづけることによってしか人は小説の時空の内部にとどまれないのである。たとえいかに下手糞に語られた馬鹿々々しい「話」に向かいあっても、「松枝清顕は、……」という発語の傲慢きわまる図々しさに対してとりあえずどのようにでも自分を譲り渡せるという弱さこそ、小説の読者たりうるもっとも基本的な条件なのであり、そうした発語によって成立する「話」が「本当」か「本当でない」かを論じようとする批評的な精神の働きは小説体験の核心を取り逃すほかない。

ところで、言うまでもないことでもあろうが、これまで話し手とか話者とか呼んできた架空の存在が伝記的主体としての三島由紀夫その人とは別のものであるという点は、ここで改めて念を押しておくに値する事実であるかもしれない。確信とか傲慢さというのは作家三島の心理や性格の特質のことではまったくない。あたかも自分とはまったく無縁の人々の運命を物語ってでもいるかのように、「わたし」という第一人称を完全に抹消し去ったうえで無個性的なナレーションの声を響かせている顔も名前もない不在者の、本来注意深く抑圧しきっているはずの心理的な姿勢が、用言

〔乙〕として含蓄される感情的な陰翳によってはからずも透けて見えるということなのである。なるほど原稿用紙に文字を一つ一つ書きつけていったのは作家三島という生身の人間であるには違いないが、われわれは、全能の創造者としての作者の生とはまったく無縁のところでいくらでも物語を享受しうるのであり、そして、作者の個性や思想や生活史を忘れ去ったうえで読んだ場合でも、「は」「こそ」「しか」「か」といった係助詞、また言述を彩るその他種々の細部を通じてその存在を隠微に仄めかしてやまぬ者の影はページの表層にとどまりつづけているのだ。

　作者が姿を消しても、話者は不透明な現存としてあくまで読み手の意識を刺激しつづける。決して前景には登場しないが、物語を織りあげてゆく言葉が滴り落ちてくるのはこの顔も名前もない唇からなのである。この唇が自分を指して実際に「わたし」と言ってみせるかどうかということは、実はさほど重要な問題ではない。物語の展開に積極的に関与する「わたし」が、一方で話の内部に身を置きつつしかも他方でその話そのものを物語る話者の役割も果たすといったいわゆる一人称小説の場合でも、話者が或る謎めいた曖昧な境位に身を潜めつづけていることには変わりないのである。「わたしは、……」と書かれた文章があるとして、そこに登場する「わたし」は、この「わたしは、……」という言葉を発した者と必ずしも同じ場所には立っていないからである。二人の、いや恐らくは幾人もの身分を異にした「わたし」がいるのだ。作者自身がそのまま「わたし」と名乗って登場していることをあからさまに誇示しているようなテクストの場合でも、作者の「わたし」と登場人物の「わたし」との間の、ほとんど厚みも広がりもないはずの不可視の境界地帯に話者の「わたし」が立っているのであり、人が身を隠す余地があるとはとても思われないその空間は、一瞥しただけではまったくの虚構と見えもするが、実のところはそれなしでは物語が成立しえないきわめて現実的な境位にほかならない。話者は、あくまで見えない人でありつづける。

『詩の構造についての覚え書』の入沢康夫は、詩のディスクールにおける「話者」の位置の標定という明らかに時代に先んじたそこでの挑発的な問題設定にもかかわらず、結局のところは作者の「わたし」と登場人物の「わたし」についてしか語りえていないのではないか。二人の「わたし」の間には乖離があるということ、登場人物が作者の「表現」でないということは当然として、そこで真の主題となるべきは、実はさらに別のもう一人の「わたし」、虚構としか思われぬほどに生身を欠き、ただ不可視の唇として言葉を滴らせつづけている無気味な「わたし」が身を置いている謎めいた境位であるはずではなかったか。しかしそれにしても、この「話者」という概念は、たとえば「鏡」とか「無限」とか「虚数」とかがそうであるように、それをめぐって考えを詰めていけばいくほどどこか異常な、ほとんど狂気染みていると言ってもいいような得体の知れなさでわれわれを怯えさせることになる。

「わたし」が語っている「わたしは、……」という言述の、その……の用言の部分にたとえば「語る」という動詞そのものを代入してみたらどうなるか。「わたしは語る」という発語が孕んでいる狂気を分析してみせたのはブランショ論「外部の思考」におけるミシェル・フーコーであったが、この問題は、フーコーが示唆したような近代性の時代以後の文学における「主体の消滅」といった限界体験によって定式化される部分だけではなく、日常的な言語規範の埒内に穏健に自足しているありきたりの文学テクストの巨大な堆積の踏査を通じて、もっと実証的に体系化されうる部分を含んでいるような気がする。『失われた時を求めて』の分析から出発して説話言語の一般理論の樹立をめざしたジェラール・ジュネットの記念碑的大著『物語のディスクール』さえも、考えれば考えるほどわけがわからなくなるこの話者という存在の無気味さを、未だ十分には包摂しえていないように思われるからである。

庄太郎は／女が

……それで唐松は途端に機嫌を直して、
「その日は朝から曇つてゐたですか、」と言つた。
「庄太郎は目を覚して今日は曇つてゐると思つた、」と上村さんが和した。「これは考へて見るだけ無駄ですよね、どうしてそんなものが有難がられるのか。」

『埋れ木』の一節である。今日、地上げ屋の暗躍する世紀末のポストモダン都市東京の土地問題に関心のある者なら誰もが読むべき歴史的な重要文献というべきこの美しい長篇小説のこの箇所で、「唐松」と「上村さん」は口を揃えて「小説」への軽蔑を表明するのだが、そこで槍玉に挙げられているのが「その日は……」「庄太郎は……」という提題の文章であるという点が、いかにも徴候的と言うべきだろう。「……は、」の文体で書き継がれてゆくことで、何がなしいかにも小説らしい趣きを呈してしまう小説を「有難く読」んでいるのは、「明治になつてからの日本」だけだと彼らは言い捨てているのだ。「は」による虚構の提題文が醸成するもっともらしい小説調に対して、吉田健一がどんな感想を抱いていたかは、これだけでもうあまりにも明らかだ。因《ちなみ》に『埋れ木』そのものは、「新聞に原稿を書いて原稿料を取つてそれで新聞社の社員でもなければ有名な文士でもなくて暮して行くといふ手もある」という書き出しで始まっており、ここでもまた助詞「は」が追放されているという点に吉田健一の文体の個性が刻みこまれていると言えば言える。しかしむしろ吉田健一は、こうした「……は」「……は」による小説調の模像と意識的に戯れつつ、擬態の遊戯を楽しむことによって、小説でもあり小説批判でもあるきわめて独創的な文章体験を実践してみせた作家なのである。『残光』に収録されている初期短篇「辰三の場合」の冒頭部分などがそのあからさまな一例だが、『本当のやうな話』の導入部もまたそうしたものにほかなるまい。吉田健一の書き続けた「本当のやうな」小説群は、いわばそのあらゆる瞬間に「その日は朝から曇つてゐたですか、」と呟いているテクストなのだ。この「ですか」にこめられた遊戯的な批評意識が、彼の書き続けたまるで小説のような小説の数々の基礎を支え、その魅力の中核をなしているのである。『本当のやうな話』の話者もまた、この「ですか」の遊戯を楽しみながら読者に共犯者に対するような目配せを送っている。しかし、このあたりの事情はこの「話」の冒頭部分の原文に就いてもう少し微細に読みこんでみなければなるまい。いったいこの語り手は、ここでどのような場所に身を置き、自分をどのようなものとして読み手に示そうとしているのだろうか。

まず彼は「は」を回避する。「女」を「は」で提示することによって語りへの意志を顕示するかわりに、「女が」目を覚ますという具体的な行為にいきなり切りこんでゆくのだが、それではこのようにして「話」を始めている分、彼は『春の雪』の話者よりもさらにいっそう自分の姿を稀薄にし見えにくくしていると言ってもよいのだろうか。だが、ここでまことに興味深い逆転現象が生じるのだ。誰もが知るとおり、吉田健一の小説ほど話者の現前が露骨に示されている小説も珍しい。「その辺から話を始めてもいい訳である」。誰が話を始めるのか。むろん、「わたし」が、であろうが、この「わたし」とは登場人物ではなく（「わたし」は一度も登場しない）紛れもない話者その人にほかならない。それが今まさに「話を始め」ようとしている人間である以上、この存在に対して話者という以上にふさわしい呼称はないだろう。たしかに「わたし」という具体的な主語が省かれてはいるが、述語の部分を通じて話者はこれ以上ないほど確固としたその不透明な現前を誇示しているのである。現にそれを受けて、次のセンテンスには「提題」の「は」が二つ置かれることになる。

そこは鎧戸とガラス窓を締めてレースのカーテンに重ねて濃紺の繻子のカーテンを夜になると張るのが東側の窓だけ繻子のカーテンの方が引いてあるのは女がそこを通して朝日が僅《わず》かに部屋に洩れて来るのを見るのを朝の楽みの一つに数へてゐたからだつた。

これはすでに、部屋の調度や内装を描写し、女が東側の窓にカーテンを引いておく理由を読者に向かって説明している者の存在感が色濃く漂っている文章である。これに続く行文で、話者はさらに露骨な自己顕示を行なうことになる。

この女の名前が民子といふのだつたことにする。別に理由があることではなくて、そのことで序でに言ふならばこの話そのものが何の表向きの根拠もなしにただ頭に浮んだものなので従つてこれは或《あるい》は本当のことを書いてゐるのかも知れない。尤《もつと》も本当といふことの意味も色々ある。

「頭に浮んだ」というくらいだから、ここでは明らかに頭も軀も備えた一人の生身の人間が物語の前景に登場してきているわけだ。「話」を物語る主体であるかぎりにおいて、彼は、外から何の拘束を受けることもなく自在に言葉を繰り出してゆくことができる。彼が語るとき、およそ言葉という言葉はすべて、語るという述語がとるべき潜在的な目的語の位置におさまる資格を持っていると言ってよい。ただし、ただ一つ、彼が所有していない言葉がある。この話者が自分に禁じている唯一の言葉、それはもちろん「わたし」である。

　周知のとおり、エッセイであると小説であるとを問わず吉田健一の文章からは、「わたし」「わたくし」「ぼく」「おれ」その他いっさいの一人称代名詞が追放されている。一人称の存在そのものが登場しないわけではない。それどころかわたしと名指されて然るべき人物は、語り手と登場人物という二重の資格で吉田健一の文学空間に遍在しているのだが、ただその存在を命名する記号がどこにも見出されないのである。つまり彼は、自分自身を「わたし」として提示しないのだ。「わたし」は、という提示の瞬間を軽々と飛び越えて、われわれが気づいたときには彼はもうすでに現前している。つまり、行為の中にいる。彼はもうすでに「話を始め」ており、主人公の「女」に名前を与えているのである。

「本当のやうな」と呼ばれる水準にとどまりつつ物語の内部に読者を誘いこんでゆくこの導入部で、吉田健一の話者が自分自身の繰り出す言葉との間に保っている距離のゆるやかな伸縮ぶりは、まことに奇妙なものだと言ってよい。いったい彼は言葉の裏側に自分を隠蔽しようとしているのか、それともその表層に自分を露出しようとしているのか。「女が目を覚して床を出る」という始まりでは、みずからの語る権利を読者に無理やり承認させようという傲慢さを、彼は自分に対して意識的に禁じているかのようだ。だが次の文、「その辺から話を始めてもいい訳である」においては、自分の現前をこのうえもなくあからさまに誇示しているとしか見えないだろう。『春の雪』では語る主体は自分自身の現存を終始徹底的に隠しとおしており、こう「話を始め」てみようだのこう登場人物を名付けてみようだのと彼がみずから宣言するような瞬間は、全篇に亘ってただの一度も訪れることはない。もちろん視点の問題として言えば、本多繁邦という統轄的な語り手が用意されているけれども、これは物語への読者の情緒的な同化を容易ならしめるための心理的な語り手であるにすぎず、現実に言葉を繰り出している説話的な話者とはあくまで別のものだ。

『春の雪』の話者は不可視の奥処にとどまりつつ、そこからしかし存在と事物を肯定的に提示して、その認知と受容を読者に迫っているのである。彼は権力者であり、その権力は彼の姿の不可視性そのものによって支えられているとさえ言える。小説の時空は、話者の提示の権利を読者が認めるという契約関係によって成立しているのだが、多くの場合われわれがそれをきわめて自然かつ当然な事態の推移であるかのごとく見なすことに慣れているのは、話者が舞台の前景にしゃしゃり出てくることで、「話」の生産と消費が実は人為的な約束事にその基盤を置いているという事実を事改めて思い起こさせずにおかないといった場面に、滅多にぶつからないからである。それは、ちょうど国営放送が視聴者に強要する受信契約のように、不可視の圏域に身を潜めている権力が、あたかも自然現象でもあるかのような錯覚を与えつつ知らず知らずのうちに個人を巻きこんでしまうことでそのつど成立してゆく、狡猾な契約関係なのだ。

吉田健一における話者の位置の奇妙さは、彼がこの種の権力をふるうことをあたうるかぎり拒みとおそうとしているところに由来するものだ。「は」とともに語り起こそうとする話者の傲慢と狡猾をしりぞけ、その反対のもの、つまり謙虚と無垢に絶えず徹しようと努めているのが吉田健一の話者なのである。「女が……」と彼が語り出すのは、この「女」が「何の表向きの根拠もなしに、ただ頭に浮んだもの」であるにすぎないからだ。いかなる肯定的な確信もなしに、ただとりあえず彼は「女が……」と書いてみる。まあ何でもよいだろうがとりあえずたとえば「女」ではどうだろうか、と彼は読者に向かって謙虚に切り出してみる。この「女」を受け入れないかぎりおまえはこの「話」の中に入る資格はない、と嵩にかかって言い放つ専横な態度は彼からもっとも遠いものだ。この謙虚さをわれわれは許す。とともにこの「女」もまた許してしまう。許し、受け入れずにはいられないのである。というのも、それは一方的に提示された御仕着の記号ではなく、あたかもいたわりの心をこめた好意の表現のようにして、もし受け取られずに終ればいつでもそっと引っ込めようといった慎みとともに、おずおずと差し出された贈物であるからだ。この話者は決して自分の確信を押しつけようとしない。いわばこれは、より正確には、「朝になつて女が目を覚して床を出るのですか、」というのと等価の言表なのであり、音として響くことなしに呑みこまれてしまったこの

「ですか、」の呟きが、ここではいかなる皮肉も反語も介さずにただゆるやかなたゆたいの内へと読者を喚び入れるのだ。

もしあなたがこの「女」を受け入れてくれるならば、次に彼女の寝室に関して「頭に浮」ぶことを書いてみよう。そしてそこまで来たあとで、ようやく彼女に名前を与えてみよう。どうだろう、はたしてこれらもまた、今わたしの言葉を読みつつあるあなたに受け入れて貰えるだろうか。そうしたゆるやかな勧誘のプロセスが、いかなる押しつけがましさもなしに展開されているのである。それは提示による説得の過程ではなく、あくまでも宥《ゆる》しへと導くいざないの過程である。この親密ないざないを彩っている謙虚さは決して装われたものではないので、誘惑のための殊更の技巧といったものがそこに介入する余地はない。自己隠蔽による権力の行使を嫌うこの話者は、あっけらかんとした無邪気さで自分の姿をさらけだす。「その辺から話を始めてもいい訳である」がそれだ。彼が自分を露出するのは、不可視の聖域に自己を温存しつづけることの傲慢さを避け、読者にありのままの自分の現在を開いてみせようという素朴な好意によるものだが、そうしつつなお自分を「わたし」と名乗ることをしないのは、「わたしは語る」とわざわざ口にすることの押しつけがましさを彼の謙虚な慎みが嫌うからである。

彼は、「……女が目を覚して床を出るですか、」というたゆたいの中に読者を誘うかわりに、「……女が目を覚して床を出る、とわたしは言う」と書きつけることもできたのだ。彼がここで「女は」を避けあえて「女が」を採っているのは、本来「……とわたしは言う」という主文によって補完されるべきこのセンテンスにおいて、その言わずもがなの潜在的な主文部分を省略しているだけのことだと考えることもできるからである。だが、この「……とわたしは言う」をもし書きつけたなら、そのとたん吉田健一は吉田健一でなくなってしまう。それは、言わずもがなのことを言うのが野暮だからといった審美的なダンディズムばかりによるものではない。たしかにそれは野暮な駄目押しだが、野暮である以上にそこには、語りの権利を僭称する自己の優位を疑うことのない者に特有の傲慢さが覗いている。話者として直截に現前し読者にみずからの肉体と声を委ねながら、しかもなお「わたし」を、「は」を、「語る」を、絶えず回避しつづけること。この無垢とこの謙虚とによって、「話」は「本当の」でもなく「本当ならざる」でもない、「本当のやうな」それとして生成するのである。

と同時に、もう一つ、それは活劇としてもまた生成することになる。いったい吉田健一の小説ほど活劇的な小説があろうか。小説でなくてもよい、たとえば『時間』のようなテクストの行文を辿ってゆくとき読者の肉体を走りぬける興奮は、もっとも秀れた活劇のみがもたらしうる運動感以外の何ものでもないだろう。繰り出されてゆく言葉は一瞬の停滞もなく前へ前へと進んでゆき、読者の意識に立ち止まって後ろを振り返る余裕を与えない。立体的な構造として空間的に屹立する文章ではなく、線的な持続としてほとんど純粋な速度そのものと化した文章。余情を断ち切り、詩的なたゆたいを振り捨てて何もかもを先へ先へと送ってゆくこの疾走感覚は、吉田健一を山田風太郎以上の活劇作家にする。「朝になつて女が目を覚して床を出る」——いったいこれ以上に速い言葉の連なりを人は想像できるだろうか。小津安二郎の映画断片にも比すべきこの速さは、「女は」という提題の文体によっては到底達成しがたいものだ。「女は」の後には一呼吸要らざる間が空くことになるからである。それをそこにあるものとして提示しようとしている話者の態勢が一瞬ちらりと閃き、行為が分断され、そのぶん速度が鈍ることになるのだ。ましてや、「……、とわたしは言う」などというかったるい駄目押しでアクションを間延びさせることなどできるはずがない。「は／が」問題において、律動＝調子という視点から見た場合に標定されるこの差異は、決して軽視することのできない重要な焦点の一つであるはずだろう。「は」と「が」では勢いが違うのである。

冬の朝が

「は」に関しては、二つの「は」、つまり一般命題を表わす場合と特殊な個別判断を表わす場合とを区別するべきだと説かれることが多いけれども、はたしてこの両者が明快に弁別可能であるかどうかについては疑問が残る。個別判断を表わす後者の「は」というのは「象は大きく鼠は小さい」のような場合であり、これは構造言語学の用語で言えば、範列論的系列における選択肢を明示する機能を果たしているということになるだろう。つまり複数のパラディグムを一つ一つ個別的に取り上げる場合に用いるのだ。しかし実のところは前者、つまり「万葉集は歌集である」のような一般的判断の場合でも、「は」で提示される要素の背後には範列論的な関係にある可能な選択肢の数々がいくらでも潜んでいて（たとえば「若菜集は詩集である」等々）、ただ用いられる場面によっては可能態としてのその潜在的な存在感が相対的に稀薄になるというだけのことであり、二つの用法を厳密に区別しようとするのはあまり実りの多いことではないのではないかという気がする。

ここはこの問題を詳述する場所ではないしまたその余裕もないが、重要なのは、ともあれそのいずれの場合にせよ、聴き手＝読み手の意識において、「は」のところで一拍だけ或る間が空くという律動的な効果が生じることになるという点である。「少年は走る」よりも「少年が走る」の方が速いのだ。「少年は走る」は、行為そのものの露呈というよりは、やはり或る発話者による定義と提示の文体に近づくからだろう。すなわち「少年は〈走る存在である〉」といういささか間延びした言い換えによって、行為でなくむしろ属性の説明の方へと引き寄せられてゆく傾きを持つ言表なのである。それに対して、「少年が〈走る存在である〉」は必ずしも不可能ではないがいささか滑稽で不自然だろう。この不自然さは、決して意味論的なものではなくあくまで律動的なものである。「は」が範列論的な装置であるのに対し、「が」はあくまでも連辞論的な秩序を統べている助詞なのである。だからこそ「少年が走る」は、属性の提示による無時間的な定義の空間の外で、そのつど一回かぎりの具体的な行為としてすばやく一息に推移し展開し完結するのであり、そこには誰も口をはさむ余裕はない。

　この速さこそ、吉田健一の文体に必須のものだ。言葉の運動の自律的な展開にすべてを委ね、決して傲慢な自己顕示をすることのない話者の謙虚さが、こうした速さの実現に貢献している。吉田健一がとりたてて映画を好んでいた形跡はないし、彼の文章がとりわけ映像的な喚起力に富んでいるというわけでもないが、この説話的な疾走感には、ほとんど四〇年代ハリウッドの犯罪映画とかマキノ雅裕の東映時代劇とかを思わせるものがあるだろう。「冬の朝が晴れてゐれば起きて木の枝の枯れ葉が朝日といふ水のやうに流れるものに洗はれてゐるのを見てゐるうちに時間がたつて行く」と始まる『時間』の文章の、この透明そのものの速さ。この後は「どの位の時間がたつかといふのでなくてただ確実にたつて行くので長いのでも短いのでもなくてそれが時間といふものなのである」と続くのだが、あれよあれよという間に何もかもが前へ前へと進んでゆき一瞬の停滞もなく意識を運び去ってゆくこの時間のたちかたは、あたかも映画の中の映画というべき活劇映画の上映に立ち会っているかのような印象を人に与えはしないか。

吉田健一が「が」の作家だということ、それはつまりはアクションの人だということにほかならない。彼の言葉は、定義や提示による停滞を厭いつつ、中断されることのない行為の連鎖の真っ只中を一目散に駆け抜けてゆく。最良の活劇映画の疾走感が、キャメラを操っている主体の謙虚な自己抑制によってのみ可能となるものであることは、ここでわざわざ念を押すには及ばない事実だろう。山田風太郎と司馬遼太郎のどちらが秀れた活劇作家であるかを考えてみれば一目瞭然であるように、語る主体の小賢しい自己顕示が介入するや否や活劇はたちまち堕落する。停滞という不純物によって、透明な速度そのものと化すところにこそその生命があるはずの活劇が濁ってしまうのである。吉田健一が「は」を忌避し「わたし」を追放するのは、その文章の活劇的な持続感を無用の間延びと弛緩から守るためなのだ。たとえその文章で語られている内容が遅いもの、ゆるやかなものに関わっている場合でも、それがここでいう説話の速さとまったく無関係であることは言うまでもない。

吉田健一の文章は速い。だがそれは、それに追いつくために息せききって駆けてゆくことを読者の意識に無理強いするような類の速さではない。「本当のやうな」小説的虚構のうちに読者をいざなってゆくあの導入部の、あくまで優しくいたわりに満ちた言葉のなだらかな進行ぶりを思い出してみよう。語り手は、読者を性急に引きずってゆくというよりはむしろ、自分の速さに読者が同調してくれる気になる瞬間まで、決して苛立つことなく穏やかに待ち続けるのだ。同じ活劇作家と言っても、その点がたとえば石川淳のような人との違いだろう。石川淳の場合、読者は「国の守は狩を好んだ」という書き出しを、それが投げつけられてきた瞬間にすかさずはっしと受けとめ、ただちにその怖るべき速度に同調しなければならない。それに成功しそこねると、小説は読者を置き去りにしてそのままどんどん進行していってしまうだろう。これはいわば小説を成立させるための契約に調印しそこなったとでもいった事態であり、そうしたことが起こらないようにするためには、読者は読み始める前からぬかりなく心の準備をし、緊張した姿勢で小説に臨まなければならない。そこではまるで闘技にでも臨むような張りつめた気合が要求されており、もしそれが不足すれば契約は破綻に終るほかない。石川淳の小説の男性的なダンディズムとはそうしたものだ。それに対して、吉田健一の話者は予めの心の準備を読み手に要求しない。それは石川淳におけるのと対照的な、女性的な待機の姿勢と呼んでいいものかもしれないが、彼はほとんど内気なはにかみさえ見せながら、自分の言葉の内部へと他者をおずおずといざなってゆくのである。

ここには、呑み屋でたまたま隣りあわせた見知らぬ人とふとしたことから世間話に興じてしまうという、あの吉田健一が繰り返し巻き返し描いて倦《う》むことのなかった挿話の場面において、知らない者同士が何かの拍子にふと会話を始めるあの一瞬の呼吸に通じるものがあるだろう。『東京の昔』の「勘さん」はそんな場面でどう振舞ったか。銚子の酒を自分の盃に注いで話者=主人公に回してくれながら、「冷えますね、」と呟くのだ。それに対して、「この辺は静かでいいですね、」という応答が返され、ここに或る交遊の時空が開けることになるのだが、穏やかな好意の籠《こ》もったこの勧誘＝招待とやはり穏やかな好意を示すこの応答＝受諾は、物語そのものの語り手と読み手との間に交わされるのにふさわしいやりとりでもまたあるだろう。吉田健一の話者は、ちょうど「冷えますね、」のような人懐かしい低い呟きでもってわれわれに語りかけてくる。それは「国の守は狩を好んだ」とか「佐太がうまれたときはすなはち殺されたときであつた」のように、剣道で裂帛《れっぱく》の気合とともに鋭く打ち込まれてくる「面！」や「胴！」の一撃にも似た言葉とはまったく異質なものである。「冷えますね、」という穏やかな呟きは、われわれが「この辺は静かでいいですね、」と返すのを忍耐強く待っていてくれるのであり、もし何の応答もなければそれはそれでよい、誘いの言葉は誰の唇から洩れたというわけでもない匿名の呟きとしてあたりの空気に紛れ、そのまま虚空に消えてゆくまでだ、といった静かな諦念と心の余裕がそこにはつねにたゆたっている。

　これは、他人とは共有できない自分の人生を孤独に耐えている大人同士の間にたまたま交わされた好意の交換であり、そのかぎりにおいて彼らは、この出会いとそれに続く交流において、決して社交的な慎みの閾を越えることがない。謙虚な遠慮によって彼らは距離を尊重しあい、相手の内面にずかずかと足を踏み入れるような粗暴な振舞いは厳に謹んでいる。人懐しそうな低い声で「話」を語り出す話者が読み手に相対する態度もまたこれとまったく同様である。何かを一方的に要求するというような我儘を言うことなく、甘えることもなく、また阿《おもね》ることもなく、彼はただ、誰を傷つける恐れもない当り障りのない話題を見つけ出しては読み手に向かって穏やかに差し出し、それを受け取ってくれるのを待つだけだ。

　ところでこのような一人称の話者が、たとえば『東京の昔』においてのように主要な登場人物の一人としての役割も兼ねる場合、自分自身を名指す必要に駆られるときにいかなる呼称を用いているか。吉田健一の愛読者なら誰でも知っていよう。あの驚くべき「こつち」がそれである。「冷えますね、」と呟きながら「勘さん」は「自分の盃に注いでこつちに廻してくれた」のだった。この「こつち」は、日本の近代文学に出現した前代未聞の一人称代名詞として、埴谷雄高の「ぷふい！」などとは比べものにならないほどの衝撃力を秘めている畸形の記号というべきものだろう。人が自分を指して「こつち」と言い相手を指して「そつち」と言うときに、いったい二人の間ではどんなことが起こっているのか。「こつち」と「そつち」とを分かっている境界線とははたして何なのか。このような問いを前にしてわれわれは当惑せずにはいられない。

　その場合たとえば、こうした代名詞の用法を手掛かりに、その背後に想定される心理の襞を忖度しながら他我関係や空間意識をめぐって比較民族学的な考察を少しばかり展開してみるのもあるいは一興であるかもしれない。だが、「日本」的なり「西欧」的なりの心理的モデルを強引に抽象することがもし仮に可能であるとしても、いったい吉田健一において何が「日本」であり何が「西欧」であるかなどといった設問は人を混乱に陥れるだけだろう。日常生活において父親と英語で喋っていた人間が相手であってみれば、自分を「こつち」と呼ぶことの言語心理学などいかなる文化的パラメーターも構成しはしまい。だから、われわれは今むしろ、「こつち」と向かいあった「そつち」にただ徹する途を選びたいと思う。いや、そうするほかないという気さえする。そして、眼前の相手にとっては「そっち」であるところの「こっち」は「こっち」でまた、「わたしは」とも「あなたは」とも口にせず、ましてや「おたくは」などといういじましい二人称代名詞は口が腐っても用いることなく、相手の盃に言葉の酒を注ぎつづけていたいと思う。

吉田健一が

吉田健一は、と語り出すとき、人はそれに続けて、……である、と言いきることを要請されることになる。吉田健一はしかじかの作家である。しかじかの人間である。どこそこへ行ってしかじかのことをした。だがそのとき人は、あの「は」の話者の傲慢さを否応なく身に帯びざるをえない。全能の透明な語り手として、聴き手＝読み手に対する優位を無意識のうちに誇示しながら肯定的な断言を連ねてゆくほかないのである。それはいわば彼を外から名指すという操作である。われわれは、このようにして自分をどこともしれぬ不可視の外部に温存し、そこから彼を形容したり定義したりするのではなく、ちょうどおでん屋の卓子を挟んで彼と向かいあうような具合にともども同じ内部に身を置き、「こっち」と「そっち」との間に生起する心の交流を享受したいと思う。

『東京の昔』は「これは本郷信楽町に住んでゐた頃の話である」と書き起こされ、同様に『金沢』もまた「これは加賀の金沢である」という一文で始まっている。ここでの語り手は、「は」による提題というごくありきたりの書き出しによって物語を始動させる途を選んでいるのだろうか。しかし、この「これは」は、外部の視点からいきなり差し出された未知の何ものかをめぐる提示の身振りといったようなものではない。語り手は、すでに存在していることになっている何ものかに関して読者の承認と受容を強要しているわけではない。「これ」とは「話」そのもの、あるいは書物全体の標題となっている「金沢」そのものと等価なのであり、すなわちそれに続く言葉の全体をそっくりそのまま受けているわけで、言ってみればほとんど何事も意味していないに等しい代名詞である。提題の助詞が使われてはいるが、実のところは内実を備えたものは何も提示されていないと言える。この時点においては未だ「これ」の実体はまったき空虚なのだ。少なくとも何かが外から名指されているのではないのであり、あえて言ってみれば書物が自分の内側から自分自身を指し示し、外に向かって差し出そうとしているのだ。この「これは」は、何かを提示する身振りに特有の、思わせぶりに置いた一拍の間といったものを介することなしにあたうるかぎり稀薄かつ迅速に過ぎ去り、述語部分、すなわち書物の冒頭が読み手を「話」なり「金沢」なりの内に招き入れるという具体的なアクションのみを際立たせる機能を担っているのである。ここでも話者はひたすら謙虚に活劇のみを演じようとつとめている。だからここでの「これ」は、ほとんどあの「こっち」という記号に等しい、いわば小説そのものにとっての第一人称代名詞なのである。小説は、ちょうど「こっち」が「そっち」に酒を注ぐようにして読者に言葉を差し出してくれるのだ。

われわれは吉田健一の内部にとどまりたいと願う。彼を外から名指すことなく、「そっち」と向かいあう「こっち」としてただ謙虚にまた率直に彼の言葉の流れとたゆたいに身を任せ、語り手として優位に立つためのことさらの批評的言挙げなどとはあくまで無縁でいたい。吉田健一には、外はないのである。「これは加賀の金沢である」。「朝になつて女が目を覚して床を出る」。「これから美男と美女の話を書く」（「アドニスとナスビ」『酒宴』所収）。「三平爺さんに初めて会つたのがいつだつたか、余り昔のことなのでもう覚えてゐない方が当り前である」（「残光」『残光』所収）。「上越線とか信越線とかいふ線には汽車から降りて少し歩くと山の中になるやうな駅が幾らもあつてさういふ駅の一つで男が降りて間もなく山道を歩いてゐた」（「老人」『怪奇な話』所収）。これは内部しかない言葉だ。われわれがその内部に身を置くしかない言葉なのだ。つまりは、われわれがそれを愛しているということなのだろうか。愛の対象は外部を持たない。ただ内部にだけあること。それこそ「幸福」という概念のもっとも単純な定義であるかもしれない。

　吉田健一は、……と語り出さないこと。そうではなくて、むしろ「が」とともに始動し間断なく持続するアクションに、ただ素直に肉体を同調させつづけること。吉田健一が歩く。吉田健一が書く。笑う。喋る。飲む。生きる。それはつまり、「ただ確実にたつて行くので長いのでも短いのでもな」い時間の中で吉田健一を読みつづけることであり、そのようにして彼が書き彼を読むアクションの内部に自分を見出しつづけることさえできれば、「こつち」にはそれ以上何も望むことはない。

黄昏と暁闇

（「現代詩手帖」一九九一年一月号／『青天有月　エセー』思潮社、一九九六年／講談社文芸文庫、二〇一四年）

たとえば光は、つねに昼と夜の間に、明と暗の間に……　ゴダール

すべてはやはり光の問題なのだ。だから光について語らねばならぬ。それも、光なるもの一般についてではなく、この特別の光、この現在の光、いまこの瞬間わたしの前に、わたしの上に、わたしの周りにたゆたっている光について語るのでなければならぬ。たやすいことではないだろう。だが、すべてが光に帰着する以上、この困難は引き受けねばなるまい。いやむしろ、なぜ光を語るのがこれほど困難なのかというその問いこそが、問うに値する唯一の問いであるのかもしれない。光について語りたいという衝動に促され、しかしそう努めながら人は何よりもまず、この光をめぐる失語の病がいったいどこから来るのかという問い、招集をかけられた言葉たちがこうしてたちまちむなしく潰えてゆくのはいったいなぜなのかという問いへと導かれてゆく。

実際、光ほど明々白々なものはないかに見える。それは明るいのであり、あるいは明るいものこそが光なのであり、明るいというのは明らかというのと同義であるとすれば、光をめぐって晦渋《かいじゅう》さ

が語られる余地など最初からありはしないはずだろう。だが、本当にそうか。はたして光そのものが、われわれの眼にとってそれほど明らかなものだと言えるのか。現実にわれわれの眼に見えているのはこの震えている牛乳の表面であり、この猫の瞳孔であり、あの濡れた葉であり、あの自動車のテールランプなのであって、光は単にそれらを見せているものにすぎないだろう。光はそれらを明るくしているのであり、光それ自身が明るいわけではないのである。われわれは光を見ていない。われわれの視線は光を素通りして、光が見せているものだけを見ているのだ。だから、たとえ光と明るさの概念とを切り離すことが不可能であるにせよ、光は決して「明白」なものではない。なるほどそれは晦冥《かいめい》ではない。しかし、晦冥であること、つまりは闇ならばまだしもそれを人は積極的に凝視することができるだろう。光は、晦渋と明白の対概念そのものの外にあることによって絶えず人の視線をすりぬけてゆく。むしろそれは、「明白」ではなく「透明」なのだと言うべきだろうか。「透明」なものについてその「透明」さをいささかも濁らせることなく語ることのできる言葉を、はたしてわれわれは所有しているだろうか。

　さらに、この透明性はまた遍在性にも通じるという点がある。いったい光はどこにあるのか。どこにもかしこにもあるとしか言えはしまい。あの濡れた葉にたゆたう光を見よと指さすとき、人はただちにその光と、葉から滴る水の雫を煌めかせている光とを区別するものは何もないということに気づくことになる。と同時にまた、それは隣家のブロック塀に落ちている光とも、道路の水溜まりに照り映えている光とも、わたしの顔が今この瞬間に浴びている光とも同じものだということにも気づかないではいられない。指し示すことができるのは一つ一つの「物」だけだ。光は「物」と

「物」との間にある。空気をかたちづくる無数の粒子にまとわりついているものが光なのだ。それはわたしの視線が赴く前方にあるだけではなく、わたしの周りにもわたしの後ろにもある。光はわたしの皮膚と距離なく接しあっている。わたしは光の中に浮かんでおり、そしていたるところから照らし出されつつ貧しい微弱な視線でその中のごくごく狭い領域をまさぐっているだけなのに、いったい何を指してこの光などと言うことができようか。この光をあの光から分かつものなど何もない。だから光はここにはないのである。ここにないものについていったいどうやって語ることができるだろう。

それでは、ここにある光ではなく今ある光についてならば語れるだろうか。しかし、この「今」の明証性においてもまた人は障害にぶつかることになる。つまり、光は一瞬もとどまることなく生成し変化しつづけていて、これと名指すことを許す猶予など決して人に与えてくれないという時間軸の問題が、われわれの前に立ち塞がることになるのだ。光は絶えず変わっていき移ろっていくのであり、意識はそれを間断のない変容の中に置かれた現在としてしか体験できない。ということはすなわち、光は記憶の中にしかないと言うのと同じことではないか。この光、と指したときそれはすでにほんの微か輝きを増し、あるいは翳《かげ》りを増し、それとは別のものになってしまっているのだ。夜のテーブルの上で燃えつづけている蠟燭やランプの光にしたところで、刻々様相を変えつづけてとどまることがない。第一、短くなってゆく芯が燃えつきれば蠟燭の灯はいつかは消えることになる。だからこそわれわれはそのゆらめく炎をいつまでも見ていたいと思うのだ。いつまでたっても別のものになることのない光とは、密室に設えられた電気照明のようなものだけだろうが、そんなものが光の名に値するだろうか。螢光灯を見つづけていたいと思う者がいるだろうか。現に、われわれの周囲を取り巻いている光とは絶えず変化しつづけている光以外のものではない。意識はその変容と同調しつつ自分自身を変容させつづけることしかできないのであり、或る特別の光の断片を凝固した「今」としてそれだけ切り取ることなどできはしない。だから、この光などというものは、時間軸の上の広がりのない一点において微分された抽象的な虚構であるか、あるいは或る持続の幅において大摑みに取り出されてきた漠たる印象の総体であるか、そのどちらかでしかありえまい。つまり、この光といったものはないのだと言ってもよい。同じことが空間的な観点からも言えるということはすでに述べた。わたしの周囲の空間からこの光として摑み出されてきたものは、抽象化された仮構であるか恣意的に輪郭づけられた経験論的な印象にすぎないか、そのどちらかだろう。

それでもなお、あえてそれをこれと名指したいと欲望し、この光について語るという企図に固執せずにいられないのは、実のところそこで問題となるのがおのれ自身の信憑そのものだからなのだろうか。光の信憑。わたしは光を、光という概念を、真理の隠喩として事あるごとに引き合いに出されてきた光のイメージの普遍性を、信じているわけではない。だがたしかに、この光を信じたいとは思っている。すべてはそれにかかっている、すべてはそこに帰着すると信じてはいるのだ。しかし、と同時に、それはわたし個人の主観的な信憑を越えたなにものかだと信じてもいるのである。なぜか。たとえばそこに黄昏の光があるからだ。

つい先ほど公園へ向かう途中の道すがらはまだ午後の盛りの日射しがあたりいちめん晴れやかに

漲り、何もかもを輝かせていたものなのに、いくばくかの時間の後、踏切を渡って帰途につきながらふと気づいてみれば、いつの間にかもう風景は微かに黄色がかった光の中に浸りこんでしまっていて、後はただ、家に辿り着くまで、徐々に深まってゆく夕闇が視界を翳らせてゆくゆるやかな過程に身を任せるだけだ。悦びと、かすかな悲哀。なぜこの黄色っぽい光には、すべてを忘れさせてしまう力が、あるいはそれと同じことだがすべてを想起させてしまう力が籠《こ》もっているのだろう。この光はいったい何なのか。この光は何かとわたしは問い、そしてそれに答えたいと願う。だが、この光、と指し示そうとして伸ばした指先がたちまち当惑し、頼りなく宙に迷わざるをえなくなる事情についてはすでに述べた通りだ。この光。わたしはこの光を指さし、名づけ、描写し、それについて思いを凝らし、その本性を突きとめてみたい。いちばん大事なことはたぶんこれしかないのだから、すべての思いをこれ一つに絞りつつどこまでも求心的にその内部に入り込んでいってみたい。なのにこの光は、指さすことも名づけることも禁じられた対象であるように見える。思いを凝らそうにも確たる輪郭もなく、思いを絞ろうにも焦点を合わすべき中心もなく、深く入り込んでゆくべき内部もなければ突き止めるべき本性もない、いや本性どころか、それがそれでありそれ以外のなにものでもないという同一性すら認められないように見えるのだ。逆にいえば、すべてがこの光にかかっているという考えに誘われるのは、恐らく一つには、それがかくも語りがたい対象であるという事実そのものによるのであるに違いない。たやすく語りうる対象ならば決して真率な信憑の対象にはなりえまい。わたしは何を指さすこともできぬまま、ただ、この光、と声にならぬ声で呟きながら歩いてゆく。光はわたしの周りをたゆたい、わたしにじかに触れ、わたしの後ろにゆっくりと過ぎ去ってゆくが、しかしその同じ光はわたしの前にいつまでも滞りつづけ、そしてその間にもすべては徐々に、だが確実に、暗さを増してゆく。

「夕闇」を指示するフランス語の単語「クレピュスキュール（crépuscule）」はラテン語の crepusculum に由来し、これは「闇」や「夜」を意味する creper の縮小辞である。原義の本質はもともとは「暗さ」の方にあり、ささやかな闇、小さな夜が crépuscule なのだが、しかしこの特異な「暗さ」は、それ自体固有の質と量感、艶と光沢を備えた、何と積極的な「光」そのものでもあることだろう。暗さゆえにはっきりとは見定められないというところから、creper は「不確実」「疑わしい」という意味を帯びることにもなった。なるほどたしかにこの光は疑わしく不確実であり、つまりは明らかであることからもっとも遠い光なのである。そして魅惑はまさにこの曖昧な疑わしさそのもののうちにあるのだ。疑わしい光。これは或る意味では形容矛盾である。光とは明証性であり、明証性こそが光であるはずではなかったか。だが実はそれこそがあの抽象的な虚構に、あの因習的な経験論に属する雑駁な通念にすぎないのであり、光が光としてもっとも輝く瞬間の核心はこの漠とした疑わしさのうちにこそ宿っていると言うべきなのだ。疑わしい光。それこそがこの光なのである。

　だがそれにしても、二〇世紀の最後の十年間を迎えようとしているこの時点で、今さらのように黄昏の光を讃える言葉を書きつけるというのは、われわれの生きつつあるこの世紀末があの世紀末の反復以上のものにはなりようがないのではないかという疑念、ないし諦念がますます色濃くなりつつあるように見える今日、あまりにもシニックにすぎる振舞いと受け取られかねない恐れもあるだろう。『ヨオロツパの世紀末』や『残光』の吉田健一にとって、黄昏の光がいったい何だったのかを思い出してみさえすればよい。そもそも、前世紀後半西欧の象徴派の詩や絵画において、黄昏の主題とイメージが占めていた位置の重要性については言を俟《ま》たない。すべてが凋落し終末に近づき、しかしまだ完全には夜の闇が世界を呑みつくしきっておらず、最後の残照が風景をむしろ豪奢に輝かせているこのはかないひととき。マラルメは一年の夕刻の季節としての秋を嘆賞してはいなかったか。「一日の中で、私が散歩に出る時刻は、太陽が姿を消す前に、灰色の壁の上には真鍮色、窓硝子の上には赤銅色の光線を注いで休らうときである」(「秋の歎き」松室三郎訳)。ニーチェは『偶像の黄昏』を執筆した一八八八年九月を、クロード・ロランの風景に行き渡っている光とともに回想してはいなかったか。「私はこんな秋を体験したことはかつてなかったし、地上にこんなふうなものが可能だなどと考えたこともなかった——クロード・ロランの絵が無限に続いているようなぐあい。一日一日が同じような、とてつもない完全性を備えている」(『この人を見よ』川原栄峰訳)。終末の予感にうち震え、没落の傾斜をゆるやかに滑り落ちてゆく自分を静かな諦念とともに受け入れながら、愉楽と悲哀の薄明の中にすべてがひっそりと沈みこんでいたのが一九世紀の黄昏だったのだ。

では、同じことがまた再来しようとしているだけのことなのか。なるほどそうなのかもしれない。だが、何かを無垢な実感とともに思わず知らず呟くことと、それが何か別のものの反復であることを十分に意識しつつ口にすることとはまったく次元を異にする振舞いであると言うべきだろう。いま、黄昏の光への讃美を書きつけるというのは、自身のほとんど肉体的な実感の吐露が歴史の文脈にぴたりと一致した吉田健一の幸福に感染することが終始禁じられた行為なのである。吉田健一にとって、一九世紀末とは、ついそこにあるもの、自分と地続きの地平にまだ間近く望見され、しようと思えば肌身でもって追体験することもできる近過去だったのであり、この特権的な黄昏の時刻を過ぎたその後の時間を「余生」と観じ、この「余生」をもっとも豊かな時間としてゆるやかにかつ激越に生きようとするところから、彼の文学、「近代」にあって奇蹟的なほどに神経症を免れたあの驚くべき野生の文学が生まれたのだ。ここでの黄昏の光への歴史的な感受性において、彼とわれわれとの世代の差には決定的なものがあるように思う。実際、いまわれわれが黄昏の幸福を語るとすれば、それはみずからが反復にすぎぬことを受け入れた者の、傲然たるシニスムに彩られた臆面もない自己肯定と見なされかねないからである。

それはそれで仕方のないことだと思わないわけではない。前世紀末の光の飽和状態を破って一挙に跳躍しようとした「前衛」たちの試行がことごとく袋小路のどんづまりに来てしまったかに見える今日、われわれは結局はまたふたたび同じ黄昏の光の下に出てしまったのではないかという印象に否定しがたい現実感が漲っているのは事実だからだ。そしてこの印象を、傲慢なシニスムとともにではなく、いわんや自棄的なペシミスムとともにでももちろんなく、晴れやかなオプティミスムとともに進んで受け入れることは十分以上に可能だし、また或る程度まで必要なことでもあると思う。反復こそが二〇世紀の発明した新たな遊戯の規則なのであり、その場合、われわれはこのゲームをみずみずしい興奮とともに楽しむことができないはずはない。反復でしかないという貶毀《へんき》的な形容が、貧しい限界を画する符牒ではなくて無限の可能性の空間を開く呪文として機能するという前代未聞の事態への驚き。これこそわれわれの世紀が発見した真に新しい感受性のありかたであると確信しないかぎり、ぜんたいデュシャンを面白がることも吉岡実に戦慄することもできはしまい。ましてゴダールの映画断片など見られるわけがない。つまりわれわれは、古典主義の芸術家クロード・ロランのあの至福のイデアの国、あの壮麗な落日の埠頭に立ち会っているのではなく、むしろシュルレアリスムの画家ルネ・マグリットの《光の帝国》に住んでいるのである。屋根の上には真青に晴れ上がった昼の空に白い雲が浮かんでいるのに、街路にはすでに濃密な夜の闇が落ちていて街灯が丸い光の輪を舗道の上に広げている、あの不思議な空間に。

だが、そう考えたとたん、翻って人はここに、単なる反復と再来の遊戯からはみだす何かを認めはしないだろうか。この空間にはこの空間なりの物質的な、触覚的な、ほとんど官能的な特質、前世紀末の黄昏が共有してはいなかった或る種の光学的な特質が備わっていて、それこそがわれわれをいま、一回限りの生の体験として魅惑しつつあるのではないだろうか。われわれはいまマグリットのタブローの中にいる。この光には、単なるシミュラクルの衒学的遊戯を越えたものがあるはずだ。それをあえて何ものかの反復だと見なす必要などいささかもないだろう。一九世紀末の夕暮の主題などは脇においておけばよい。象徴主義も生の哲学もとりあえず忘れることにしよう。しかしだからと言って、二〇世紀的な前衛運動としての超現実主義をことさら顕揚したいわけでもない。第一、昼と夜とが同居しているこのタブローの光景はたしかに或る種の「驚異」の感覚でもって瞳を眩惑しはするけれども、実のところこれは或る程度まで写実主義的なイメージでもあるのだ。緯度にも気象条件にも空気の質にもよるのだろうが、わたしは学生としてパリに暮らしていた頃、夕暮どきに、この《光の帝国》とほとんど同じと言ってもいいような光の状態にある街を現実にしばしば目撃したような気がする。そして、日本ではあまり立ち会ったためしのないこうした夕景をフランスで見られるのが緯度の相違に由来するのだとしたら、マグリットの暮らしていたブリュッセルならばパリよりさらに北に位置するのだから、現象はいっそう誇張されて生起しているはずだろう。《光の帝国》はわたしの眼には、「超現実」的イメージというよりはむしろ現実そのものと映る。というか、いかなる現実の光景もそこに向けられる視線の質によって、現実の彼岸を指し示している要素を多かれ少なかれ孕《はら》みうるものだという命題が真実である程度に従って、現実的であり同時に「超現実」的でもあると見える。あたりはすでにとっぷりと日が暮れ落ちて、人々の姿も黒々としたシルエットになって暗がりに溶けこみ、通りに沿って並ぶ店々にはもう照明が灯っているし、行き交う自動車も黄色いヘッドライトを煌めかせているのに、見上げれば頭上の空はまだ青々と澄みわたっていて、そこには輝くような白い雲さえ浮かんでいるのだ。こうした光の中を歩いていると、何か自分のすべてが蒸発し離脱して自分を越えた何ものかに委ねられてゆくとでもいったような気がしてくる。宗教的な超越性を感得するというのではない。この光は超越的なのではなく、あえて言えばやはり「超現実」的なのだ。言い換えればつまり、疑わしいということにほかなるまい。そしてこの疑わしい光はほんの束の間しか続かない。

　束の間と言っても、これまた思い入れに基づく主観的な誇張であるかもしれないが、ヨーロッパの crépuscule の時間は日本の黄昏と比べればそれでもかなり長く続くような気がしないでもない。このことはそれこそ吉田健一もまたたしかどこかで述べていたはずで、これは恐らくは単純に緯度の高さから説明されうる現象だと思われるが、昼から夜への移り行きが日本では比較的速やかに、どちらかと言えば呆気なく完了してしまうのに対して、彼の地では、「誰《た》そ、彼は」と人を訝らせるほどの光度が保持される薄明が、少なくともそこにゆるやかな光の変容をしみじみと実感させるに足るほどの長い時間にわたって、たしかに持続するのである。季節によって伸縮するということはあるだろうが、日本にとどまっているかぎり実感できない crépuscule の長さというものが西欧にはたしかにあったはずだ。そしてこの長さが貴重なのは、それが、黄昏の光とは束の間しか続かないはかないものであるという事実が真に人の心をうつのに十分足りる程度には持続する時間であるからだ。黄昏の光の短さに心を動かされるためには、人はこれほどの長さを必要とするのである。必要というのは言い過ぎかもしれないが、しかし少なくともひとときの間わたしは光の変容を凝視し、その刻々のゆるやかな、だが確実な移り変わりを肌で感じることを強いられることになる。すべては徐々に、しかし後戻りすることなく着実に暗くなってゆく。この変化は取り返しがつかない。そして変化の過程のこの長さ、つまり昼と夜との中間の曖昧な時間の持つ或る持続の幅は、意識が、この取り返しのつかなさを十分な深さと切実さでもって体験するために不可欠なものなのだ。ゆるやかさが、かえってはかなさを際立たせると言い換えてもよい。ゆるやかさとはかなさとの、矛盾し合いつつ補完し合ってもいるこの共存が醸し出すエロティスムが、わが国の夕暮には乏しいように思う。なるほど「あはれ」の情はそそるかもしれないが日本の夕景色がとことん官能的であったためしはないのである。その理由としては、官能を煽るものは遅さ以外にないからだということしか考えられまい、このことはむろん、ここでエロティスムと呼ぶものがたとえば陰惨な悲嘆といったものと決して無縁の概念ではないことを前提としたうえでの話である。

疑わしい光は、取り返しのつかない光であり、有限の光だ。夕景のうちに人は無常を読みとり、そこに悲哀の感情が湧く。しかし、だからと言ってこの有限性の認識をそのまま安易な終末観に結びつけてしまうことは避けねばならぬ。いずれ遠からず夜が、つまりは死が訪れて、すべて生あるものを滅ぼしてしまうのだと考えること。ここでは黄昏は、当然のように或る種の悲劇的な抒情を胚胎することになる。大いなる没落への予感に神経を研ぎ澄ましていた前世紀の黄昏に、そうした終末論的側面があったことは否定できない。だが、今われわれは、凋落という含意を帯びることのない黄昏を迎えようとしているのではないかと思う。少なくとも、今、わたしの周りを取り巻いている黄昏の光には、没落だの終焉だのを暗示するものはまったく含まれていない。もはや、終末への期待が人をそうたやすく陶酔させてくれるような甘美な時代ではないのだ。われわれはもはや何が終るとも考えていない。昼が夜になっても何が終るわけでもない。夜はまた昼になるからである。ただ、黄昏の光というものが現に在るということだ。この光である。束の間しか続かないにもかかわらずゆるやかであり、ゆるやかであるがゆえにしかしかえって束の間であることが強調される光。ゆるやかさとはかなさとの矛盾によって定義され、それゆえ、この光、として指し示そうとしても明らかな対象として明確に指し示すことができず、しかし、だからこそいっそう激しくこの光と呼びたい気持が募らないわけにはいかない、そんな光。

　何もかもにけりがついてしまう一度限りの決定的な終末が訪れない証拠とは、何のことはない、夜はまたふたたび明けて朝が来るというものだ。ここで、crépuscule とは夕方の薄明ばかりではなく、朝方、太陽が昇る直前の仄かな明るみをも意味する単語であったことを思い出しておくのは、決して無益なことではないと思う。辞書によれば、文献に現われる初出の用法はむしろこの夜明けの光の方であったらしいのだが、今日のフランス語においては夕暮の光の方の意味で用いられるのが普通である。しかし、堅苦しい文語調の文章においては現在でも曙の光の意味で用いることもないのではなく、その場合は crépuscule du matin というふうに限定すれば意味が明瞭になるという。ところで、朝の方のこの crépuscule はいったいどのような日本語の単語に訳せるだろうかとわたしは考える。夕方の薄明ならば「夕闇」でいいだろうし、「薄暮」などという雅びやかな熟語も存在するのだが、朝の方は迷うところだ。問題は光線の質なのだから、「夜明け」とか「明け方」といった日の出の現象やその時刻を指示するだけの言葉では物足りない。かと言ってまた、「曙光」や「暁光」が射すというのではすでに日が昇りかけた後の光線を浴びているといった風情ではないだろうか。常識的に考えて恐らくいちばんぴたりと合致するのは、暗黒を表わす「黎」の字を「明」の字と組み合わせた「黎明」なのかもしれないが、われわれはそれよりむしろあの「暁闇《あかつきやみ》」という美しい言葉を採りたいと思うのだ。「暁闇」とは本来、明け方に月が出ておらずあたりが闇に閉ざされている状態を言うのだから、意味の重点はあくまで暗さの方にあり、仄かな光がたゆたっている crépuscule の語義からはあからさまにずれている、という反論がありえよう。この正論を強引にねじふせてまでわれわれが「暁闇」に執着するのは、まず第一に、この言葉が音も字の組み合わせもあまりに美しいからという、理由にならない理由によるものである。だが、理由にならない理由がもう一つある。言うまでもない、北村太郎がその詩集の一冊の題名としてこの言葉を用いているからなのだ。この言葉を題名として持つ詩篇が含まれているわけではない一九七八年刊行の詩集の総タイトルを、いったいなぜ詩人は『あかつき闇』としたのだろうか。たしかに、この言葉はこの一巻を通じて一度だけ、或る詩篇の中で使われている。だがわたしには、それよりむしろ北村太郎はそう題することでこの書物の全体を「あかつき闇」の中に、すなわち crépuscule du matin の中に置きたかったのではないかと思われてならない。現に、この一巻に含まれるすべての言葉は暁闇の中にひっそりと沈みつつ、と同時にどこからともなく揺曳《ようえい》してくるゆるやかではかない光に照り映えて仄かに明るんでいるのだ。実際、その書きつけるあらゆる言葉が crépusculaire であるところの詩人、という以上に簡潔な北村太郎の定義があるだろうか。もちろんここで言うのは、夕闇にも暁闇にも、そのどちらにも——ときによっては同時にその両方に——属しているという意味である。

黄昏と暁闇とは同じ一つのものであり、その中をひっそりとたゆたっている言葉がある。そしてその言葉を音もなく照らし出し、暖めている光がある。黄昏の街を歩きながら、この光、と呟こうとして唇を開く。と、そのとき、光とはほとんど言葉そのもののことであることにわたしは唐突に気づく。光とは真理なのではない、言葉なのだ。光とは言葉であり、言葉はいまこの瞬間、この光のようにしてわたしの前に、わたしの上に、わたしの周りにたゆたっている。わたしには光の粒子のように、光の波動のようにして在る言葉だけが、日々の生活において聞き取ったり喋ったりするに値するようにさえ思われる。読んだり書いたりするに値すると言っても同じことだが、つまりそれは疑わしい言葉のことなのである。それは知識の言葉ではない。だが、かと言ってまた、必ずしも芸術の領野に属する言葉であるわけでもない。〈知〉も〈美〉も、この黄昏の光に比べればあまりにも明らかにすぎるのだ。だからミネルヴァの梟《ふくろう》が飛び立とうと飛び立つまいとどうでもよいことだ。知恵と技芸の女神の放つあの賢い鳥はやはり真理を求めて飛翔するのだろうか。わたしには、真理が光の中に宿っていようが闇の中に潜んでいようがどうでも構わない。鳥と言うなら、この薄明の時刻、わたしの気にかかるのはむしろ北村太郎の鳥たちの沈黙の方だ。

一日の終わりを
鳥たちは
沈黙してしまうことだけで示す
詩は一日中ひらいている死の目ゆめの目
（『悪の花』1）

詩は……疑わしい言葉に魅せられるようにして、「死の目ゆめの目」が見開かれる。言葉はたしかにそこにある。手で触ることさえできそうなほどなまなましく。つまりは明るく、しかし決して明らかにではなく。この明るさとこの暗さとに半分ずつ身を浸しつつ、詩は「死の目ゆめの目」を見開き、この言葉、これ、と指し示し名づけてみたいと思いたつのだが、しかし次の瞬間たちまち黄昏の薄明の中に自分自身を喪失してしまうことになる。そこところの間の距離が見失われ、自分がどこにいるのか言葉がどこにあるのかわからなくなってしまうのだ。だからすべてはやはり言葉の問題なのだ。言葉について語らねばならぬ。それも、言葉なるもの一般についてではなく、この特別の言葉、この現在の言葉、今この瞬間わたしの前に、わたしの上に、わたしの周りにたゆたっている言葉について語るのでなければならぬ。だがいったいどのようにして。

因果な商売

（『日本近代文学館』第百九十号、二〇〇二年／『散歩のあいまにこんなことを考えていた』文藝春秋、二〇〇六年）

「蔵書」に対するフェティッシュ的執着はまったくなく、この先まだ役に立ちそうだと思えばとっておくが、用済みだと見極めをつけた本はただちに捨てるなり、古本屋に叩き売るなりしてしまう。『エッフェル塔試論』（筑摩書房）のときも『折口信夫論』（太田出版）のときも、執筆中にはかなり大量の資料を買い集めたが、本を書き上げたとたんに全部処分してせいせいした気分になった。エッフェル塔だの折口だのについての原稿を今さらのようにわたしに注文してくる編集者がいるが、お生憎様である。もう資料がないから何にも書けないのだ。

もっとも、すでにわたしが書いたことを後追いで読んで、それならというわけで何の創意もなしに「ああいったものを」と注文してくる怠惰な編集者など、プロの矜持を持っていないわけだから、一緒に仕事をする気などはなからないけれど。

それでも、用不用と関係なしに、ただそれと長い時間付き合ったがゆえにきっと死ぬまでとっておくだろうなという本もないことはない。たとえば、新潮文庫の『西脇順三郎詩集』や『萩原朔太郎詩集』、中公文庫の吉田健一『東京の昔』や『怪奇な話』、創元推理文庫のチェスタトン『木曜の男』、思潮社現代詩文庫の『吉岡実詩集』……と数え上げてゆくと、どうやらもうぼろぼろになった廉価な文庫本ばかりで、美麗な装丁の高価な本など一冊も思い当たらないことに気づく。考えてみると今挙げたのは二十代の留学のとき持って行ってパリのアパルトマンの本棚に並べていた本ばかりで、何年もの間、フランス語にうんざりして日本語に触れたくなるとわたしはそれらを繰り返し読んでいたのだった。

一冊の本が自分にとって貴重なものとなるかどうかは、結局、そこに充塡された時間の多寡と質にかかってくる。わたしの人生の時間の一部がそこに「染みこんで」しまった本なら感謝の思いとともにいつまでも書棚の隅に残しておきたいし、そうしておいてやる「義理」もあると思うが、他方、稀覯本とか豪華本とかを珍しいからとか高価だからという理由だけで大事に「所蔵」して、ときどきそれを取り出して撫でさすっては悦に入るといった玩物喪志の文人趣味にはただ嫌悪しか感じない。

本当はわたしは、書物にかぎらず「物」を所有するということ自体が嫌いなのである。人文系の学問をやっているかぎり、たとえ絶えず捨てつづけていても結局はかなりの量の書物を手元に置きつづけておく必要があるわけで、まことにこれは因果な商売というほかない。引っ越しのたび、重い貝殻を背負ってそれを引きずりながら生きているヤドカリのような気がしてつくづくうんざりする。裸になりたい、身一つで生きていきたい、という矢も楯もたまらない熱い気持がときどき発作的に込み上げてくる。結局、自分の身体に同化して血となり肉となった言葉だけあれば、人生はそれでいいのではないだろうか。

たとえば吉田健一はこう書いている。「……de l'huile de coco,……du goudron……citron……といふやうな句の断片が三郎兵衛さんの頭に浮んで来た。それにしても、一度ムウリス島とかいふ所に行つたことがあるだけで、よくも一生あれ程強烈にインド洋のことが思ひ続けられたものである」(「出盧」『残光』所収)。「椰子の油……瀝青《れきせい》……レモン」というわけだが、ボードレールの詩篇「髪」の原文は「椰子の油、麝香《じゃこう》、瀝青」であって「レモン」などという言葉はない。「ムウリス島」は「モーリス島」(今日のモーリシャス島)のことだろう。書物に当たって引用に正確を期そうという気など吉田健一にはまるでなく、自分の身体と快く共鳴しつつ記憶の底からゆるゆると蘇ってくる言葉をただそのままだらしなく書きつけているだけなのだ。彼は詩を自分の身体で生きていて、もう「蔵書」など必要としなくなっている。吉田健一が詩を間違えて引用している箇所に行き会うたびに、讃嘆の念で思わず溜息が出る。

文学はそれでいいのである。「といふやうな句の断片」「とかいふ所」でいいのである。もちろん、一点一画も忽《ゆるが》せにしないという覚悟で重箱の隅をつつくようなことを律儀にやっている良心的な人たちも、世の中にはいてもらわないと困るのだが。

わたしの翻訳作法（アンケート）

（『ユリイカ』二〇〇五年一月号／『散歩のあいまにこんなことを考えていた』文藝春秋、二〇〇六年）

質問

1　あなたが「名訳」とお考えになる邦訳書と、その理由を教えてください。

2　翻訳にあたって、特に心がけていらっしゃるのはどういうことでしょうか。

3　ご自身の翻訳のなかで、あそこは苦労した、我ながら名訳だった、誤訳だったかな（失礼お許しください）等々、特に印象ぶかい箇所とその理由を教えてください。

4　いつか、あれを訳してみたいという本がありましたら、教えてくださいませんか。

1

①ジョン・クレランド『ファニー・ヒル』河出文庫、吉田健一訳

吉田健一には唯一、色っぽさが欠けていてそれが惜しい云々と言ったのは石川淳ですが、これは明敏な夷斎先生には珍しく見当外れの評言で、『時間』も『怪奇な話』も実のところ途方もなく官能的です。しかしそれでは物足りない、どうしても真正面からの艶事をと言う向きには本書があり

ます。ヴィクトリア朝のポルノグラフィーのおおらかな向日性とヨシケンの大人の遊び心が共鳴したところに、優雅で気品ある読み物が産まれ落ちました。吉田健一の訳稿にまで遡って「無削除完全版」を出してくれた河出文庫に感謝しなければなりません。

②ポール・クローデル『五大讃歌』渡邊守章訳、『筑摩世界文学大系56　クローデル／ヴァレリー』収録、一九七六年

ラシーヌやマラルメなど、渡邊守章の他の多くの翻訳のうちどれを挙げても良いところですが、大学院生の頃わたし自身があの難解きわまる原文と一字一句かなりの時間をかけて付き合い、翻訳の質を徹底的に吟味したうえで、この言語能力にはどうしても敵わないと兜を脱いだものがこれです。四半世紀経った今でも、こんな芸当は依然としてとうてい真似できないと思います。守章先生が訳してこられたものは、どのテクストもそもそもまず正確に意味を取ること自体、途轍もない学識を必要とする難物ばかりなのに、そんな審級を軽がるとクリアする彼の翻訳の真の恐ろしさは、実はその先にあって、それは彼の作り上げる日本語の文体が、声に乗せた朗誦に耐える何とも豊かな身体性を備えていることなのです。感嘆のほかありません。

2　多少硬くなっても正確にということです。原文の調子、雰囲気、「感じ」を伝えるために正確さは多少犠牲になってもよい、という考えかたがあり、それはそれで一種の正当性があることは否定しません。ただし、訳文に露呈されたその「調子」なり「感じ」なりが、訳者自身のあまり上等とは言えない個人的な「文学趣味」の産物にすぎず、辟易させられるケースがよくあるということは言っておかねばなりません。また、それを犠牲にするか否かを判断する以前に、訳者がそもそも

「正確な意味」を理解しそこねているケースも、実は思いのほか多いのです（たとえば一時代前のアンドレ・ブルトンの翻訳）。

案外知られていないことだと思いますが、悪訳・珍訳の大部分を占めるのは、「日本語の能力不足で上手い日本語表現にならなかった」ではなく、じつは「外国語の能力不足で原文の意味を正確に理解できなかった」なのです。少なくともそういう誹《そし》りは受けずに済むように心がけたいと思っています。経験的に言えば、正確に理解するとは結局「調子、雰囲気、感じ」を正しく測量することも含めての話ですから、今度はそれと等価なことを日本語で言い表わそうとするとき、文体の水準でもおのずと原文に対応する日本語テクストになってゆくものです。

3　右のような次第で、誤訳はまずほとんどないはずです。かつて本誌（「ユリイカ」一九九一年七月号）にブルトンの『シュルレアリスム第二宣言』の一部を訳したことがあり、そのとき、生田某の既訳と食い違っているところがあるとまるで鬼の首でも取ったように指摘してきた人がいたのには呆気にとられました。その人はわたしの誤訳を指摘したつもりだったのです。時代は多少は進歩しており、いまや生田某程度の外国語能力しかないフランス語の教師は日本の大学から完全に淘汰されているはずです。

他方、名訳と誇れるほどのものもありません。デリダのアルトー論はとんでもない代物で、七転八倒しながら何とか形にしましたが、どれほど意味のある仕事だったか……。

4　翻訳には一種の快感があり、労力に見合わない報酬の少なさは別として、もし頼んでくれる出版社があればもっとやってみたいという気持がないわけではありません。自分で訳してみたら面白かろうフランス語圏の小説、詩、評論はいくらも思いつきますが、しかしわたしにはもう時間がなくなってしまいました。結局、にもかかわらずなお、自分の人生の残りのうちの或る歳月を捧げても悔いはないと思えるほどには、それらを愛していないのだということでしょうか。

主要翻訳書

ミシェル・ジュリ『熱い太陽・深海魚』サンリオSF文庫、一九八一年

ロベール・ブレッソン『シネマトグラフ覚書　映画監督のノート』筑摩書房、一九八七年

ジャック・デリダ『基底材を猛り狂わせる』みすずライブラリー、一九九九年

III

黄昏へ向けて成熟する　清水徹氏との対談

（『ユリイカ』二〇〇六年十月号）

——今日は、文学は言うに及ばず政治、経済etc.すべてにおいて価値紊乱を極める現在の日本社会に対し、「まっとうさ」や「それがそれであることの価値」について語り続けた吉田健一を来年の歿後三十年を前にややフライング気味ながら召還し、いよいよ鮮明になってくるその揺るぎない魅力について、お二人にお話いただければと考えております。

それでまず、『吉田健一　友と書物と』（みすず書房）というアンソロジーを編まれた清水さんに対抗して、松浦さんにも「吉田健一・名文選」をセレクトしていただきました（二四〇頁参照）。これをベースにいまなお色褪せることのない吉田健一の味わい方をお話しいただきたいのですが。

松浦　ちょっと迂回しながら入っていきましょうか。清水さんは吉田健一ご本人には、ずいぶんお会いになっていたんですか。

清水　そんなには会っていません。直接お目にかかって親しく喋ったというのは三回くらいじゃないかな。『ポエティカ』という二冊本の作品集が小沢書店から出るとき、その挟み込みの原稿を長谷川（郁夫）君に頼まれて「まだ吉田健一氏にはお目にかかったことはないけれども云々」ということを書いたことがあって、その後『海』に長い吉田健一論を書いたときに、亡くなった篠田一士から電話がかかってきて「まだ吉田さんと会ったことがないなら会う機会を作る」というのです。いまはなくなってしまったけど吉田さんが愛用していた銀座の胡椒亭というレストランに、篠田と丸谷（才一）さんと僕を招待してくれた。それから、ご自宅に一度招かれたことがあって――そのときの日本酒はうまかったなあ。いい酒は水のようだというのを実感しました――、その二回は長く喋った記憶があります。あと一回くらい何かで会ってると記憶しているけど、その程度です。

松浦　『交遊録』の最後に「若い人達」という一章があって、丸谷さん、篠田さんの話はそこで出てくるわけですが、清水さんは少し遅れて知り合われたんですね。

清水　本当に晩年に入ってからですね。『ヨオロッパの世紀末』ももう出ていたし、亡くなる三年前くらい。

松浦　なぜそれをお訊きしたかと言うと、やっぱり一度当人に会うか会わないかで、読み方がずいぶんと違ってくると思うんです。

清水　違ってきますね。

松浦　僕の吉田健一体験というのは、『瓦礫の中』の前半が『文芸』に一挙掲載になったのがたしか七〇年の夏、僕が高校二年のときで、あ、こんな人がいるんだな、と思った記憶があります。

清水　ずいぶんと早熟な高校生だね（笑）。

松浦　当時の高校生は文芸誌なんかにもアンテナを張ってたんですね。それで七二年に大学に入るんですけど、ちょうどこの頃が吉田さんが堰を切ったように晩年の文章を書き出した時期で、昔の著作まで含めて愛読しました。吉田健一という人に一度会ってみたいなあ、と思いを募らせていたら、あっという間に亡くなってしまった。

清水　僕がお目にかかった頃は、お酒はよく召し上がっていたけど、物はあまり食べなかった。胡椒亭というのは、吉田さんに言わせると、小さなお皿に料理を盛ったものがたくさん来て、それもちょっとずつしか出ないのがいい、ということだった。

松浦　お酒を飲むのにやっぱり料理は必要で、ただしテーブルにたくさん並んだ料理を目で楽しんでいればいいんだ、と書いていますね。

清水　少なくとも晩年はそういう境地になったんでしょうね。でも、お酒の量はかなりのものでした（笑）。胡椒亭での最初の出会いのときは、葡萄酒を本当に何本も空けたんです。こっちも緊張していたためもあって、吉田さんが「じゃあ」と言ってお帰りになったあと、僕は酔っぱらってどうにもならなくなって丸谷さんの家に泊めてもらった（笑）。

松浦　異常な飲み方をする人だったわけでしょう。お酒の飲み方ひとつとっても不思議な人だと思うんです。上機嫌に人生を楽しむ、一種のエピキュリスム（快楽主義）というのは吉田健一のトレードマークなんですけど、その一方で、「文明」とは正反対のとても野蛮なものをまとっていたのではないかという、これは文章からの印象が僕なんかあるんですが。

清水　普通に会うときにはそういう感じはないんですけどね。

松浦　ほろ酔い機嫌を楽しむというのじゃないわけでしょう。川村二郎さんの思い出話のひとつで、話のはずみで「毛唐」という言葉を口にしたら、突然激昂してテーブルの上のグラスをなぎ倒したというエピソードがありますね。人間というものは矛盾する要素を複数抱えていて当然でしょうが、とりわけ吉田さんの場合、本を読んだだけでは絶対にわからない部分というのがあったように感じるんです。

清水　僕がお目にかかったかぎりでは、あまり喋らないでニコニコというほどではないんだけど上機嫌でお酒を飲んでいたという感じでした。よく文脈がわからなかったんだけど、「文章ですねえ」と何度も口にしていたなあ（笑）。

吉田健一とロココ

清水　僕は丸善から出ていた『声』という雑誌に吉田さんが「文学概論」を連載しだした頃から読み始めたんですね。でも、この「文学概論」というのが妙な文章で、要は「文学は言葉である」という同語反復しか言っていない（笑）。それから『東西文学論』なんかを読んだのかな。その後、僕は一九六七年に初めてフランスに行ったんだけど、六八年の夏休みに一人でドイツを旅行しようと思ったんです。そのときに、ジャン＝ジャック・オリガスが「南ドイツを旅行するのなら、ロココを見てらっしゃい」と言うので、わざわざフィリップ・マンゲという人の『ロココの美学』なんて本を買って読むと、南ドイツで見るべきドイツ・ロココの建築がいくつか挙げてある。

一つがバイロイト近郊の「フィアツェンハイリゲン（＝十四聖人）巡礼教会」、もう一つがミュンヘンのニュンヘンブルグ宮園の中にある「アマーリエンブルグ」という建物、あとなにかもう一つあった。その他にもいくつか挙げてあったけれど、ミュンヘンからウィーンに出るという僕の旅程とうまく合わないので、ウィーンからずっと汽車に乗ってオーストリアとスイスとドイツの国境にあるコンスタンツ湖まで行って、湖のほとりにある「ビルナウ」という小さな教会を見ました。僕がドイツに行こうとしたそもそもの目的はバイロイトに行ってワーグナーを聴くというものだったんですね。ワーグナーは四日間かけて上演するんだけど、間に中休みがあるので、そのときにバイロイトの近くの「十四聖人巡礼教会」に行った。それからミュンヘンに回って「アマーリエンブルグ」を見て、夜行列車でコンスタンツ湖へ行って「ビルナウ」を見て、と三つ見たわけ。

それはいいものでしたね。ロココがこんなにいいものだとは思わなかった。少なくとも、フランスのロココより断然良かった。結局、フランスで始まったロココを、ドイツの地方の教会やお金持ちの領主が純粋化していったということなんだね。それから室内装飾のロココという点でも、ウィーンのシェーンベルン宮のほうがヴェルサイユよりずっと上です。一般に、ロココと言うと軽蔑して語られることが多いんだけど、およそそういうイメージとは違っていて、「ビルナウ」なんて湖のほとりに立っている本当に小さな教会なんだけど、中に入ると壁が真っ白で化粧漆喰《スタッコ》の薄桃色の模様風になった柱が立っていて、建物の天井の四隅なんかは丸めてあり、唐草模様なんかはみんな金色で、そこに天使が飛んでいたりする。その唐草模様にしても、本当にいいロココというのは左右非対称なんですよね。

松浦　あえて対称にしないんですね。

清水　それが実に優雅で、ロココはよくバロックと合わせて論じられるけれど、バロックとはまったく違うものです。バロックにはやっぱりどこか暗いところがある。ロココにはまったく暗さはない。それを見て、日本に帰ってきたら、丁度『ヨオロツパの世紀末』が始まっていたわけです。あそこで吉田さんは一八世紀を絶賛していて、すっかり波長が合ったと（笑）。

松浦　そういう体験の下地があったんですね。

清水　だから、吉田さんの中にあるロココ的な優雅な部分がすごく好きなんです。

松浦　明治以来の日本の近代文学、あるいは近代思想、近代芸術全般を見渡しても、日本人で一八世紀のヨーロッパまで視線を届かせることができた人はいなかったわけですよね。

清水　そうですね。遡ってもせいぜいルソーや啓蒙主義くらいまでを社会思想的に研究するだけで、一八世紀が一種美学的に完成された時代だったなんてことは誰も考えなかったわけです。だから、『ヨオロツパの世紀末』の一八世紀の章は本当に見事だったと思うなあ。

松浦　いま僕は『新潮』で、明治初期の言説について連載しているんですけど、やっぱり明治の日本人の前には一九世紀のヨーロッパが大きく立ちはだかっていて、それに追いつき追いこせというので必死にやってきたんですね。そんなさなかに一八世紀のヨーロッパに思いを致す余裕なんてものはなかった。吉田健一は一八世紀にヨーロッパの完成を見て、悪い時代としての一九世紀を経て一九世紀末に一八世紀的なものが過渡的に回帰してくるという見事な文明論を書いたわけですが、そういう広大な史観を持っていた近代日本の知識人は皆無でしょう。

清水　『ヨオロツパの世紀末』でヴァレリーのモンテスキュー「ペルシャ人への手紙」論に言及したところがありますけど、ヴァレリーもまた一八世紀好きなんですよね。時代が完成して、ちょっと制度が緩みかけたときというのが一番いい時代だ、ということをヴァレリーが言っていて、それをまた吉田さんが引用しているわけだけど。僕が学生の頃なんて、一八世紀と言えば、ルソーを勉強する人か啓蒙主義を勉強する人かであって、マリヴォーなんて誰もやらないし（笑）、美術のほうでもロココなんてまったく馬鹿にされていた。でも実はロココのいい物は、ヨーロッパでもほんの少ししかないいんです。ヴェルサイユ宮殿がロココの代表的な建築と言われるけれども、あれはロココとしてはそんなにいい物ではない。ロココを完成させるためには、小規模でないといけないから、巡礼教会くらいの規模が一番いいんです。

松浦　ヴェルサイユで言ってもプチ・トリアノンの方ですよね、ロココ様式の見事なものは。

本の記憶、感触の記憶

清水　吉田健一は小さいときは母方の祖父牧野伸顕のところに預けられていたし、十三歳で暁星《ぎょうせい》に入るまで、学習院の初等科に一学期いただけで小学校はほとんどお父さんの任地を転々としているわけです。小学校に行かない時期もかなりあり、勉強はずっと家庭教師がついていた。たぶんそれがイギリス人だったんじゃないかな。天津では英国人小学校に通ってますね。それから、また牧野邸に預けられて暁星中学校を卒業している。それからイギリスなんですが、彼がイギリスに留学していたのは九か月くらいで、五月頃に船でイギリスについて、受験勉強のために『十二夜』を全部暗誦したりして十月にケンブリッジに入学するわけだけど、翌年の二月頃にはもうディッキンソン先生と話をして、「文士になるためには日本に帰らなければいけない」というので帰国するんですね。それで帰ってきて河上徹太郎に「日本で通って意味のある学校はアテネ・フランセだけだ」と言われて、アテネ・フランセに通って卒業するんだけど、フランス語はパリの小学校に一年いたくらいでしょう。それだけでよくあれだけ英語とフランス語ができるようになりましたよね。

松浦　吉田健一は見事なクイーンズ・イングリッシュを喋っていたそうですが、やっぱりそれは子どものときの環境が大きいんでしょう。

清水　そうだと思いますね。少なくとも小学校では天津の他にイギリスの学校に行っていますよね。でも、それもそんなに長く行ったわけではないですから、イギリス人の家庭教師に日常的に接していたことが大きいんじゃないかという推測なんです。

とにかくあの翻訳を見ても、よっぽどできる人でないと、こんな翻訳はできないという感じです。それからあの圧倒的な読書量。『英国の文学』なんてものを自分が読んだ本だけで書いちゃったわけだから。

松浦　『書架記』なんかを読むと、戦災で焼いてしまってこれも手元にないあれも手元にない、という話ばかりですよね。しかし本の姿かたち、手触りまでぜんぶ覚えていて愛着を感じつづけている。空襲で本が焼けてしまったことは吉田健一にとってかなり重要な出来事だったんじゃないでしょうか。あえて言えば、ポジティヴな意味を持つ出来事だったんじゃないかと思うんです。つまり、その後はすべて記憶の中にある本をめぐって、いわば身体化された教養や知識だけで書くようになってゆくわけでしょう。詩なんか、ところどころ間違えながらぜんぶ覚えている。みんなが感

吉田健一・名文選
選＝松浦寿輝

家を建てる話（『三文紳士』）1954. 3
或る田舎町の魅力（『日本に就て』）1954. 8
海坊主（『乞食王子』）1956. 6
沼（『酒宴』）1957. 3
『謎の怪物・謎の動物』1961-64
余生の文学（『余生の文学』）1968. 7
航海（『旅の時間』）1971. 5
何も言ふことがないこと（『言葉といふもの』）1975. 4
月（『怪奇な話』）1976. 7
化けもの屋敷（『怪奇な話』）1977. 3
（年月は初出時のもの）

心する「吉田健一の間違った引用」というやつですね（笑）。

清水　焼けるまでは相当な蔵書家だったらしいよね。

松浦　だから、抽象的な読書体験という以上に、本の物質的なたたずまいにすごい執着がある。本のことを語るときに、これはどういう大きさの、どういう紙質の本かということをいちいち書く。しかし、それはもう手元になくて……と続くわけですが（笑）。文学をそういう触覚的な手触りで受けとめているところが、吉田さんの文学論の魅力だと思うんです。

清水　物を書くようになってから、手元に本を置きながら書いたのは『謎の怪物・謎の動物』くらいですよね。あれは考証ですから、いろんな本を読みながら書いている。

松浦　僕は『謎の怪物・謎の動物』がとても好きで、ときどき読み返すんですけど、さまざまなネタ本がある中で、特にユーベルマンスという人の本をたくさん引いていますね。それが気になっていたので、七六年にパリに留学したとき、早速二、三冊買ったんですけど、この人は結局、一種の通俗ライターなんですね。雪男伝説や海蛇の話なんかを面白おかしく書くような作者で、あまり知識人が読むたぐいの本ではない。そういうものまで含めて何もかも読んでいる。本当に本が好きだった人なんだなあ、とあらためて思いました。ついでに言えば、吉田さんは動物も好きだったんじゃないか。

清水　犬が特に好きでね。

松浦　「化けもの屋敷」(『怪奇な話』)の中でお化けの犬が鼻面を押しつけてくるという、とても印象的な素晴らしいディテールがあります(笑)。

清水　あと『埋れ木』が、彦七という死んだ愛犬に献げられていますね。

松浦　清水さんが『吉田健一　友と書物と』に採られている「大きな魚」で、潜水夫になついてまるで犬みたいに後を追いかけてくる魚の話なんか、嬉しそうに書いていますよね。僕も去年からレトリーバー犬を飼い始めたんですが、『本当のやうな話』のヒロインから名前を取って「民子」と命名しましてね。愛称がタミーということで(笑)。つくづく吉田健一を読み続けた人生だったなあ、と思います。

牧野伸顕と吉田健一の文体

清水　新潮社で『吉田健一集成』を作ったときは、もともと単行本単位で何冊ずつか集めるのを基本として、その他に収録できなかったもので一冊作って、その巻の編集が僕にまかされたんです。ラフォルグ論と戦前・戦後の『批評』に載った「ボードレール」とか、吉田さんのデビューの頃の文章、つまり『近代詩に就て』に収録されたものが全部入らないからそれを入れて、あとはいろんな著書から選んでいったんです。そうしてみて驚いたのは、あんな風に一人の作家の文章が変わっていくものか、ということでしたね。

松浦　「ボードレール」の前半と後半で明らかに変わっていて面白いですよね。

清水　「ボードレール」の前半は戦前に書かれていて、後半が戦後に書かれているんですね（清水付記――これは集英社版『著作集』での私の編集ミスで、じつは吉田さんは戦前の『批評』にボードレール論を二篇書いている。ところが単行本『近代文学論』および『近代詩に就て』のなかに収められたボードレール論は、二部よりなるが、『近代文学論』後記によれば「終戦直後」に書いたものとある。事実、一九四八年に吉田健一は二篇のボードレール論を書いているので、それらの初出とは照合できなかったが、おそらくこの二篇をまとめたのが『近代文学論』および『近代詩に就て』に収録されたのであろう。集英社版は単行本単位にまとめるという編集方針だったので、ボードレール論はこれしか収録されなかった。私としては『批評』に掲載されたものは眼をとおしたつもりだったが、戦前の二篇は見落としたらしい。そのため、別巻として単行本未収録のものを集めるとき、戦前の『批評』に掲載され、その後吉田健一が自分の単行本には収録しなかった、それら二篇のボードレール論を収めるのを怠ってしまった。したがって、新潮社版にも入っていない）。その二つであれだけはっきり違っている。だから、戦争で一回変わったのは間違いない。でも『英国の文学』あたりは、言ってみればまだ普通の文体で、その変化は何なんだろうという気がする。むやみと雑文を書き散らしている間に、自分にとって書きやすい文章が出来てきたのかなあ。でも、『余生の文学』ではまだ吉田さん独特の句読点のない文体ではないでしょう？

松浦　違いますね。

清水　『ヨオロッパの世紀末』でさえ、まだかなり句読点がある。

松浦　武藤康史さんの説で、あの文体は牧野伸顕の語り口に影響されているのではないか、というのがありますけど、その辺はどうなんでしょう。

清水　『牧野伸顕回顧録』という本を中村光夫と二人でやったときに変わったんだ、という説ですよね。時期的に言えば、そういうことも言えなくもないと思いますけど、ちょっとわかりませんね。

松浦　時期的には合うんですけど、逆に吉田健一が牧野伸顕の語りを、自分の文体に引き寄せて起こしたのかもしれないし。

清水　吉田さんが英語で書いた『まろやかな日本』という本がありますよね。それは幾野宏という、吉田さんが信頼していた人が翻訳をしたんだけど、その訳文がやっぱり吉田さんの文体に似ている。だから、吉田さんは英語を書いても、ああいうずるずるした文体だったのかなと思います。長いと言えば、フランス語にしても普通は長いんだけれど、ただ、フランス語の場合は、関係代名詞とか同格とか接続詞などを使って、長い文章も構築的に書ける。吉田さんの文章はぜんぜん構築的ではないよね。

松浦　まあ、ずるずると行きますね（笑）。どちらかと言うと『源氏物語』に近い。今ふうに言うと、彼はまあ帰国子女だったわけでしょう。日本語というものを子どもの頃から母なる言葉として使ってきて、思考のシステムというか脳の神経回路のOSとしては日本語しかないといった一般的な日本人とはまったく違う、マルチリンガルな環境の中で自己形成を遂げていった。だから、吉田健一にとって、日本語は自然なものではなかったんだと思う。とくに書き言葉の場合、自分で意識的に作り上げていかなければならなかったんでしょう。

清水　ちなみに、母語というのは何歳くらいで形成されるものなんだろう？　吉田さんは生まれてからすぐ牧野伸顕邸に預けられ、小学校一年の一学期までは日本ですよね。そのあと暁星中学に入るまでが外国暮らしになるわけです。だから、完全な外国育ちではなくて、日本語が半分母語みたいな状態だったんじゃないかな。横光利一の初期の長篇小説で、外国から帰ってきたばかりでどうにもぶきっちょでしょうがないという、明らかに吉田健一がモデルになっている登場人物が出てきます。

松浦　やはり日本共同体の中では、変人、変わり者といった扱いになりますね。それをご本人も感じていて、居心地の悪さがずっと残っていたんでしょう。

清水　そうだと思いますね。それが戦後たまたま英語が非常に出来るというので重宝されたわけだけれど、とにかく家がなくて貧乏はしていたわけでしょう。そのときでも、親に頼るということはまったくしなかったらしいし……。

松浦　総理大臣の息子ということを考えると、あの貧乏ぶりというのは本当に奇怪だと思うんですけどね（笑）。鎌倉で、崖のきわに建っていてじめじめした、ムカデなんかも出没する、母屋のトイレの真裏に当たる離れに住んでいたという話がありますけど、あんなのを読むとこれ本当かいな、ちょっと物語的な粉飾が入っているんじゃないか、とつい思ってしまうんですが……。

清水　あれは本当の話で、あの家を僕は知っていますよ。たしか伊集院さんという鹿児島出の貴族の別荘の離れじゃなかったかな。君が「名文選」に挙げている「家を建てる話」というのは、『瓦礫の中』の裏話みたいなものですよね。小説のほうもエッセイのほうもどこまで本当かどうかはわからないんだけど（笑）。「家を建てる話」に出てくる十万部売れる小説って何だろう？といつも思うんですけどね。

松浦　よくわかんないんですよ。『風とともに去りぬ』かなとちょっと思ったんですが……。

清水　そんなもの最初からないんじゃないかな（笑）。

松浦　やっぱりそうなりますか（笑）。でも、息子がそんなに貧乏しているのに、決して援助したりしない吉田茂というのもなかなかの人物ですね。首相だった時期にはほとんど会わなかったそうで、ちょっと不思議な関係ですけど。

清水　吉田さんの奥さんやお嬢さんのお話を伺っていても、やっぱり吉田さんに一番影響を与えたのは牧野伸顕だと思いますね。実際にも、日本にいたときには、牧野家に預けられていたわけだし、父親よりも牧野伸顕と触れあった時間のほうが長いんじゃない？　何と言っても『交遊録』の一番最初に自分のお祖父さんを持ってくるわけですから。どこかで前に書いたことだけど、吉田健一はヨーロッパに船で行ったときに、シンガポールで牧野伸顕に会ったことを書いていて、当然吉田茂にも会っているはずなんだけど、吉田茂に会ったとは一言も書いていない（笑）。

松浦　牧野伸顕について書いた文章がいくつかあって、清水さんが『友と書物と』に採られた『交遊録』の「牧野伸顕」があり、それから「晩年の牧野伸顕」があり「蓬萊山荘」がありますね。そのどれもがすばらしくて、何回読み返してもうたれます。全篇に敬意が染みわたっていて、それにあの深い哀傷とね。ところで、短篇集『残光』の中の「残光」というタイトルピースに出てくる「三平爺さん」というのは、どうも牧野伸顕のポートレイトがかなり入っているような気がするんです。『残光』でそのすぐ次に来る「空蟬《うつせみ》」にも、隠棲している「老人」というのが出てきて、これは牧野伸顕と吉田茂が重なり合っているんじゃないかと。

清水 たしかにそうですね。

松浦 牧野伸顕は大久保利通の次男ですよね。明治初年の日本のことを調べていてつくづく思うのは、やっぱり明治国家は大久保利通が作ったんだなあということなんです。国家の骨格から官僚制の仕組みから何から何までね。江藤新平や西郷隆盛などをどんどんパージしていって、カチッとした官僚制国家の基礎を彼が据えた。その息子である牧野伸顕は、明治という時代そのものを体現したような存在だったんでしょう。そういう人物と親しく付き合ったということは大きかったに違いない。

清水 そうやって大久保利通が明治を作って、その次男である牧野伸顕の青年時代から壮年時代というのは、日本に上流階級が確実に出来た時代であって、その上流階級を吉田さんは牧野伸顕を通じて知ったんだと思うんです。だから、一八世紀の髪の毛に銀粉を振りまいて夜中に舞踏会をするということに憧れ得たんじゃないかなあ。

松浦 そうしてみると、それは吉田健一自身にとっても、いわば失われた良き時代だったわけですね。自分がもうそのような時代に生きていないという喪失感と、それゆえの憧憬があったんでしょう。たとえば、ルーヴル美術館でも、彼はレオナルドも何も見ずにワトーばかり繰り返し見ている。

清水　でも、吉田さんが書いているようなワトーそのものはルーヴルにはないんですよ（笑）。

松浦　そうなんですか（笑）。彼が何度も何度も書いている、四囲の暗がりの中から人々が浮かび上がっているワトーの絵というのは、僕はルーヴルで見た記憶がないからちょっとおかしいなとは思っていました。

清水　ルーヴルの二、三枚の似た絵を一枚の絵の印象として合成してしまったんじゃないか、と思うんです。

松浦　これもやはり「間違った引用」の凄みの一例ですか。とにかくヨーロッパの一八世紀をそれほど深く知り、それに憧れ得たわけですよね。しかし、日本人は、特に戦後になれば、華族制もなくなってしまい、西欧の正統的な優雅からはいよいよ縁遠くなっていったわけでしょう。吉田さんというのは普通に考えれば、いまの日本人からしたら相当いやみな存在ですよね（笑）。戦後、コカ・コーラと民主主義とアメリカン・ウェイ・オヴ・ライフに向かって雪崩を打っていった日本で、吉田さんは何かをじっと堪えていたんじゃないでしょうか。

清水　じっと堪えながら、せめて自分の周りだけでも戦前の華族のような生活を維持しようと思ったんじゃないのかなあ。ハイヤーに乗るときのチップの凄さとか毎年一回金沢に行くときに、必ず河上徹太郎と能楽師と辻留の料理人を連れていくとか、胡椒亭でご馳走になった時に見たんだけれども、コックやソムリエに味を覚えさせるために葡萄酒を必ず最後少しだけ瓶に残すのとか、そういう感じがありましたね。

酒に導かれて

清水　『酒宴』が吉田さんの最初の小説集になるわけですけど、君が挙げている「沼」というのは、本当に変な小説だよねぇ。一番最後で「小説にならなかったのが残念である」と言って終わる（笑）。

松浦　あれは本当に不思議なテクストで、物語も何にもなくてただ水たまりをじっと見ているというだけの話ですよね。

清水　水たまりをじっと見ていると、そのうちにアトランティス大陸が出てきたりする（笑）。

松浦　一種ヌーヴォー・ロマンと言いますか、ああいうものをよく書けるなと思うんです。本当に感嘆します。

清水　そもそも吉田さんが精力的に小説をなぜ書きだしたのか、よくわからないんですね。ごく若いときにケンブリッジのことを小説『過去』に書いたあと、『酒宴』までずっと書いていないんだから。

松浦　それは僕もすごく知りたいですね。「沼」には何か秘密が隠れているような気がしてならないんです。エッセイから小説的なエクリチュールに移行していくときに、過渡的な模索として彼が試みた幾つかのものの一つなんじゃないかという……。

清水　日本の文芸編集者は作家以外の人間を見ると必ず小説を書いてみませんか、と言う人種だから、それでなのかなと思うんですけどね。それくらいしか思いつかない。『酒宴』の中の「酒宴」というのは、『交遊録』にも出てくる木暮保五郎さんという酒造会社の部長さんがモデルなんですよね。

松浦　最初は「はせ川」だかで隣り合ったのが、その後木暮さんの案内で、東京駅の八重洲口と昭和通りの間にある変な地下の飲み屋に入っていって、そこで朝までひたすら飲むという。あの描写があんまり魅力的なんで、あの飲み屋をずいぶん探したんですが見つからなかった（笑）。

清水　吉田さんのお酒に関しては、『金沢』の中に十ページくらいのすごいところがありますね。金沢には二、三軒ほど行ってもいい店があるという書き出しから始まって、そこから延々とハシゴを始めて、最後に「泥酔した一人の中年の男がそこにゐた」と言ってその章がおしまいになる。それまでの酔っぱらっていく過程とハシゴをしていく過程がなんとも見事に書かれている。

松浦　『金沢』は本当にすばらしい。小説の完成度と言いますか、まったく揺るぎのない文章で、吉田さんの中でも完璧な小説を挙げるとしたらやはり『金沢』になるでしょう。

清水　一に『金沢』、二が『本当のやうな話』というあたりじゃないかな。『金沢』はとにかく行くところが次々とあるわけですよね。忍者寺の巻があり、成巽閣《せいそんかく》の巻があり、なんか山奥の料亭に行ったりもしますよね。

松浦　最後にそれらすべての主が一堂に会して大団円を迎える。見事な終わり方ですね。

清水　成巽閣のところは、何度読み直してみても手品にかかっているみたいな気になるんです。成巽閣に行って、まず青い壁を見るんだけど、そこで突如としてフランス人が出てくる。フランスのお城みたいなことを言い出すんだけど、そこにまったく化かされちゃうんだな。

松浦　あまり書き込んでいるわけじゃなくて、ほんの数行でその紺青の壁が空の色になり、その空の下を歩いていくと……という展開になる。

清水　あとは章があらたまるたびに、一応、骨董屋が温泉に行ってみませんかとか一度ご招待したいと言っている人がいますとか何らかの引っかかりがあるんだけれども、あそこのフランス人だけは何の引っかかりもない。

松浦　あの古道具屋はファウストを案内するメフィストフェレスみたいな感じでね。

清水　『金沢』は非常に完成された小説であると同時に、一種のお化け小説でもある。

松浦　『怪奇な話』へ繋がっていく幻想小説テイストがすでにある。

吉田健一の「余生」

松浦　単行本の『余生の文学』は六九年に出ていますね。

清水　これは雑誌や新聞で書いた文章を集めたものですね。

松浦　その中の、表題作となっている「余生の文学」というエッセイは六八年七月刊の『季刊藝術』六号に発表されています。「余生」というのも、ヨシケンのキーワードとしてあると思うんですけど、これ以前には「余生」という言葉はあまり出てこないでしょう。

清水　まったくないですね。言われてみると、なぜ「余生の文学」というタイトルを付けたのか不思議ですね。ぜんぜん枯れた感じではなくて、新潮社の一時間文庫での『東西文学論』を引き継ぐかのような徹底的な現代日本文学批判で、この上なく戦闘的な内容ですからね。

松浦　『東西文学論』の夏目漱石批判のようなものは、日本の文壇的にはやっぱり評判が悪い（笑）。漱石論というのがいわば日本の批評家の試金石みたいなもので、それを書くことによって、みんな文壇批評家として認知されていくわけですから。ところが『東西文学論』では、漱石の留学というのは、単に英語が出来ないことに基づく神経症的な錯乱にすぎないといった評価で、それに対してまだしも鷗外のドイツ体験を賞揚するというアグレッシヴな批評になっている。

清水　日本文学批判というよりは日本文壇批判なんですよね。文芸時評なんて変なものが出来てしまったのがいけない、というのと、私小説なんて変なものが雑誌文学として書かれてしまったのがいけない、ということばっかり書いているわけですから。

松浦　文学は「余生」の仕事だというわけですね。「余生」というキーワードが出てきて、それと、この後堰を切ったように立て続けに長篇小説を書き始めることは密接な関係があるんじゃないか。『英国の文学』を書き直した新版が出たときに、もうやるべきことは終わったと言っていたそうです。それからドナルド・キーンの証言で、『英国の近代文学』を書いて、これでもう自分には仕事がなくなったと言っていたというのもありますが、ともかく『英国の文学』と『英国の近代文学』を書き終えて、そこで「余生」という重要な言葉が出てくる。そのあたりで何か境界を踏み渡って、新しいステージに入っていったような気がするんです。あとはもう、何でも自由にやっていいんだという意識になったわけでしょう。

陥没点としての「暗い池」

松浦　今日、清水さんにぜひ伺いたかったことがひとつあるんです。『東京の昔』の中に、勘さんと一緒に自転車で郊外へ小旅行をするところがありますが、そこで池に出るでしょう。枯れた葦が水面の一部を覆っているというごく普通の小さな池があって、そこで黒ビールなんかを飲む。中村光夫について書かれた文章を読むと、中村光夫と下北沢から散歩をしたときに同じような池に行き当たったという話が出てくるので、どうもこれはその思い出から採られているらしいんだけど、『東京の昔』のそのエピソードはとにかくとても暗いんですね。吉田健一の快楽主義とか優雅で贅沢な時間とはまったく異質なものが、あそこだけ不意に出てきている。

あの暗さの突出ぶりは本当に異様ですよ。あの半端じゃない暗さ冷たさが何なのか、僕は不思議でしょうがない。あの暗くて寒くて何もない池というのは、吉田健一の優雅な世界の内部に唐突に穿《うが》たれた、一種の陥没点みたいなものなんじゃないかという気がしてならないんです。そういうふだんは隠された暗い一点があるということですね。それが、最初にちょっと触れた、いきなり激昂してグラスをなぎ倒すといった彼の激情の噴出にも繋がっているのではないかと。

清水　よくぞ指摘してくださった、という感じです。こないだ亡くなった「狐」という筆名で名書評を書いていたひとが、「おそらく漱石にもなくて、鷗外にもなくて、ちょっと降って荷風にも潤一郎にもなくて、もっと降って江藤淳にも大江健三郎にもなくて……おそらく日本近代文学史のどんな文学者にもなくて、ただひとり吉田健一のみが有していた特質といえば、深刻さのかけらもないことである」というみごとな発言をしているけれど、じつはこの「狐」氏の発言は九十九・九パーセントまで当たって、残りの〇・一パーセントが、『東京の昔』のこの池の描写だと言えるんじゃないか。

実際、『東京の昔』のなかのあの池の情景は、僕もずっと気にかかっていて、どこかで書いたか話したという記憶がある。少なくとも現代日本のある面に対する絶望が、あの暗さに出ているという気がします。小説の結構として言えば、「東京の昔」というのは、とてもいい時代だったわけだけども、しかし、その中にはその後の十五年戦争に向かう何かが既に芽生えていて、人びとの心に意識的にか無意識的にか暗いよどみとなって底流していて、それは吉田健一自身も同じで、そういうよどみ、時代の底辺の暗い部分を回顧的に暗い池で表している、と言えるんじゃないか、そう僕は考えているんです。吉田健一自身としては、もっと現代日本に対する激しい怒りみたいなものが、あの池の描き方に託されているのかもしれない。あれは森鷗外の『雁』に出てくる不忍池の描き方に似ているでしょう。『雁』では主人公の鬱屈を象徴しているけれど、それをさらに強くしたようなものだと思います。

松浦　社会や時代の問題もあるでしょうが、もう少し内面的な、無意識界の何かが出ているんじゃないでしょうか。吉田健一についての証言で、一人でいる時に何か荒涼とした、陰鬱な表情を浮かべていたというものがありますね。三浦雅士さんなんかも、一人でお酒を飲んでいるところを覗いたら陰惨な表情を浮かべていたんだけど、人が来るとたちまち「ケッケッケッ」というお馴染みの哄笑をあげる華やかで社交的な人間に変わったという観察を書いている。

清水 そういう孤独感は非常に強かったと思います。とにかく、当時の日本人としては異常な育ち方をして、しかも牧野伸顕の孫ということで、外面的にも普通ならありえたはずの生活の方向性が戦争によって完全に崩れたということの一種の孤独感は強かったでしょう。

松浦 そういう暗い部分というのが、ちょっと僕の勝手な深読みかもしれませんが、吉田健一のロココ的な華やかさの対部をなしていたのではないか。たとえば吉田さんがとても愛していて、自分で訳してもいるヴァレリーの詩に「虚無への供物（L'offrande au néant）」というのがありますが、文明の華やかさの影には「虚無」や「暗い池」といった陥没点があり、それによってかえってロココ的な華やぎが引き立つということがあったのではないかと。快楽主義とは矛盾する暗さや冷たさが深部に潜んでいることで、幸福感や「上機嫌」というものがよりいっそう輝き出すという構造があるように思うんです。

清水 ただ『ヨオロツパの世紀末』を読んでいると、一八世紀の優雅には必ず哀愁が裏打ちされていますよね。

松浦 ワトーの絵なんかまさにそうですね。

清水 一八世紀というのは、思想史的に言えば、ヨーロッパの中でキリスト教離れが一番早く起こった時期で、それによる豪奢で優雅な文明というのがあり、その結果として、一九世紀のヨーロッパの世紀末というものが、ラフォルグなどに代表されるように、優雅であることが同時に退廃や倦怠、孤独でもあるものとして成立したわけですが、そういうものが「近代」として、十代の終わりから戦後にかけての間、吉田さんに強く刻印されたんじゃないでしょうか。
また、一八世紀を論じる時に、髪の毛に銀粉を振りまいて馬車から降りてきて蝋燭の灯る優雅なサロンがあり、そのようにして一日が終わりそうやってまた死んでいく、と書くわけです。つまり、一八世紀において、キリスト教というものからヨーロッパの知識人が離れていたということを、吉田さんはかなり見抜いていて、『時間』にしてもそうだけれども、時間が刻々と経って流れていってそして死ぬ、と平気で書く。そういうことを平気で書いてしまうことの裏側に、吉田さんの孤独感があるんじゃないかな。

松浦　ふつう「余生」と言ったら悠々自適とか、その手の言葉が思い浮かぶわけですが、彼の晩年というのは全然そういったものではなくて、やたら書きまくって、いわば急坂を転げ落ちるようにして残された歳月を費消していったわけでしょう。書かれていることがどんなに優雅であっても幸福であっても、文章を書くことに激しいストレスがないわけはない。膨大なストレスを溜めて、それでまた浴びるように酒を飲み、身体を壊してと、まるで全力疾走で生き急いでいるかのような、何とも不思議な「余生」だった。

絵空事と色事

清水　「航海」はどの辺がいいんでしょう?

松浦　『旅の時間』は素晴らしい短篇集でどれもみないいんですけど、「航海」は一番最後のところに、夕暮れの光についてのすばらしい会話が出てくるんで、単にそれで採ったんです。

清水　たしかにあそこはいいですね。あと何と言っても「007」が出てくる（笑）。『旅の時間』というのは、乗り物に乗って何もすることがなくただ時間だけが過ぎていくという時間を語っているんだけれども、一番最初の短篇は「飛行機の中」なんですよね。しかし、飛行機の中では動き回ることが出来ない。それに比べて、船というのは動き回れるし、また、豪華な日常生活が営める。

松浦　非常に吉田健一向きの乗り物（笑）。

清水　そこに「007」が出てくるのが何とも面白い趣向ですね。

松浦　吉田健一は二流三流の小説もけっこう好きなんですよね。『謎の怪物・謎の動物』もそうですが、子どもっぽい冒険譚への好みもあれば通俗的な活劇趣味もある。『少年サンデー』なんかを毎週買ってたと言いますね。『旅の時間』の「飛行機の中」にしても、爆弾を仕掛けて云々という話です。「ニュー・ヨークの町」というのも、馴染みになったバーテンダーが実はギャングで、人を殺すとか殺さないという話だし……そういうところも僕は大好きなんです（笑）。硬化した「純文学」意識に閉じこもることなく、面白い「絵空事」を平然と自分の世界に取り込んでいく自在さね。ただし、下品なゴシップみたいなものだけは嫌悪していたと思う。

清水　『旅の時間』は今度文庫の解説を書かなきゃいけないので、読み返したんですけど、「大阪の夜」というのだけちょっと異色ですね。あれは一種の情事の小説でしょ？

松浦　そうですね。

清水　大阪に行った先の宿のおかみさんと車でどこかの豪邸へ行くという話で、その後すぐ翌日になっておしまい。あれは絶対に「おかみさん」と寝たんだろうと思うんだけどね。「後から付いて来るやうにといふことだつた」という文で段落が終り、改行で「その翌朝になつて」とはじまる、それだけなんです。他に情事を書いているのは『本当のやうな話』くらいで、吉田さんとしては非常に珍しい話だと思うんですけどね。

松浦　石川淳の批評で、吉田健一はいいんだけど艶っぽさがない、というのがありますけど、たしかに即物的な濡れ事は書かないですよね。

清水　それは大変不思議なことで、最晩年にヴァレリーの『ドガに就て』を筑摩書房から新版として出すというので、僕に見直してくれという話が来たんですね。これが本当にイヤな話で（笑）。だって、吉田さんの文章を僕がどうにかするなんて出来るわけがない。天馬空を行くような訳文ですから、どこも直しようがないんです。だから、僕が直したのは、脱落を補うとか単に日付が間違っているとかそのくらい（笑）。ただ、面白かったのは、ダンスの話をしていて、最高のダンスを私は見たことがある、それは映画で見たクラゲだ、というところなんです。その中でクラゲが宙返りをするところをヴァレリーは、ヌードダンサーがオールヌードで宙返りをする情景になぞらえて、きわめて凝った文章で、しかし明らかに女がセックスをむきだしにしたというセクシュアルなイメージで書いているんです。そこを吉田さんはスパッと落としているんです。

松浦　それは面白いですねえ。

清水　それから、ルーベンスの裸婦について書いているところもちょっと切っています。嫌いだったんでしょうね。筆の汚れと思ったのかな（笑）。少なくとも「大阪の夜」にしても、『本当のやうな話』にしても情事は書いてあるんだけれども、ある部分以上は絶対に書かない。

松浦　『怪奇な話』で「幽霊」という女の幽霊がだんだん実体化していく話があって、あれも書きようによっては物凄く色っぽい話になると思うんですけど、肩を抱いて引き寄せたと書いて、そこまでで終わっている（笑）。

清水　その辺はやっぱり育ちなんでしょうねえ。

松浦　吉田健一は自分のことを「文士」と言いますよね。その「士」というのを説明して、「さむらい」ではなくて、何と書いていたかな、ちょっと忘れてしまったんですが、僕の理解ではその「士」というのは、フランス語で言う「オネット・オム」という奴かなと思いました。それを「上流」とか「華族」の感覚と言ってしまうと、何かあからさまな階級趣味で厭味な感じになるけど、とにかく自分のモラルとして卑しいことは書かないということなんですね。そういうところも日本の近代文学の中に置いてみると、あらためて実に稀有な存在だと思います。

吉田健一を読むために必要なこと

松浦　でもこういう品格の高いディーセントな文学はこれからも読み継がれていくんですかね。

清水　細々とかもしれないけれども、読まれてはいくと思いますよ。イギリスの風俗小説の定義で、読者よりもすこし上の階級のことが書いてあるのが一番いいというのがありますけど、吉田さんの小説も、そういう意味で、ちょっと上の階級の話になるわけですから。

松浦　相当上だと思いますけど（笑）。まあ、いまの日本というのは非常に平準化した社会ですからね。

清水　『友と書物と』が入っている「大人の本棚」という叢書もそうだけれども、男の三十代から五十代くらいまでの読書家に読み継がれていくと思うんですけどね。女性にはちょっと……読まれないかもしれない（笑）。

松浦　フェミニズムの立場からするとちょっとどうかな、というところが時々ありますね。

清水　女性を尊敬はしているけれども、男と同じものと考えてはいない。吉田さんが亡くなったときに、『毎日新聞』に書いた追悼記事で「市民の文学」ということを強調したんだけど、それは司馬遼太郎のような「国民の文学」とは違って、また他の日本の現代文学なんかとも違って、市井の普通の生活をしている人々が日常的に読むものであるということだったんです。司馬遼太郎や藤沢周平なんかを好んで読むような三十から五十代の男性というのが、吉田さんの読者としてあるような気がします。はるかに数は少ないでしょうけど（笑）。

松浦　僕も二十代に吉田健一を愛読して、その挙げ句愚かなことに、ビヤホールでビール飲んだりして「気分」を味わおうとしたこともあるんですが、「余生」からはるかに遠い若造が午後から一人でビールなんか飲んでも面白くも何ともないんですね（笑）。背伸びして格好だけで気取っても駄目で、やっぱりある程度の年齢にならないと吉田健一の世界は本当には理解できないんですよ。

清水　二十歳で読むのは早熟過ぎるよ（笑）。

松浦　ただ、司馬遼太郎などと圧倒的に違うのは、その言語というか文体ですね。普通の人にはとっつきにくいと言うか、まずびっくりするでしょう。

清水　まず吉田健一を読むための巡航速度というのがあるわけで、それに慣れないと駄目ですね。それ以外にも、物によっては非常に難しいというのもある。今回あらためて『時間』を読み直してみたんですが、やっぱり難しいと思った。

松浦　あれは本当にわからないところがある。『時間』は当時のインタヴューによれば、校正刷りを通読して何とも見事な本だと思った、とご自身でおっしゃっているわけですから、会心の出来映えだったんでしょう。たしかに『時間』と、それからその続篇と言うべき遺作の『変化』というのは、部分的にわからない箇所がありながらも、というかむしろそれを含めたうえで、空前絶後の傑作だと思います。

清水　『本当のやうな話』について「その中心的な主題は時間である」というような書評を『波』に書いたことがあったんですが、後日『朝日新聞』のいまは亡くなった黛さんという文芸記者が、吉田さんがその書評を見て、その通りなんだ、と言っていたと教えてくれたんです。たしかそれまで吉田さんについて「時間」ということは誰も言っていなかったはずです。

松浦　それがきっかけで『時間』が書かれたのかもしれない。

清水　実際、その頃から「時間」という主題が吉田さんの中で前景化してきたと思います。『金沢』にしても時間論ですし。『本当のやうな話』より前の『瓦礫の中』も『絵空ごと』もそんなに時間はテーマになっていない。『絵空ごと』も面白い小説ですけどね。徽宗《きそう》の絵のニセモノを買ってテムズ河に投げ捨てるとかニセモノばかりを飾った家を新築するとか。

松浦　日本の近代それ自体についての一種の寓話という趣向でもあるんでしょうね。

清水　ニセモノでもニセモノとしての描き方があれば、それでいいんだと。でも、コピーをするときに焦燥感が出てくるとその絵は駄目になると。日本がヨーロッパの近代を真似したことへの何らかの寓意はあったと思います。

そこからすると『東京の昔』は素直にいいものですね。僕の子ども時代はそのままあの舞台となっている時代に重なっていて、懐かしく読めるんです。ラスキン文庫やコロンバンが銀座に出来た頃というのは日本の近代が曲がりなりにも形を成してきた頃ですよね。

松浦　あれも一種のユートピア小説みたいなもので、昭和十年前後の東京に生まれていたらどんなによかったことかと一時期切実に思っていました（笑）。

清水　ただ、同じ昭和十年代を荷風が書くと全然違ってくる。そこが吉田さんがユートピア小説たる所以ですね。荷風は荷風で、その時点において、局所的な状態で文明らしきもの――三味線とか――は成熟しているけれども、それ以外は駄目という立場ですよね。

松浦　やっぱり荷風は江戸化政期ですから。荷風には西欧崇拝と江戸趣味と二つあって、その中間にある東京の現実はひたすら汚穢なものでしかなかった。吉田健一が書くと、下宿屋のおばさんと食べる湯豆腐なんかが本当に美味しそうでね。吉田健一の小説の中で物を食べる場面は、なんであんなに美味しそうなんですかね（笑）。

「何も言ふことがないこと」と成熟ということ

清水　「何も言ふことがないこと」は僕も松浦さんも採っているわけですけど、これもまた不思議な文章ですよね。

松浦　これも余生に入って後の、一種のマニフェスト的なものですよね。この前に「言ふことがあることに就て」というのがあって、アイロニカルに語った上で「結局何も言ふことがないのである。それで文章が成り立つ」と言うわけですね。

　こうして考えてみると、日本の近代文学、明治以来の文学者の営みには、常套的に想定される一種のメインストリームというかメジャーラインがあるわけですけれども、そのすべてにわたってアンチテーゼを出していた存在だったのではないですか。

清水　近代日本文学史というものを書くと、大体筋書きは決まっちゃうわけだけれども、そのどこにも位置させることが出来ないですね。

松浦　その近代文学というのは基本的に「何か言うことがある人」が書いてきたわけですよ（笑）。いまになってみると、日々読み返すことが出来るのは、内田百閒と吉田健一くらいのもので、漱石なんかは若い頃一通り読んだからもうそれでいいやという気がつくづくするんです。漱石の中でもグレン・グールドが英訳を愛読していた『草枕』なんかはいまでも面白いと思うけど、後期三部作なんかは「何か言うことがある人」が一生懸命になって書いたもので、それを批評家がまた一生懸命に増幅させて、日本の近代の運命だの宿命だのについて長々と語ってきたわけでしょう。

清水　文章として読んで面白いものじゃないですよね。僕も最近寝る前に読む小説がなくなって、漱石を引っ張り出して読んだんですけど、面白くなかった（笑）。

松浦　吉田健一には、とにかく彼の文章が印刷されているページを開けさえすれば、いちいちの言葉を読まなくても、ただ眺めているだけで何か豊かな気持ちになってくるというところがあるんです。たとえば「月」という短篇など、本当に月の光についてだけ語ったもので、あれも「沼」とちょっと似ていて、一種の純粋持続の文章という気がする。ページに月の光が染み渡っていると言うかな。光のように輝いている言葉だけで出来上がっているテクストと言うかな。しかもそれは詩ではない。

清水　「月」は『怪奇な話』の中でも独特なテクストですね。「化けもの屋敷」なんかはユーモアがあってそこがいいし、時間論みたいなところに結びつくということもあるけれども、「月」は月に憑かれた男がただ月を見ているというだけの話ですからね。

松浦　内容は本当にないんです。だからこそ何度でも読み返せる（笑）。

清水　吉田さんの文章はページを開けるだけで豊かな気持ちになる、と言ったけれども、それに加えて、中後期の吉田さんの文章はゆっくり読んでいくと、こっちの息遣いが乗せられていくんですよね。それはつまり『ヨオロツパの世紀末』の中で、「人間は息を吹き返し、精神を平静に働かせる余裕を取り戻して自然の状態に戻る」という部分があって、そこは吉田さんにおける変貌と関わってくると思うんだけど、そういう風な意味でこちらの息が整っていくところがある。

変貌ということについては、僕は昔、吉田さんは「近代詩に就て」を書いた頃から文章が変わってきたと書いたんだけれども、その時は知らなかったことで若い頃書いていた『批評』の編集後記の中に既に晩年の文体で書かれたものがあるんですよね。それから、さっきあなたが『東京の昔』の暗い池のことを言ったけれども、たしかに「暗い池」をイマージュとして内面に抱えていたことが吉田さんの変貌を促したことはあったんじゃないかな。それと近代のつらさということと、ユーモラスにしか書かれていないけれども戦争に海軍水兵として行ったこと、そういうのが重なって吉田さんの文章が変わっていったんだろうと思います。

文章について思い入れがあったのは、『英国の文学』というあれだけの長さの物を書き直したことからも明らかですよね。まあ、そこには吉田さんにとって、やっぱり英国というのが大きかったのもあると思いますけど。『英国の文学』の序論のところで英国の秋がどんなに美しいかということを書いていて、そういう夏や秋があるからこそ過酷この上ない冬が耐えられる、という文章がありますね。あれはアングロサクソンの文学の特徴を実に正しく捉えていると思います。

松浦　戦後日本のモデルはずっとアメリカだったわけですけれども、これからはイギリスになっていくんじゃないですかね。繁栄の絶頂を越えて、社会のスピードが緩くなっていく時期にどういう生き方がありうるのかと考えるとき、ケースモデルになりうるのは同じ島国の英国のはずで、日本はこれから少し時間をかけて、英国的成熟についてじっくり思いを凝らした方がいいと思うんですよ。そりゃあイギリスの階級社会というのも、中に入ってみればおぞましいことがいっぱいあるんでしょうけどね。

清水　どうだろうなあ。日本の戦前の中上流階級はイギリスモデルなわけですよね。でも、戦後階級をなくす方向に行ったから、いま妥当しうるかはわからないですね。まあ、日本はまた「勝ち組」「負け組」に二極化しつつあって、富裕層をターゲットにした高級品が売れていると言いますから、まったくないとは思わないけれども。

松浦　真の「贅沢」というのはいったいどういうことなのか、日本人はいま模索中でしょう。バブル成金の頃にとんでもない錯覚があったとみんな反省しているわけで。

清水　それはそうですね。

松浦　そういう時に吉田健一を読むと、いろんなヒントがあるんじゃないか。

清水　さっきは三十から五十代と言ったけど、本当は一番おしゃれがさまになる二十代半ばから三十代にかけての人間が吉田健一を読むと美意識が磨かれていいんじゃないかと思います。

夕暮れの美学　吉田暁子氏との対談

（『文學界』二〇〇七年九月号／『わが人生処方』中公文庫、二〇一七年）

松浦　この〔二〇〇七年〕八月三日で、吉田健一さんが亡くなってちょうど丸三十年になるんですね。今日は吉田さんがお住まいになっていた、当時のままのご自宅でお話を伺うことができて光栄です。

吉田　こちらこそ、高校生のときから父の本を愛読してくださっている松浦さんとお話ができて嬉しいです。父も喜んでいると思います。

松浦　吉田健一には「家を建てる話」というエッセイがありますが、あれはこれの前のお宅のことをお書きになったんですね。

吉田　あれはここと同じ敷地の、今庭のあるところに建っていた家の話です。「家を建てる話」が初めて掲載されたのは「文藝春秋」だったと思うんですけど、そのときは楽しく読みましたよ。確か漢詩を詠むんじゃありませんでした？

松浦　ええ、「市谷台上白雲薫…」と漢学の先生が寄せてくれたとか。「家を建てる話」は、吉田健一の文章の中でも最も好きなものの一つです。小説の『瓦礫の中』といわば対をなす文章ですね。

吉田さんが翻訳の原稿料を見込んで、銀行からお金を借りようとするんだけど、なかなか借りられないというエピソードなんか本当におかしい。いざ工事が始まっても家が建つ気配がまったくなく、完成する前に新築祝いが届いたりして。そして最後は「あの妙ちくりんな家といふので、近所のものなら誰でも知つてゐる」と終わっている。

吉田　それでも何とか完成まで持っていっていただいたんですけど。まあ、ほんとに変てこりんな家でした。小学校六年生くらいになると、あれ、こんな家に住んでいるのは恥ずかしいんじゃないかしらと思ったことがあります。

松浦　子供心にもそう思うようなお家だったんですか。

吉田　ええ、壁がブロックでできていたんですけど、内側は塗装してないところがほとんどで、ブロックがむき出しになっていたんですよ。

松浦　年譜で見るとその家は昭和二十八年に建っていますね。

吉田　ええ。それからこの家が建ったのが、昭和三十九年ですね。

松浦　築四十年ですか。吉田健一さんの作品に『時間』というのがありますが、これはまさに時間の匂いがしっとりと染み込んでいるようなお宅ですね。

吉田　それはひびが入っているからじゃないですか（笑）。私この家の暗いところも好きなんですよ。昼間でも電気をつけないと本を読めないところなんかが。

松浦　お庭も大きな木がたくさんあってすてきですね。

吉田　これはね、母（信氏）が花の咲く木が好きだと言って思いつく木をみんな植えたんです。新築したときに庭が少し広くなりましたし。そうしたら光の奪い合いになって、木がみんな高くなっちゃったんです。桜なんか仰向かないとお花見できないくらいで。(笑)

松浦　お父様は庭木の手入れをされるようなこともあったんですか。

吉田　植物を大事にすることはしたんですが、手入れをすることはほとんどありませんでした。犬の世話はしていましたが。私も感じるんですが、花を生けるときは楽しいけどその後の水替えが大変でしょう。母はしょっちゅう忘れていましたね。そうすると父が花瓶に指を突っ込んで「水がない」と言うんですよ。それで母が水を替えていました。

松浦　犬はとてもお好きだったそうですね。イギリス人はすごく犬好きですけれども、やはりイギリス文化に親しんだことと関係しているのでしょうか。

吉田　ええ、イギリス人と交流がありましたから。それから吉田家では、父の祖母の時代から犬を飼っていたということも理由のようです。

松浦　そうなんですか。お爺様の吉田茂さんの飼っていた犬のことは『交遊録』に出てきますね。「もう一つ思ひ出すのは家に誰かから貰つた黄と黒の奇妙な斑のグレイハウンドがゐて父が毎朝これを連れて散歩に出掛けてゐたことである。その途中で父がどんなことを考へてゐたか想像したくもない」と。これは戦時中の吉田茂の不遇時代のことを書いているわけですが。

吉田　ええ、祖父は死ぬまで飼っていましたね。亡くなった日に大磯に行ったら、前の日に子犬が二匹生まれたとかで、着くなり父はその子犬の心配をしていました。主人は亡くなるわ、お葬式で誰もかまってくれないわで、非常に可哀相に感じたんでしょう。他にもたくさん犬がいたんですけ

ど、「喪家の狗」にしちゃいけない、と父が吠えたてたらしいですよ。（笑）
そういえば松浦さんも犬をお飼いになってるんですよね。

松浦　ええ、タミーといいます。これは『本当のやうな話』の主人公民子からいただきました。あれは本当に魅力的な女性ですから。犬の名前までいただくことになって、つくづく吉田健一の文章を読みつづけてきた人生だったなあと思います。

吉田　父は家で人のことを話すときに、勝手に「民子」さんという名前を付けることがよくありました。「民子さんがね……」とかふざけて言うんですよ。母と雑談しているときにその名前を聞くんですけど、「本当にそんな人いるのかな」と思った覚えがあります。父は民子という名前が好きだったんでしょうね。
それから松浦さんの近作『川の光』に出てくるモグラの五匹の兄弟に「モル」という名前がついてますね。あれは父の最初の犬の名前なんです。松浦さんは、本当によく父の文章を読んでらっしゃるんだなあと思いました。

松浦　そうなんです。みんな勝手にいただいております。（笑）

作家・吉田健一との出会い

松浦　暁子さんはエッセイでお父様のことをいろいろお書きになっています。その中で僕が一番印象に残ったのは、「真っ直ぐな線を一本引ければ」という気持ちで吉田健一という作家が批評をやっていた、と書かれていたことです。

吉田　ええ、たぶん父が言いたかったことは、自分の納得できる文章、納得できる一篇を書ければそれでいいという意味だと思うんです。

松浦　そうした文章に対する姿勢が、そのまま人生に対する姿勢でもあったということでしょう。でもこれは世間一般の吉田健一に対するイメージとはだいぶ違うように思います。

吉田　くねくねしているとか、迷路のような文章だとよく言われているようですね。

松浦　ええ。最初は英文学者として出発しますが、やがて文壇で批評やエッセイを書き、晩年は小説に行ってと、横道脇道ばかりの曲がりくねった人生行路だったというイメージがあるんじゃないでしょうか。でも真っ直ぐと言われてみると、やはりそうだ、本当にそうだなと納得してしまいます。

吉田　真っ直ぐな線を引くというのは、基本的なことを守るということじゃないかと思います。絵描きさんでもそうでしょう。父が言いたいのは、自分なりの基本を守りたいということではないでしょうか。

松浦　日本独特の〝文章道〟とかいうのがあって、志賀直哉みたいな率直で明快な文章が理想だなんてよく言われます。それに比べて、吉田さんの後期の文章はたしかに一見、曲がりくねった複雑なスタイルになっている。でも、それは見かけの上だけのことでね。

吉田　若い頃、私は『英国の文学』などの文章を読んで、父が喋っているのに非常によく似ていると感じていたんです。だから違和感がありませんでした。父の文章が読みにくいというのを聞くと、どこがどう読みにくいんだろう？　って不思議に思っていましたね。でもたとえば『時間』など最晩年の文章を読むと、どうしてもっとすっきり言えないのかな、と感じることはあります。あれは頭の動くままに書いていたからなのかな、と最近は思います。

松浦　自分の身体に密着して出てきた言葉の流れが、ごく自然にああいう文章になっていったというだけのことでしょう。結局、自然な手さばきですうっと引いていった真っ直ぐな線なんだと思うんです。

吉田　ええ、そう思います。晩年でも『ヨオロツパの世紀末』は一般的で読みやすい文章ですよね。内容は必ずしもそうではないですけれども。

松浦　暁子さんは、文士吉田健一とはどのようにして出会われたのでしょうか。もちろん最初は、父と娘という関係でずっと暮らしていらしたわけですが。

吉田　私が生まれたのは昭和二十年十月でちょうど終戦直後です。戦争が終わって大量の仕事が父に入るようになりました。その当時の写真を見るとわかるのですが、髪を振り乱していてすごいですよ。出掛けるときは髪型もスパッと整えていたのにね。

その頃は子供が読める本も訳していまして、『ふしぎな国のアリス』などの訳本を父からもらいました。父の訳では『不思議の』じゃなくて『ふしぎな』なんです。それで初めて父の文章を読みました。ポーの『赤い死の舞踏会』も本棚で見てはいたんですけど、やっぱり子供には難しいでしょう。『アリス』も簡単ではないですが。そのころは子供に本を贈るにも健介（兄の名）とか暁子と書いてくれないんですよ。「お健」「お暁」なんです。だから大きくなって父が本を贈ってくれて「暁子様」と書いてあったときは、大人として認められたと感じました。
本当に父の文章に触れたのは大学生になって『英国の文学』を読んだときじゃないでしょうか。子供の頃から題だけは知っていたんです。家の本棚にありましたし。それで読んだら、ほんとに私にぴったり合いましてね。特に英国の春から秋がいかにすばらしいか書いた冒頭が心に残っています。作家吉田健一に一目惚れしてしまいました。私にとって父はとっつきのいい作家だったんです。

松浦　書き出しはこうですね。「三月の末から六月の半ばに掛けて英国の自然の美しさが増して行く有様は、それを見ても直ぐには信じることが出来ない。「真夏の夜の夢」といふ喜劇の題の真夏といふのは六月の半ばのことで、シェイクスピアの妖精達を現実と区別するのが難しい位、美しい季節であつて、この英国の六月に匹敵するのは、色取りどりに紅葉した木々が柔いだ日光を浴びて立つ英国の秋だけである」。本当に美しい文章だと思います。
そこから始めていろいろお父様のものはお読みになりました？

吉田　まあいろいろと読みました。『金沢』に『埋れ木』『交遊録』などです。『金沢』は本当によくできていると思います。一番楽しかったのは『本当のやうな話』ですかね。ただ『埋れ木』はあまりにうちで起こったことに似ているので……ちょうど『埋れ木』を書いていたときにこの辺りの土地の買いあさりがありまして。

松浦　そうですか。『埋れ木』は、評論家の唐松の近所が次々に地上げにあって空き家になってゆく物語でした。八〇年代の終わり、いわゆるバブルの浮かれ気分が日本全体を覆っていた頃、僕は、ああ、『埋れ木』に書かれていたことが今現実に日本を覆い尽くしつつあるんだなあ、と思っていました。本当に予見的な明察を持っていた人なんだなあと。吉田健一の予見性はちっとも古びていないんですよ。日本と世界の将来を考えるうえでこれからますます読まれるべき文章だと思います。

吉田　そう言っていただけるのは非常にありがたいです。この地域（市谷・牛込地域）の方々は地上げに応じなかったので、今でもここら辺は静かでいいでしょう。

松浦　『金沢』は暁子さんがフランス留学のときにパリに持っていくと言ったら、お父様はたいそう喜ばれたようですね。

吉田　はい、「ありがとう」って言いましてね。子供にそんなこと言われても「ありがとう」って言うんですから。やっぱり読んでもらうっていうことはすごく嬉しいんだろうなと思いました。

松浦　「ありがとう」という言葉は、日本の普通の家庭では父が娘に正面切って言うということはあんまりないような気がします。

吉田　この頃は特にそうなんじゃないでしょうか。娘も父に対してあまり言わないでしょう。私の頃は学校でもよく挨拶はするようにと言われていましたね。父は朝起きてすぐ仕事を始めるので、近寄り難いんですが、それでも「おはようございます」と言ってました。それで私が言うと必ず返事をしてくれるんです。今はそういう時代ではなくなったのかもしれませんね。

松浦　家族に「ありがとう」と言うような距離感が僕は本当にいいなと思いました。そのこと一つに、吉田健一という人の距離の取り方がよく現われていますね。

吉田　ええ、父とは最後まである距離感があって、それはいいことだったと思っています。母とは同性ということもあって、どうしても父との間にあったような距離感がなくなりますね。親子としての緊張感がなくなるということでしょうか。

松浦　お友達との関係はどうだったんでしょう。大岡昇平や三島由紀夫や中村光夫たちとの付き合いは「鉢の木会」という名前の集まりになっていたわけですね。そういう皆さんがご自宅にいらしていたというご記憶はありますか。

吉田　ええ、覚えております。父の場合は外国流といいますか、家でお客をするときは、とかく先方はご夫妻でいらしていましたし、父は母を同席させていました。今じゃ日本でも当たり前なんでしょうけど、その当時は珍しかったんじゃないかしら。でも「鉢の木会」だけは男だけの集まりというのでしょうか。母は同席いたしませんでした。そりゃ何度も集まりますから、そこへ座って、お話のお仲間に入るということはあったんですけれどもね。子供は絶対に呼ばれませんでした。

松浦　やはり同年輩だと、中村光夫さんが一番お付き合いが深かったんでしょうか。

吉田　ええ、ほんとに唯一無二の親友と言ってもいいんじゃないでしょうか。父は母の実家の会津に疎開していて、そこから召集されたんです。東京に出て何人かの人に会って、横須賀海兵団に入るわけですが、中村さんは父がどうやって出征したかを母にお手紙で知らせて下さったんですよ。母はとても喜んだようです。

松浦　『交遊録』の中で、帰郷の許可が出たときに中村さんの家に立ち寄る話が出てきますね。「こつちは牧野さんの所で二晩を過してもまだ懐しさが失せない畳といふものの上に体を投げ出す快感に浸つてゐた」とあります。

吉田　中村さんは父が脱走して来たんだと思って、どうやって匿うか考えた、とその話は続きますね（笑）。空襲で自分の家が焼けた人は、様子を見に戻っていいということだったと思うのですが。終戦後、海軍を除隊になって大磯の祖父のところに報告に行ったら、祖父の家には家中探しても白ワインが一本しかなくて、それを二人で飲んだという話もあります。これも『交遊録』に入ってますけれど。

松浦　父子ともに感無量だったのでしょうね。

父との距離

松浦　お父様は家事みたいなことはやはりなさらなかったのでしょうか。

吉田　ええ、家のことはあまりしませんでした。でも母が大変だとわかっていましたからゴミ出しは父がしていたんですよ。もちろんゴミをまとめるのは母の仕事でしたけどね（笑）。靴磨きは自分でやっておりましたね。女中さんがいなくなってからでしょうか、母が父の靴磨きをしていたら怒られたって言ってました。「靴磨きは奥さんのする仕事じゃない」とか言ってね。父はビロードの布なんかで磨いてました。そりゃきれいになるわけですよ。そういうところは几帳面だったと思います。

父は家で仕事をしますでしょう。だから朝、昼、晩の食事、それから夜食がありましてね。夜食には父がオープン・サンドイッチを作っていました。それで、週六日は仕事をしているでしょう。日曜日もほとんど自分の書斎で過ごしていましたから。

松浦　吉田健一といえば毎日お酒を飲んで酔っ払っていたというイメージがあるようですが、たったの週一回だったんですね。暁子さんはお父様の書斎には、あまりお入りにならなかったんでしょう。

吉田　全く入らないということはないんです。例えばフランス語の試験が明日あるとするでしょう。そうした時には父に聞きに行きました。父も学校の試験となれば、まあ当然教えるべきものだろう、ということで必ずきちんと教えてくれましたね。愛想は全然ないんですけれど。

その他に父の書斎に入るということはありませんでした。母が子供たちにいつも言っていたんです。「お父様はお仕事をしてらっしゃる」と言ったり、あと「お勉強してらっしゃる」という言い方もしていました。だから、とにかくお仕事中は父に話しかけに行ったりしないという癖がついていました。どんな顔で仕事をしていたのか見ようという気も起こしませんでしたね。

松浦　お父様の書斎というのは聖域のようなものだったのでしょうか。

吉田　ええ、それは聖域ですよ。それから夜の時間というのも聖域みたいなものでしたね。子供は遅くまで起きていてはいけないんです。うちでは夜食というのがありましたが、大人にならないと参加できないんですよ。子供は長いこと夜八時には寝なきゃならなかったんです。父が他のお宅に伺って飲んでいたときに、お子さんが九時を過ぎても起きていたんで、「まだ寝ないの？」と声を掛けたら睨まれたんですって。だから兄は父に「モーネロ（もう寝ろ）」っていうあだ名をつけたんです。（笑）

松浦　子供たちには口癖のようにそう言っていたんですね。

吉田　長いこと夜八時には寝ることになっていました。私たちが寝静まるのを待って、父は子供の本や漫画を読んでいました。南洋一郎の『密林の王者』とかをね。それでさっさと読んじゃって子供の枕元に返しておくんです。私は知らなかったんですけど、母が教えてくれたんですよ。へえーそんなことしてるんだなんて思いました。

松浦　僕も『密林の王者』読みましたよ。大蛇が出てくる話ですよね。吉田健一さんは「少年サンデー」や「少年マガジン」もお好きだったということですが……。

吉田　ええ、それから『サザエさん』も好きでしたね。長谷川町子さんは必ず「さん」づけで呼ぶんですよ。連載が終わって惜しむ声が多かったときには、自分の身の上に照らし合わせたのか、「町子さんも功成り名を遂げたんだから、連載終了も当然のことだ」とか言ってました（笑）。私も『サザエさん』は大好きなので残念でしたが。

松浦　『サザエさん』以外には、漫画で特にお好きだったものはあったんでしょうか。

吉田　そうですね、『おそ松くん』に『伊賀の影丸』に、『天才バカボン』なんかも好きでした。「影の伊賀丸」なんて言って笑っていました。あ、それから『鉄腕アトム』も好きでしたね。テレビでも見ようとしてたんじゃないかしら。テレビでは『ひょっこりひょうたん島』が大好きでした。

松浦　へえ、それは初耳です。そういうことは文章には書いていませんね。

吉田　書きにくかったんじゃないですか。あれは見て笑って楽しむものですから（笑）。でも家ではイヤミの真似をして「……ざんす」なんて言ったり、『エプロンおばさん』（長谷川町子の作品）の真似もしてましたね。例えば「なんでライスを惜しみましょう」とかね。

松浦　吉田さんは家でほんとにいいお父様だったんですね。

吉田　ええ、そう思います。ことに女の子にはやさしくしなきゃいけないと思っていたらしいですから、なおさらそう感じるのかもしれません。

父の死

松浦　英文学に親しんだお父様と違って、暁子さんはフランスにご興味を持たれたんですね。

吉田　ええ、でも父は暁星《ぎょうせい》の出身ですし、フランス文学の話はよくしていました。

松浦　そうだったんですか。

吉田　私が大学に入る頃に、父が「大学ではフランス文学でもやるのか？」と私に聞きました。私は家庭教師にもついていてフランス語が好きでしたから。私は「文学は楽しむものだから勉強するつもりはない」と答えたんです。そうしたら父が「そうだな」と言ったのを覚えてます。（笑）

松浦　ああ、それはそうでしょうねえ。お父様としては娘にフランス文学をやって欲しいという気持ちもあったんでしょうか。

吉田　いや、どうでしょうね。自分が父親とはまるで違う仕事をしているわけですし。私にして欲しい仕事がもしかしたらあったかもしれませんが、その当時は、まだまだ女の子は仕事をしても結婚までの腰掛という時代でしたから。

でも世の中がどんどん変わって女の人でも偉くなる人が出てきたでしょう。父が何かの対談で女性の学者にお会いしたときに、その方に非常に好感をもったらしいんですよ。会うまでは女の学者ってどんなもんだろうと思ってたようですけれど。「あの方みたいなら女の学者もいいな」って母に言ってました。父も古い時代の人間でしたが事実は認めていましたね。自分の考えとは違う現実が出てきても、見て見ぬ振りをすることはなかったと思います。

松浦　暁子さんは、留学は何年くらいされていたんですか。

吉田　パリに六年半いました。

松浦　その間、毎年お父様がパリにいらしていたそうですね。

吉田　用事があって来ない年もありましたがほぼ毎年です。七四、七五年はパリで一緒に過ごしましたね。それから七六年が来なかった年で、七七年に父と会ったのが最後になりました。

松浦　亡くなられた年ですね。最後にいらしたときはずいぶんご体調が悪かったそうですが。

吉田　はい。咳がとてもひどくて、ホテルで寝られない状態だったんです。ですから母も寝られなかったようです。私は全然聞いていませんでしたので、ずいぶん心配しました。でも六十五歳の若さで父が亡くなるとは思ってませんでした。私自身も、三十二歳で父を失うとはまったく考えていませんでした。

父はいつも、帰国のときには飛行機の時間ぎりぎりまで、ホテルのバーで飲んでから空港に行くんです。荷物の少ない人ですから、さっさと荷造りしてしまうんですよ。でも最後の年は、何しろ具合が悪いものだから早々と空港に向かいまして、一時間以上も前に着いてしまったんです。待合室でも何もすることがないですから、三人で並んで座っていました。ほとんど会話もなかったたんじゃないかしら。ずいぶん無言の時間が続いたんですけれども、私が「時間ってたつものですね」と言ったら、急に父が真面目な顔つきになって「そうよ」と言ったんです。その表情は今でもはっきりと覚えています。

父の死の知らせを受けて帰国したとき、父が時間について書いたことを知りました。父は時間が二つあるということを書いているわけですよね。一つは時計が刻む時間のことです。もう一つは、人間が世界の変化を知ることで認識される時間です。例えば朝日を浴びて「朝がきた」、と思うことで人間は時間の経過を知るわけです。その上で、人間の命は時間でできているという書き方をしています。父は時間通りに生活する人でしたから、体で感じる時間にも敏感だったのではないかと思っています。

松浦　吉田さんは「死があつて人間は人間であることを得てゐる」と書いていますね。人間が身体的に感じる時間の外に出るときが、人間の死であるということを言っている。

吉田　「そうよ」と言ったとき、自分の時間の終わりを感じていたのかもしれませんね。父の死は早かったと当時は感じたんですけれども、今ではあれで良かったと思ってます。何しろ父が残した著作でまだ読むものがたくさんありますし。それに何度読んだっていいわけでしょう。もうほんとに父の作品は私によく合うんですよ。父がギネスを好きだったようにね。（笑）

松浦　ほんとにそうですね。吉田健一の文章は何度でも繰り返し読める。暗誦してしまった後でさえ読める。

吉田　おいしいものを噛んでるような感じがいたしませんか？

松浦　まったくそう思います。世の中のおおよその文章は一度読んでわかったからもうそれでいいやというものばかりでしょう。ところが吉田健一の文章はそうではない。なぜなんでしょうね。何度読んでも楽しいというこの味わいは……。

吉田　どなたかが「批評は一度は通読すべきだ」というようなことをおっしゃってたんですけれど、父の文章はたとえ評論でも、どこから読んでも読めちゃうでしょう。

松浦　そうそう。どのページを開けてもそこから読めてしまう。しかもそこに何が書いてあるかを理解するとかしないとか以前に、ともかくページ面を眺めているだけで、何かとても豊かな気持ちになってくるんです。

吉田　人によっては、無駄なことがいっぱい書いてあるからだと言うんじゃないかしら。

松浦　そういう言い方もできるかもしれませんが（笑）。ところで吉田健一は「常識」という言葉が好きだったと思うんです。吉田さんの文章というのは「常識」が書いてある。ほんとに常識的な叡智の表現という気がします。

吉田　そうですね。イデオロギー的なものをひどく嫌っていたという面はありますね。

松浦　少し上の世代の批評家としては小林秀雄が一世を風靡しましたね。小林秀雄においても「常識」というのはキーワードの一つだったんですけれども、吉田さんの「常識」とはかなり異質だと思います。小林秀雄の場合、常識と言うわりにはいつも芝居がかっていて大げさで、とにかく何か派手なことを言おうとするでしょう。なかなかの名文だとは思うのですが、どうも名文気取りが鼻につくというか、息苦しくなってしまって、日常的に読み返したい文章ではないですね。結局、青春の青臭さと熱っぽさを引きずった文章なんですよ。それに対して吉田健一は、ずっと大人です。成熟した大人の普通の息づかいで、最小限共有されるべき常識を説いている。五十歳を過ぎた僕なんかが何度も読み返して飽きないというのはそういうことなんじゃないかな。

吉田　小林さんのは大人じゃないということなんでしょうか？

松浦　青春を特権化している文章なんじゃないでしょうか。ランボーにやられた、というのから始まって、天才の「宿命」とやらを詠嘆的に謳い上げますね。吉田さんは「宿命」なんていう青臭くて気恥ずかしい言葉は一度も使っていないでしょう。

吉田　あ、そうか。父の文章というのは若いときにはなかなか書くのが難しいということですね。『英国の文学』はかなり若いときに書いたんですが、さりげない文章で気取りがありません。評判もいいんですね。大学で英文学をやった方なんかには特に。

松浦　『英国の近代文学』も素晴らしいと思います。吉田健一さんのエッセイに「余生の文学」というのがあって、その中にこんな一節があります。「兎に角、何かはつきりした目的があつてそれが他のことに優先してゐる間は文学の仕事は出来なくて、その文学といふものを何かの形で楽むにもその余裕が得られない。このもの欲しげな所がないといふのが文学の一つの定義にもなつて、これが無愛想に終る代りに親しく語り掛けるといふもう一つの性格がそこから生じる」。この文章を書かれたのが五十六歳（六八年）のときです。ここからお亡くなりになるまでの八、九年、お父様は怒濤のように次々と素晴らしい小説を発表されていますね。作品で言えば『瓦礫の中』、『金沢』以降ですが、ほんとに一種奇蹟的な八年間といいますか、長い歳月の間に少しずつ少しずつ自分の中に溜めつづけておられたものが一挙に噴出したというような印象を受けます。

吉田　もしかしたら、頭の中に湧き上がるものを小説という形で出していたのかもしれませんねえ。それに父は、小説は歳を取ってから書くものだということを言ってました。

松浦　四十代の頃にはちょっと不器用な小説を書かれていましたが……。

吉田　『残光』とか『酒宴』とかね。

松浦　ちょっとぎくしゃくした感じがあったんです。でも晩年に書かれた文章はほんとに自然体。蓄積された人生の記憶に知識や教養が混ざり合い、渾然一体となっておのずから流れ出し、ああいう素晴らしい文章になったんだろうなあと思います。

吉田　まあ、もしかしたら自分では気づいてなかったかもしれませんね。編集者の方なんかがアドバイスを下さったのかもしれません。父は仕事をしないで済んだら晩年はどんなだったろうか、とときどき思います。

父は本当に食べるのが好きな人でしたから。自分からおいしいものを探してどこかに食べに行くということはないんですが、おいしいものに会うとものすごく感激するんですよ。そうやっておいしいものを食べたり、犬の世話をしたりして過ごしていたかもしれませんね。

松浦　この頃の日本人の平均寿命からすると、享年六十五というのはかなりの若死にですよね。やはりその「奇蹟の八年間」を通して根を詰めてお仕事をなさって、その緊張で心身を擦り減らしてしまったという部分もあるんでしょうか。

吉田　父は風穴の抜けない人だと母が言っておりました。ほんとに真面目な人だったんで、気を抜くということがなかったのかもしれません。

父は北軽井沢に別荘を持っておりましてね。年中休みなく仕事をしているものだから、さすがにこのままでいいのかという意識があったようなんです。亡くなる六、七年前だったか、別荘に行って「これで三日間何にもしないんだよ」と、まるで珍しいものを見つけたように母に言っていたことを覚えています。私が大学を卒業したての頃でしたかしら。母も父の仕事量があまりに多いので心配しておりましたし、私も少し仕事を減らしたらいいんじゃないかなあとは思っておりました。

ルカス先生の手紙

松浦　吉田健一は十八歳のとき（昭和五年）、ケンブリッジへ英国留学をするも一年足らずで帰国しますが、その後も恩師のルカス先生とは手紙のやりとりが続いていたと聞いています。どんなやりとりがされているのでしょうか。
吉田　そういう手紙は確かにあるのですが、中身をお話しするような段階ではないんです。何しろルカス先生というのは父の人生の中で一番大事な人の一人ですから。
松浦　往復書簡集が活字になったらぜひ読んでみたいなあと僕は思ってるんですけどね。
吉田　私はルカス先生に直接お目にかかることはできなかったんですけれども、未亡人のルカス夫人にはお会いしたんですよ。パリに留学してる頃のことなんですが。お嬢さん一家がパリにいるということで、何度もパリに来て下すってね。そうしたら、父が十九歳の頃からルカス先生に宛てた手紙が全部とってあるからあげるとおっしゃって下さったんです。

松浦　へえ、そうなんですか。

吉田　だから私がパリから帰る二か月くらい前に、ケンブリッジに行って父からルカス先生に出した手紙をいただいて来たんです。かなりの量がありますよ。

松浦　それはたいへん貴重なものですね。

吉田　先生が亡くなったのが一九六七年ですから、四十年近くにはなるでしょうね。もちろん戦争の間は中断せざるを得ないわけですが。

松浦　ケンブリッジに十八歳で留学しながら、やっぱり一年で帰ろうと決意したという出来事が、吉田さんにとっては決定的な人生の転機だったと思うんです。その辺りの心境がもし当時の書簡に綴られていたら、これはファンとしてはたまらないですね。

吉田　どこで聞いたのか忘れましたけれども、父の気持ちとしては帰りたくなかったらしいんですね。戦後イギリスに行くときは、父はとても嬉しかったみたいです。それは親しい方で知らない人はいないですよ。ケンブリッジ時代にはパリにも行きましたし。そこでボードレールの作品なんかに親しんだんじゃないかしら。ルーヴルにも通っていました。その意味では楽しかったんじゃないかと思います。

松浦　英語があんなによくできたんだからケンブリッジに留学してもきっと楽しかっただろうと思うんですよ。でも心を決めて帰ってきてしまったというのは、それなりの理由があったんでしょうがね。

吉田　書くのを仕事にするなら日本で勉強した方がいいと考えた、と父は『交遊録』で書いています。ケンブリッジで大いに勉強したことは確かですね。ただし幸せだったかどうかはちょっとわかりません。

松浦　やはり幻滅するところもあったんでしょう。英国の冬の気候の厳しさ、賄い付きペンションの食事の不味さ……。いずれにしろ吉田青年の留学体験とその中絶は非常に興味深いですね。

吉田　手紙を読んでどの程度わかるのかな、と思うんですが、いろいろ出てくるのが怖いような気もします。

松浦　ご当人が死後に公表されるのを望んでいたのかどうか、ということもあるでしょうし。

吉田　そこも非常に難しいところだと思います。父はもの書きなんですから、作品だけで評価されるべきだという考え方も成り立つと思うんです。ランボーだって伝記的に調べるのは限界がありますよね。後半生はよくわかってないわけですし。

松浦　そうですね。

吉田　だから、作品を残せる人は幸せだと思います。作品を味わうのに必ずしも手紙とかが必要だとは思わないんですよね。でも文学研究をなさる方は、どうしてもそちらに目が行くでしょう。「文は人なり」とも言いますし。でも一方である程度どういう人間だったのか分かった方が、読み継がれる確率も高くなるかなあという思いもあります。それから父の場合は、周囲の誤解もかなり多かったんじゃないかとは感じていますからね。

松浦　世間では、『酒肴酒』に代表される吉田さんの食べ物エッセイなどから、非常に享楽的な人だったというイメージが流布していると思うんです。大酒呑みで粋人で、という……。

吉田　とんでもないですよ。父がエピキュリアンだったという方がいらっしゃいますけれども全然違います。エピキュリアンになりたかったのかもしれないけれど、父の性格ではなれなかったでしょう（笑）。ほんとに真面目な人でしたから。

松浦　家ではまったくお酒をお飲みにならなかったそうですが、晩酌にビール一本というようなこともなかったんですか。

吉田　ええ、全く飲みませんでした。お客をするときは別ですけれども。週に六日は仕事をして、一日外で飲むというリズムを守っていました。外で飲んだときは、家に帰ってからも少し飲むことがありましてね。大学生になってからは私もちょっと相手をすることがありました。

吉田健一と憐れみ

松浦　さきほど書斎を見せていただきましたけれども、やはりエピキュロスの徒というよりはむしろストア派ですね。たいへんストイックな印象を受けました。酔うことの快楽について書くとしても、文章というのは自分自身が酔っ払ってしまって書けるわけはないですから。書斎は六畳ほどの広さで、部屋の壁一面がほとんど本棚ですね。窓が二つ、北側と西側に一つずつ。その真ん中に机が置いてあって、それに向かって正座して書いてらしたんですよね。こういうストイックな空間からあの豊かな官能の文学が生み出されてきたのかと思うと、感動を禁じえませんでした。

ところで、暁子さんのエッセイの中に、僕がたいへん感銘を受けた挿話があるんです。ある晩お酒をご一緒しながら話していたら、「世の中にこわいものはないけど悲しいことってあるんだよ」と吉田さんが仰ったそうですね。

吉田　おそらく父はこう言いたかったんだと思います。この世界では生きている以上自分に何が起こるかわからない。自分の親しい人、馴染みの店、思い出の品が失われることがあって、それは愛着をもっているだけに悲しい。でもその「悲しいこと」が起こるのを「こわがって」も仕方がないから、自分の身の丈にあった方法で対処するしかない、と。

松浦　深い含蓄のある言葉ですよね。

吉田　こんなこともありました。父はたまに食事に連れていってくれたんですよ。あるとき私は指輪をしてましてね。それは父がロンドンで買って来てくれたお土産なんです。ホテルで食事をしてその後ラウンジに行きますでしょう。そのとき私がちょっと手を洗いに行ったとき、なぜかその指輪をはずしたんですよ。それで洗面台の上に置いてきちゃったわけです。ラウンジに着いたときに気がついて取りに戻ったけど、もうそこにはありませんでした。私はせっかくいただいたのに申し訳ないと父にあやまったら、父は「物はなくなるものだから」というようなことを言ったんです。でも帰りのタクシーの中で、私も本当に残念な気持ちだったので「いま頃あの指輪は何を思ってるんでしょうねえ」なんてことを言ったら「そんな悲しいことを言わないでくれ」と父は言いました。そのことは非常によく覚えております。

松浦　「悲しいこと」ですか……。本当に複雑な陰翳を内に畳み込まれた方だったんですね。それで思い出したのですが、確か応召なさるときに子供たちを「アンデルセンで育ててね」と仰ったそうですね。

吉田　そうなんです。グリムとかイソップではないんです。グリムでは世の中は怖いところだぞということが書いてありますよね。結構残酷な話が多いですし。でもアンデルセンは悲しみの中にも救いがあります。父はそのことを子供に伝えたかったんじゃないでしょうか。

松浦　あのね、フランス語でpitié（憐れみ）という言葉がありますでしょう。「悲しみ」と一口に言っても、吉田さんの場合きっとそれはtristesse（悲しみ）ではなくpitié（憐れみ）だったんじゃないでしょうか。吉田健一というのは、世界に対する深い、細やかな憐憫の心を持っていた人だと思うんです。

もう一つ、吉田さんは『英国の文学』の中で感傷という言葉をたびたび使っていますね。例えば「「眼には眼を、歯には歯を」の精神は、権利と義務で出来てゐる非情な社会とも、強者が弱者を支配する適者生存の原則とも共通なものを持つてゐて、これは英国人の実際的な性格と矛盾しないが、人間はそれだけで生きて行くことは出来ない。この倫理を緩和するものが感傷である」と。

吉田　ええ、そういう憐れみの感情が非常に強い人でした。最後の犬の彦七が死んだときもね、確か『埋れ木』の執筆中だったかと思いますが、珍しく締め切りを断ってました。彦七の後はもう犬は飼わない、と宣言していました。

自分に何か起こってもそんなに悲しんだりはしなかったと思うんです。そういうときはやはり悲しみよりは怒りを感じるんじゃないでしょうか。むしろ自分の大事にしている人とか、ものに何か悪いことが起こったときに「悲しい」と感じたんだと思います。

松浦　吉田健一が没後三十年経っても、熱心に読み継がれているというのは、きっと、他人に対する、動物に対する、世界全体に対する深い共感や憐憫が底に流れているからだと思うんです。そういう批評家というのは後続の世代には払底しちゃうんですね。自分の頭の良さ加減を見せつけようと気張ってばかりの連中になってしまって。

『旅の時間』の中の「航海」というエッセイに、夕暮れについての素晴らしい会話がありますね。「『夕方つていふのは寂しいんぢやなくて豊かなものなんですね。それが来るまでの一日の光が夕方の光に籠《こも》つてゐて朝も昼もあつた後の夕方なんだ。我々が年取るのが豊かな思ひをすることなのと同じなんですよ、もう若い時のもやもやも中年のごたごたもなくてそこから得たものは併《しか》し皆ある。それでしまひにその光が消えても文句言ふことはないぢやないですか。そのことだけでも、命にしがみ付いてゐる必要がないだけでも爽かなもんだ。』」素晴らしい言葉です。『時間』の中にも夕暮れを分析した箇所がありますが。

吉田　私も絶対夕暮れ派なんです（笑）。『時間』の冒頭は朝から始まりますよね。あれも本当にいい文章だと思います。父はずっと家族の中では一番の早起きだったんですよ。鎌倉に住んでた頃なんか、子供も小さいしどんどん仕事をしなくちゃいけない時期だったんで、父は薄暗いうちから起きて仕事をしてました。『時間』の冒頭で春は騒々しいということを書いてますでしょう。樹液がどんどん上がって来るような感じがする、と。それで落ち着かないように思うんでしょうね。もちろん朝の美しさもよくわかっていたんだろうとは思いますけれど。でも晴れた夕方なんかはほんとにいいですね。これで成就したという感じかな。朝だと何か始めなきゃいけない気がするでしょう。だから私も夕暮れが好きなんです。（笑）

松浦　僕もそうだな。

日本という国は一度戦争に負けて、五〇年代から六〇年代になると高度成長期で、これは、さあこれから頑張らなくちゃという血気盛んな時期ですよね。吉田さんの表現を借りれば、春の騒々しさがあったと思うんです。でもバブル景気と九〇年代を経て二一世紀を迎え、日本全体が夕暮れの中に入って来たような感じが僕にはしています。もうバブル景気のようなことは日本の歴史に二度とふたたび起きないでしょうし、経済成長もあまり望めないでしょう。人口も減ってゆく。

『時間』の中で夕暮れについて触れている箇所にはこうあります。「夕方に至るまでの光線の段階が凡てあつてその重なりが夕方の光線の艶を生じて眼に映じるから一つの成就の印象でこの光線に包まれた眺めが豊かなものになる」。吉田さんの文章に重ね合わせると、今の日本も、それをみずから望んでのことなのかどうかはともかく、否応なしにある成熟を迎えつつあると思うんです。秋がやって来ているということですね。豊かな収穫の季節なのか、さみしい凋落の季節なのか、そのあたりもよくわからないんだけど、とにかくその「秋の夕暮れ」の中でどう生きていったらいいのか、われわれはこれからようやく考え始めなくちゃいけない時期に来ているような気がするんです。そのとき読み返されるべきはやはり吉田健一でしょう。彼のあの「すべてよし」という「夕暮れの感性」は、これからの日本人にとってずいぶん参考になるんじゃないでしょうか。

吉田　私なんか終戦の年に生まれてるでしょう。これ以下はないというときにね。だからいいとこばっかり見てきたわけです。そうするとこの十年ぐらいは、あらまあ、なんて思ってしまうんです。

松浦　お父様が生きていらしてこの時代を見たらどんな感想を持たれるか、聞いてみたいところですね。それにしても、僕も一度くらい吉田さんにお目にかかりたかったな。

吉田　そう言っていただけると私も本当に嬉しいです。父のことですから、ギネスでも飲みながら松浦さんとのお話を楽しむんじゃないでしょうか。

あとがき

吉田健一についてこれまで書いてきたこと、喋ってきたことのすべてを集めた本である。執筆時期、発表時期はずいぶん長い歳月にわたっており、前に書いたことを忘れてつい同じようなことを繰り返し語っている箇所も多々あるはずだが、どうかお赦しいただきたい。ただしその一方、吉田の文章に初めて出会った十代後半以来、七十代に入った今日まで、「時間」――吉田の特権的語彙を用いるなら――が流れ、わたしの意識と身体が「変化」――これもまた吉田の語彙――しつづけ、それにつれてわたしと吉田健一の文章との関係もゆるやかな生成変化を遂げていった部分もあるに違いない。

各年齢ごとに人生の危機のようなものがわたしにもあり、吉田の文章を読むことはその危機への特効薬にはならないまでも、じんわりと効く鎮痛薬にはなってくれたという実感がある。そのつどわたしは吉田健一を読み返し、そうしながら何事かを考え、それを書いたり語ったりしてきた。そのすべてを一望の下に眺め渡せるような本を作ったら面白いのではないか、と提案してくださったのは草思社編集部の渡邉大介さんである。肩肘張って論じた批評文から親しい人に語りかけるように書いたエッセイや小文まで、硬軟さまざまな文章群に加えて講演や対談の記録まで含む、このいっぷう変わった一書に形を与えてくださった渡邉さんのご厚誼とご尽力に、深い感謝を捧げたい。かつて楽しい時間を共有した対談の収録を許可してくださった清水徹さんと吉田暁子さんにも、心からお礼申し上げます。

二〇二四年八月

松浦寿輝

松浦寿輝（まつうら ひさき）

一九五四年、東京都生まれ。詩人、小説家、批評家。東京大学名誉教授。著書に詩集『冬の本』（高見順賞）、『吃水都市』（萩原朔太郎賞）、『afterward』（鮎川信夫賞）、『松浦寿輝全詩集』、小説『花腐し』（芥川賞）、『半島』（読売文学賞）、『名誉と恍惚』（谷崎潤一郎賞、Bunkamuraドゥマゴ文学賞）、『人外』（野間文芸賞）、『無月の譜』（将棋ペンクラブ大賞文芸部門大賞）、批評『エッフェル塔試論』（吉田秀和賞）、『折口信夫論』（三島由紀夫賞）、『知の庭園　19世紀パリの空間装置』（芸術選奨文部大臣賞）、『明治の表象空間』（毎日芸術賞特別賞）など多数。

黄昏《たそがれ》の光《ひかり》 吉田健一論《よしだけんいちろん》

2024 ©Hisaki Matsuura

二〇二四年十月七日 第一刷発行

著者 松浦寿輝《まつうらひさき》

装幀者 水戸部功

発行者 碇高明

発行所 株式会社草思社
〒一六〇-〇〇二二
東京都新宿区新宿一-一〇-一
電話 営業 〇三(四五八〇)七六七六
編集 〇三(四五八〇)七六八〇

本文組版 株式会社アジュール

本文印刷 株式会社三陽社

付物印刷 株式会社平河工業社

製本所 加藤製本株式会社

造本には十分注意しておりますが、万一、乱丁、落丁、印刷不良などがございましたら、
ご面倒ですが、小社営業部宛にお送りください。送料小社負担にてお取替えさせていただきます。
ISBN978-4-7942-2742-3 Printed in Japan 検印省略